失控的AI

我在元宇宙被判死刑

作者 官雨青(Peggy)
插畫 Ooi Choon Liang

楔子

1 于珊－想念成詩

我又回到那場和阿星相遇的募款餐會。

台上的魔術師打開黑箱子，前一秒被切成一半的微笑兔女郎瞬間消失，觀眾起立鼓掌，魔術師鞠躬謝幕，小提琴悠揚的樂聲響起。

「不對……他應該要把人變回來啊！怎麼可以就這樣結束？」我轉頭對著秘書小茜說：「叫他把人變回來，不然不付錢！」

但小茜不理我，只顧著跟旁邊的貴婦說話。

「快點變回來啊！怎麼可以就這樣不見？」我著急地哭了出來。

我突然靈光一閃，還有阿星，沒錯，我就是在這裡遇到阿星。

那個豪擲千萬的年輕醫生，世人眼中的ＡＩ教父。

那個說什麼只要我快樂，什麼都可以不要，甚至犧牲生命也在所不惜的阿星。

我急忙起身，別人不理我沒關係，只要阿星在就好，他一定會聽我說話，他總是懂

楔子

我，當全世界都誤會我是殺人兇手的時候，只有他相信我。

「阿星！阿星！」我擦乾眼淚，穿越茫茫人海，試圖在無數杯觥交錯的身影找到他。

但我找不到，就像那天我打開上鎖的書房一樣，裡面空無一人。

阿星就這樣憑空消失了，像那個微笑的兔女郎。

音樂聲愈來愈大，大到我必須摀起耳朵。

我從夢中驚醒，趕緊按掉震耳欲聾的鬧鐘，從床邊的小盒子拿出阿星當年給我的紙條。

所有關於生與死的答案都在那張字條上：

I see what I believe. I believe what I see.

每個人都是看到自己所相信，或相信自己所看到。

阿星歪斜的字跡，因為乾掉的眼淚而暈開，當年我在七十五樓差點跳下去時，他一定很著急吧，連字都寫得如此潦草。那時他把醫師服披在我肩上，我想念他的體溫，想念他厚實的肩膀，想念他醫師服的味道，還有因為裝滿筆而與生俱來的重量。

話不多的他，總是習慣把重量放在自己身上，讓我能輕盈地飛翔。

我再次摀起臉痛哭。

我一直深信，魔術師有一天會把阿星變回來，就像阿星把我變無罪一樣。

阿星是我人生的魔術師，我曾經一無所有、千夫所指、在元宇宙被判死刑，而他完整了我的生命，讓我在財務和心靈上變得富有。

現在我終於了解，為什麼他這麼想讓死去的家人在元宇宙復活。

因為我們都以為，只要一切變回跟以前一樣，我們就不曾失去什麼。但真相是，痛苦在失去的那一剎那就已經生成，關於用人工智慧讓亡者復活的哀悼科技，只是無謂的掙扎，當年我們都太天真。

能在元宇宙用一個鳳凰ＡＩ讓亡者復活，彷彿那人未曾死去，那是我和阿星能賺上百億的秘密，卻也讓我們身陷殺機。但阿星說，他死後，不准我做他的ＡＩ，要我去尋找下一個幸福，不要像他一樣被困住。

我不會讓他在元宇宙復活，因為復活是死人的詞彙。

阿星沒有死，所以他不需要復活。

我擦乾眼淚，起身幫子恩準備早餐。

2 于珊－面對現實

我曾經懷疑小朋友的腦袋應該裝了一種總是「說不」的Chatbot（聊天機器人），

像你告訴銀行的在線客服「我要剪卡」，它會回答你「我們的卡很優惠，你要不要再考慮一下」。

在我的年代，叛逆的青春期最早是在八歲開始，在那之前應該要十分乖巧可愛。

但六歲的子恩昨天跟我大吵，無非是為了我們每隔幾天就會吵的幾件事：裙子太短、早餐的牛奶為什麼有一層薄膜、補習班一點用也沒有、為什麼放學不能自己跟同學走路回家。

有時候，我不得不承認她有當律師的天分。

「我以為裙子的功用是用來蓋住屁股。」我說。

「就像衣服的功用是用來遮住乳溝嗎？」她說。

我下意識地低頭看，就在我努力把低胸的衣服拉高時，她把裙子掀起來，露出黑色的安全褲，好像在宣告：「我長大了，懂得怎麼保護自己。」

我深吸一口氣，把裝滿英文課本的補習班袋子遞給她。

「為什麼有口譯機還要學英文？」她問。

「在我的年代，有計算機還是要上數學課。」我說。

「妳不懂ＡＩ，那個跟計算機不一樣，它就像妳大腦的一部分。」

她講那句話完全刺到我的痛處。更不要說是那個我們吵完，她總是摔門進房間的老問題。

為什麼我們家沒有網路？

每次到這個時候，我就會在大哭一場後，拿出阿星當年遞給我的紙條，或看向那個上鎖的書房，期待有什麼奇蹟出現。

我痛恨ＡＩ的程度，大於這世界上任何一個人。

有時候，我懷疑阿星不讓我犧牲自己，是因為知道他女兒叛逆的時候有多麼可憎，是因為另一個世界更美好，是因為他無法面對我現在被迫面對的所有責難。但我知道答案只有一個。

因為他愛我。

於是我擦乾眼淚，開始幫子恩準備明天上課要帶去的水果。

每次都是這樣。我明明也還沒長大，卻要學習當另一個女孩的媽，我早就跟阿星說過，這世界如果有我做不來的事，就是去愛一個天上掉下來的人，但我卻一次愛上二個。

第一章　八年前

3 阿星—身心科醫生和他的病人

「ＡＩ是危險的技術，我們應該暫停ＡＩ的發展！」

「ＡＩ會取代人類，這將會是世界末日……」

「ＡＩ不能有情感參數，這是嚴肅的倫理議題！」

我拿下耳機，準備開始看診，這些專家言論讓人心煩，這麼害怕ＡＩ（人工智慧）的話，最好不要用導航地圖，也不要用線上旅遊網站，這些背後都是ＡＩ，乾脆直接禁用手機好了，真是一群沒大腦的科技末世論者。

第一個走進來的是初診病患，一個看起來很緊張、四處張望的女子。

小如第一次來看我的門診，臉上和手臂都有瘀傷，多年的經驗告訴我，她一定會說是自己不小心跌倒。

我很同情，但作為一個身心科醫生，如果我打了家暴專線，她會告訴警察是我想多了，然後再也不會出現在我的門診。

我想，如果我一個禮拜可以看到她一次，確定她還活著，慢慢引導她除了隱忍，其實她還有其他選擇，這樣也勝過讓她成為另一個家暴黑數。

就這樣，我每個禮拜看到她一次，看到她新傷蓋過舊傷，看到她肚子漸漸隆起，已經是三年後的事。

「懷孕可以吃抗焦慮的藥嗎？」她問我這句話的時候，肚子還像被熨斗壓過一樣平坦無痕。

我壓抑心中的憤怒和訝異，平靜地說：「我幫妳換一種孕婦也可以吃的藥。」

憤怒是因為，為什麼年輕人寧願花一百塊買一杯手搖飲，卻不願意去衛生所換一個免費的保險套；憤怒是因為，我這麼愛小孩的人，必須看著自己的孩子和太太被大火吞噬，而那些根本不愛小孩的人，卻把生小孩當成是新景點打卡的新鮮體驗。

小如的情況根本不適合生小孩，也無法照顧小孩。沒有通報家暴個案，是我這輩子第二件後悔的事。

我也忘了是先看到她被虐死的新聞，還是先聽到醫院清潔阿姨的尖叫聲。

我還記得，那天因為準備醫院評鑑晚點下班，如果不是阿姨的尖叫聲伴隨嬰兒的哭聲，我應該鼓不起勇氣走進女生廁所。

從外人的角度，會覺得我怎麼會願意收養一個來路不明的嬰兒；從我媽的角度，會覺得一個大男人要照顧一個嬰兒簡直是瘋了。

我很心平氣和地告訴她，關於判斷一個人是不是瘋了這件事，完全是我的專業，她大可不必多慮。

至於我收養這個嬰兒，是出於對前妻和死去孩子的思念，還是出於我對小如的愧疚，已經不可考。但我可以確定，如果早知道這個孩子會有這麼多病痛纏身，我當初就應該選小兒科。

我將她取名子恩，希望上帝能賜她恩惠，讓她平安長大。

4 于珊－殯葬業大亨的女兒

「收到包裹了嗎？我要去新加坡出差，回來再跟妳約。」

我看著那人的簡訊，按了刪除，打開眼前的橘色包裹。

「哇！這顏色下單後要等半年耶！這次又是誰？」小茜在這個時候走進來，驚喜地大叫。我意興闌珊地把東西放回盒子裡，看著她今天的粉紅色洋裝，靈機一動，又把包拿出來。

「很配妳今天的衣服耶！」我在她身上比畫了一下。「那就送妳吧！」

「一個幾十萬的包，妳是認真的嗎？」

「我什麼時候騙過妳？」

「妳對我也太好了吧？」

聽到小茜這麼說，我只是笑笑。那人送的東西和他傳過來的簡訊，對我來說太占空間，我的世界已經很擁擠，容不下像王子憲那樣的人，尤其不齒他老是為爸爸擦屁股，拿一筆錢解決那些自稱懷了爸爸小孩的女人。

我已經習慣，對於爸爸又跟哪個小二十歲的女明星吃飯被拍到的新聞充耳不聞。如果這世界有真愛，它們不是裝在愛X仕的包裡，就是嵌在信義區某個豪宅的大理石地板溝縫裡。

好處是，因為他忙於在花叢中飛舞，對於我拿了于航集團十億設了罕見兒童疾病的基金會，還拿了三十億設立于航創投，只是皺了皺眉，便快速地簽了字。

殯葬業（我們習慣稱自己叫生命事業）的毛利是你無法想像，因為人類總是把對死者生前的忽視，轉換為死後豪華排場的告別式，以減低自己的愧疚感。我們走的是殯葬業的精品路線，所有價格都是同業的三倍。

套句廣告的話：「因為你值得。」

我在美國學的是品牌管理，回台灣後，我把爸爸過去孝女白琴的那套告別儀式，改得跟辦結婚典禮一樣，讓所有因為長輩去世半百未見的家人們，有回顧影片、全家福拍照包套、攝影師全程紀錄。

第一章　八年前

不只如此，守靈的時候還可以享受五星級飯店SPA和客製化早餐、海內外財產遺產認證（probate）程序協助、稅務諮詢、甚至是遺產分割協議的撰擬服務。

于航在我回國當總經理的十年內，躍升為生前契約一站式服務的第一品牌。

盜版無所不在，我們當然也有競爭者。皇勝生命事業號稱一樣的服務，但價格是我們的一半。

如果你問我擔不擔心，我會直接告訴你，愛X仕的價錢是其他精品的好幾倍，等一個手工包可能要半年才能到貨，但它占了我跟其他貴婦朋友展示櫃一半的空間，當品牌做出領導價值的時候，它就取得定價優勢。

可是我爸並不因此而滿足。

他開始賣「生前契約」，讓所有的現金流提前發生。我不得不讚賞他的商業眼光，還有那群在大街小巷穿梭的業務們。為了履行他熱賣的生前契約業務，我到處獵地，跟地方政府、跟周邊的居民打交道。你所能想像被丟雞蛋、或是有人從背後大叫一聲後丟拖鞋，甚至潑尿的事，我都經歷過。

這行不是你想得這麼光鮮亮麗，小時候因為扶棺的人不夠、孝女白琴感冒哭不出聲，或是告別式的司儀突然因為上一場還沒結束趕不過來，馬上就需要我披掛上陣。所以這些雞蛋潑尿的小事，根本難不倒我，真正難倒我的是跟銀行貸款買地。

這些塔位的地目通常不是合法用來作塔位使用，或是一小塊合法，但另外99%都是農地或林地。但法規就是這麼死，沒注意到這個國家的人對塔位的需求，高過對種青菜水果的需求甚多。於是我必須找高利息的民間貸款，為了跟皇勝搶地，我幾乎是有地就買，能貸就貸。

有一次我跟爸說，我們真的不能再超賣了，根本沒有足夠的塔位。

他只告訴我一句話：「現在醫療這麼發達，妳要相信他們都可以活超過一百歲。」明知道即使這些人活到兩百歲，我們也生不出足夠的塔位，明知道皇勝搶不過我們，就會去檢舉我們違規使用，明知道蓋好的塔可能會被地方政府拆除，明知道對客戶和債主違約只是時間的問題，我也只能投入我的基金會和創投事業，讓心裡好過一點。

我對這個社會是有貢獻的，我是一直這樣說服自己。

第二章　六年前—風暴前夕

5 于珊—和父親的衝突

雖然掛名于航的總經理，但自從業務上軌道後，我大多數的時間都留給了創投和基金會。跟多數企業的一代二代一樣，我和爸爸常常在外人面前就吵起來，我們兩個的經營理念不合，特別是對於要不要上市這件事。

那人坐在我和爸爸中間，我看出他的為難。

即使我和王子憲律師之間有過幾次親密行為，我從來不覺得我該對他負責，但他總覺得要對我負責，這不知道是什麼邏輯。我自己可以過得很好，他只需要在我需要他的時候出現，其他的日子，我們都應該過好各自的生活。

張會計師是一個話不多的人，我必須不斷捏自己的大腿才能等他講完一句話而不會睡著，但他一直勸爸爸打消上市的念頭這件事，真是深得我心。于航的財報很好看，但負債比很高，股份也都已經拿去質押，每次借錢，我跟爸爸總是當連帶保證人，簽本票像爸媽在簽小孩聯絡簿一樣稀鬆平常，還款的錢就是業務跑回來的生前契約頭期款，更不要說資產負債表裡面那些不動產，裡面都住著不知道是哪個時期跟我爸交好的女明星。

「于航根本不適合上市。」我堅定地說。

「五倍的估值，這麼好的條件，為什麼不要？」我爸拍桌。

「估值會好看，是因為有幾塊本來要建靈骨塔的地變成建地，有重估增值，但那些地是要用來蓋塔的，根本沒有建地的價值！」

「那就賣掉啊！不一定要蓋塔！」

「買這麼多地，還不是因為你之前賣出去的生前契約跟塔位，如果賣掉去蓋房子，我們不就違約了？」

「就跟妳說，現代人都很長壽！」

我氣得摔門而出，好像整個會議室裡面只有我是清醒的。

「募款餐會一小時後就開始，但妳竟然連衣服都還沒換……」小茜一副天要塌下來的表情。

如果剛剛她在會議室裡面，就會知道什麼才叫天塌下來。我深吸一口氣，走進辦公室後面那個很大的更衣室，轉換心情，選了我最愛的白色低胸魚尾裙，戴上跟去年在拍賣會看到一模一樣的項鍊，彩妝師已經在門外等候。

看著化完妝的自己，不得不說，我那個好朋友：英國太子妃凱特，都沒我一半漂亮。

6 于珊－和阿星第一次見面

我從小討厭所有跟出生和死亡有關的事，就像養雞的人不愛吃二隻腳的動物一樣，死亡是我賴以維生的行業，是我之所以能把精品包擺滿更衣室的經濟來源。

沒有出生，就沒有死亡，我們曾經做過財務預測，如果台灣一直維持這麼低的出生率，于航的收入會逐年遞減10％。

直到遇到阿星之前，出生和死亡，對我來說就是跟數字有關的事，再沒別的意義。

我媽也是某個過氣的女明星，只是去世得早，每次翻看媽媽的照片，就覺得還好我媽媽這麼漂亮，平衡了我爸那個小鼻塌眼的基因。

我媽跟我爸不一樣，她像天使一樣照顧著她不認識的人。白天，她會去孤兒院當義工，我們還當過寄宿家庭，照顧一些剛出生的孤兒，等到有人願意領養他們的時候，再把他們送走，每次小孩被送走，她總是一直哭。

選擇投入兒童罕見疾病，是因為媽媽照顧過的那些小孩，總是有著我叫不出名字的病，有的插著管子，有的晚上突然沒原因的就喘起來，有的到一歲都還站不起來。雖然我沒有能力像媽媽一樣當寄宿家庭，但我可以把爸爸賺來的錢，拿一些來請專業的人照顧這些小孩。

魔術師拿起刀，把黑箱子切一半，兔女郎的頭和腳被分開，但臉上還帶著微笑。不知道為什麼，我突然悲傷地想到自己，是不是被爸爸千刀萬剮後，我還是要像兔女郎一樣帶著微笑。

接著兔女郎的頭縮進去，魔術師打開黑箱，裡面竟然空無一人，大家又是一陣掌聲。

最後，魔術師邀請我上台，請我敲了黑色的箱子，要我跟著他唸一些咒語，大家一直竊笑。然後，他打開箱子，兔女郎又回來了。

「謝謝于航基金會的于珊執行長，除了把美麗的魔術師助手救回來之外，也幫我們把世界的愛找回來了！也謝謝魔術師今天的表演。請執行長留步，幫我們說幾句勉勵的話。」主持人說。

我看了小茜一眼，用眼神讚許她總是無懈可擊的規畫，接著，拿出昨天準備的小抄，心想著今天的募款目標：一億台幣。

「謝謝大家今天願意撥冗共襄盛舉。就像剛剛的魔術表演，于航基金會一直期許自己能成為孩子們的魔術師，變出快樂也變出希望。而今天，台下的每一位，你們也是孩子們的魔術師，請跟我一起，把今天的募款金額變成一個 Magic Number！」如我預期，大家起立熱烈鼓掌。

「如大家一開始看到的投影片及家長見證分享，于航兒童罕病基金會去年總共幫助一百一十六個兒童接受治療，除了醫療自費項目的補助外，于航也提供術後照護的醫療團隊，協助爸媽度過術後的照護期。未來，我們希望可以擴建現在的臨時照護之家，不只在手術後，而是在任何時候，把罕病兒暫時交給專業團隊照護，讓罕病兒的家庭可以喘一口氣。今天的募款，將會用來興建臨時照護之家的硬體及支付醫護人員薪資。現在，請大家拿起手機，掃一下桌上立牌的 QR Code，就可以捐款，捐款的數字會即時顯示在前面的螢幕上，捐款人的姓名如果願意顯示的，也會出現在螢幕上。」主持人接著我的開場致詞，在大螢幕上播放著一張又一張感人的照片。

我是不信神的人，此時也看著眼前的螢幕暗暗禱告。

接著，我們請的管弦樂團上台，隨著小提琴手激昂地演奏，數字開始起動，速度超乎我想像，等到金額累積到九千萬的時候，我放下心中大石，露出笑容，那股成就感，讓我忘記在一個小時前，我還在爸爸的上市騙局中翻滾掙扎。

最後募到了二億四千萬台幣。小茜印給我一張捐款五百萬以上的名單，很多人不管是怕被稅局注意，或是只想低調默默行善，都勾選不願公布姓名，但我手上的名單為了開收據，有所有捐款者的全名。我在之後的酒會上，一一找到金主，親自道謝。

這些人都是熟面孔，有一些是我早就談好的貴婦朋友暗樁，深怕數字太低很難看。

這些熟悉的人，除了其中一個陌生的名字——吳沛星醫師。

阿星大概知道我在茫茫人海中找不到他，自己走向我。

「于董事長，謝謝妳，因為有于航基金會，我的女兒動完心臟手術後，有看護和專業的團隊照顧，我才能專心地工作。」阿星說。

「喔，所以你是見證分享的家長？」我問。

「不，我是吳沛星，我的女兒叫吳子恩，妳還有去醫院看過她。」

我想阿星那時大概能從我裝懂的眼神看出來，我根本不記得他的女兒，只記得他那一千萬的捐款。

一個醫生能賺這麼多錢喔？其實我那時心中只有這個疑問。

7 阿星－子恩是上帝的恩典

子恩的到來，確實幫助我從喪妻和喪子的傷痛中走出來。孩子是很奇妙的東西，晚上被她吵得睡不著的時候，你覺得她是全世界最野蠻的女友。

「妳到底還想怎麼樣？」我問了全天下男友最想問的問題，然後憐愛地抱起來看著她。

第二章　六年前－風暴前夕

子恩無辜地睜眼看著我，嗯嗯地叫著，好像哪裡不舒服，但不是大哭。

我無助地摸著半小時前才換的尿布，打起精神再去泡了90 cc的牛奶，像她這樣有心臟病的小孩，因為沒有力氣，本來應該要一次喝足180 cc的牛奶，但她喝到90 cc就會睡著。

可能因為還沒真的吃飽，所以過沒一小時又會醒過來，每天晚上，我們兩個就在每二個小時喝奶、拍嗝、換尿布的循環中度過。

我媽不認同我領養子恩，還是一個有先天性心臟病的孩子。

「你領養之前，應該先讓她做個全身健康檢查，確定沒問題再領養。」她總是這樣碎唸著，好像領養一個孩子是去市場買一顆西瓜，要先敲敲看甜不甜。

但她還是來幫我顧孩子，讓我晚上可以睡幾個小時，白天才能繼續上班。

「不然，你再娶個老婆吧！當一個醫生，怎麼可能找不到對象？」

她說得沒錯，我們科的主任總是熱心地想幫我介紹。他每次都記得和對方說：「他有個小孩，但不是他親生的。」

這句話好像是在說，「如果妳覺得心裡有疙瘩，他可以再把小孩送養。」

我覺得子恩好可憐，從出生開始，人生就在可有可無的存在中度過。

親生媽媽為了某個說不出口的原因把她丟在女生廁所，養父身邊的人，從來沒把她的存在放在人生長遠規畫中。

如果我的下一個婚姻存在著子恩不能存在的但書，那我倒寧願它不要開始。這不是因為我有多高尚的情操，而是在我的人生哲學裡，每個人都有資格被當作一個完整的人看待，每一種真愛都不應該附有但書。

好不容易熬到子恩四個月大，終於可以動心臟手術，我的小兒科同事幫我插第一台刀，開了五個小時，近中午的時候才從手術室走出來。

看到他出來，我第一次對醫生這個職業感到無比尊敬。他告訴我，子恩心臟有一個好大的洞，還好補起來了。我從他臉上的汗，看出子恩在裡面與死神多麼激烈地搏鬥。

我成年後第一次落淚，是知道自己的妻兒還在火場裡，但我卻無法進去救他們；第二次落淚，是在知道自己領養的孩子終於有了活下來的機會。

上天就是這麼殘忍，又這麼仁慈，奪走了你全部的幸福，又讓你在轉角遇到愛。

8 阿星－和于珊第二次見面

和于珊第二次見面，她穿著緊身的魚尾裙禮服，頭髮盤起來，優雅地走上舞台。

照理說，我一個小小的主治醫師，不會參加這種企業家雲集的募款餐會。但今年輪到我當家族信託的諮詢委員，依據吳家的家族信託條款，每年信託收益的1％要投入慈善。

受託銀行給了我一些適合捐助的名單，如果是以往，我通常就隨便勾選幾個看得順眼的機構交差。今年，我看到當年為子恩提供手術照護的兒童罕病基金會也在名單中。

「如果吳先生有興趣，可以去參加他們的募款餐會。」受託銀行的窗口這麼告訴我。

說到信託，就必須講起我那了不起的祖父。

他用了十億台幣在瑞士成立了一個百年信託，只要家族成員有教育、醫療的需求，都可以向信託申請基金，每年孳息1％必須投入慈善，也是他立下的條款。

這個信託是 Rainy Day Only（供急用）信託，所以我們日常生活的花費還是必須靠自己努力賺錢，符合條件才能向信託申請基金。

因此，我從來不覺得我是什麼豪門之後，信託在大多數的時候和我都沒有關係，對我來說只有義務：每個成年的子孫必須輪流擔任諮詢委員會的成員，決定每年信託分配的方法和比例。

我帶著信託銀行給的邀請函到了募款餐會現場，一眼就認出于珊。當初子恩轉到術後照顧機構的時候，于珊也來看過子恩和其他的小孩。三年前，我對她唯一的印象，就是全身上下都名牌。我不是一個愛好名牌的人，但是包包或鞋子上的 logo（標識），很難不讓人注意到。

「喔，所以你是見證分享的家長？」聽到于珊這麼問，我就知道她一定忘記（或從未曾記得）我是誰。

對她來說，我就像穿藍白拖、提著現金皮箱去買房的田僑仔，雖然我那天明明穿上我最好的西裝，擦亮了我在量販店買的皮鞋，戴著和亡妻結婚時買的瑞士對錶。

但她真是漂亮，我不得不這麼說。又漂亮又有愛心的富家千金，再次證明上天真的很不公平。

那時的她，對我來說就像羅浮宮陳列的藝術品，必須站到紅線以外，遠遠地欣賞一幅很美、很遙遠又看不懂的畫。

第三章　改變我們命運的元宇宙

9 阿星—與亡妻在元宇宙相見

如果很思念已經去世的人，你會做什麼事？

多數的人會辦一個很盛大的告別式，然後在音樂中哭得稀哩嘩啦。有些人會出紀念文集，有些人會睹物思人，還有些人會去找法師通靈，試圖和死去的人對話。

我曾經想過，把我自己當成祭品，像古埃及一樣陪葬在妻子和兒子旁邊。

你不能想像那種獨活的愧疚感，每日每夜像哈利波特額頭上的閃電疤痕一樣提醒著我，為什麼那個晚上要丟下他們去醫院值班。

學醫是爸媽對我的期待，但我真的有興趣的是程式語言，也曾經夢想過去NASA（美國太空總署）當工程師。

但這些都不重要，在我那個年代，沒有考一百分會被打手心，讀三類組考上醫科不想去讀會鬧家庭革命。

沒有人在乎我想什麼，也沒有人看出我其實是另一個 Mark Elliot Zuckerberg（臉書創辦人）。一直到我聽說臉書改名元宇宙，我開始去了解那個只比我聰明一點的 Zuckerberg 到底在想什麼。

在元宇宙裡，每個人都有一個虛擬身分，你可以穿上真實名牌做的虛擬衣服（但沒有比較便宜），你可以點餐某間連鎖速食，接著你家門鈴就會響，熱騰騰的炸雞就送到你面前。你可以在元宇宙，戴上智慧眼鏡，和同事聊天、和病人對話。

於是我突然像被電擊那樣，心臟硬是多跳了二下。那麼，**在元宇宙也可以跟死去的人對話嗎？**

元宇宙問世後沒多久，Open API 又開發了人工智慧對話機器人，突然之間，ＡＩ變成大家琅琅上口的名詞，所有人都在討論ＡＩ。就在這個時候，我注意到韓國有一間ＡＩ公司，可以把死去的親人做成虛擬人，只要花四萬台幣，就可以和過世的親人對話，這種技術叫 Grief Tech（哀悼科技）。我再進一步搜尋，其實美國也有類似的技術，關於ＡＩ的驚人發展，就是從四年前開始。

但它們都有一個共同的問題，就是只能短暫地和死者對話，而不能真的和死者日以繼夜地生活。我認為，要能和死者一起生活，彷彿他們未曾死去，必須同時藉助元宇宙的技術，因為那才是一個真實存在的次空間。

如果我做一個ＡＩ模型，把妻子和兒子生前的照片、日記、數據放進去，ＡＩ能不能在元宇宙，還我一個很像我妻子跟兒子的人？寫到這裡，你應該就能理解，為什麼我沒有再婚了。

因為我的妻子婉真和我的兒子子翔，他們沒有真的離開，只是我必須戴上智慧眼鏡才能再見到他們。

這一直是我的秘密，連子恩也不知道。當我戴上智慧眼鏡進到元宇宙裡，婉真繼續唸著我們應該換大一點的房子，讓子翔能有一個獨立的房間，子翔還繼續吵著他要買新出的電動。

剛開始的時候，元宇宙裡的婉真和子翔只能停留在他們離開的那個時間點，我修改了程式，讓婉真會慢慢變老，子翔會慢慢長大。

為了同時照顧子恩，我讓婉真和子翔活在紐約的時區裡，因為剛好是12小時時差，所以子恩睡了以後，我可以到元宇宙裡送子翔去上學。

但我發現這樣日以繼夜扮演著兩個父親，讓我無法繼續扮演醫生跟生活中其他的角色，我靠著藥物讓自己清醒，但這不是長久的辦法。

於是我又開始寫程式，把每個病人跟我說過的話、相關的數據都做成ＡＩ模型，以幫助我不會忘記他們上次來找我時說過什麼話。

我也調整了婉真和子翔在元宇宙的時間計算方法，讓元宇宙裡時間一天，等於現實生活時間七天，這樣我才能找到一些時間休息，並且做一些正常人會做的社交活動，譬如參加子恩的家長會。

有時候，我覺得天才不能活太久，不然世界會因此大亂。我為了讓婉真和子翔繼續回到我的生活，卻讓其他人漸漸走出我的生活。

我想這應該是一個比臉書更偉大的發明，如果不是我當醫生，如果不是我有一個信託像保護網一樣支撐著我，我應該會急著拿這個發明去賣錢，成為世界首富。

但因為衣食無缺的生活，讓我沒有大展身手的誘因，我小小的願望，只是再次見到婉真和子翔，跟其他所有想辦法去通靈的人一樣，這個小小的期待，應該也是人之常情吧！

我這樣說服自己。

「你沒有錯，在我心中，你做什麼都是對的。」元宇宙裡，婉真ＡＩ撫摸著我的臉頰，那只是一片薄薄的影像，但智慧眼鏡下的我，卻能在心裡感受她手的溫度。

「妳還活著真好。」我摸著她的手說。

「還記得，我們說好，要一起坐遊輪環遊世界嗎？」

「記得，那是我們去德國度蜜月的時候，妳說過的話。」

「等子翔長大一點。」

「好。」我說，偷偷地從智慧眼鏡下擦去流下的淚水。

10 子恩－我和爸爸的距離

多數被領養的人會想知道自己真正的父親和母親是誰，但我卻只害怕有任何人提醒我現在的爸爸，其實我並不是他的親生女兒，因此我不敢問，深怕任何一個問題，會提醒爸爸我們之間有一道永遠跨不過去的距離。

我爸爸完美地讓一般人無法想像，雖然已經35歲，他身材保持得很好，長得又帥，有著人人羨慕的職業和收入，而且非常聰明。

但他從來不約會，而是整天關在那間書房。我不知道他在裡面做什麼，但書房總是上鎖，雖然整個家只有我和他兩個人。

他有一本剪報，還有好幾本相冊，一本寫著幾年幾月幾日做什麼的筆記本，內容詳細到「更換濾水器」、「婉真健檢」、「帶子翔去兒童樂園」。

我知道婉真是爸爸死去的妻子，子翔是我未見過面的哥哥，但我不知道爸爸這些看起來不像日記的筆記內容，是用來做什麼。

有時候我會偷偷地去翻這些過去的照片，照片裡爸爸笑得好開心，而不是像現在這樣滿臉倦容，即使笑也帶著滄桑。

阿媽總是說，爸爸好像一直被關在當年的火場裡，從來沒有出來過。

相較於追究我的親生父母到底是誰，我對爸爸的過去更好奇。有時候，我會自己幻想著，如果子翔哥哥還在的話，爸爸會不會就不要我了？是不是因為子翔哥哥不在，我才有繼續待在爸爸身邊的價值？

學校裡的同學都在討論智慧眼鏡和元宇宙，可是爸爸嚴禁我接觸跟元宇宙有關的任何東西，但我偷看到，他的書房裡，明明就有一個智慧眼鏡。

「智慧眼鏡對小朋友的視力不好。」他總是這麼說。

阿嬤偷偷問我，有沒有什麼阿姨來過我們家，我印象中唯一的阿姨就是打掃阿姨。阿嬤要我鼓勵爸爸去交女朋友，我沒有聽她的話，因為已經有一個死去的阿姨和子翔哥哥住在爸爸心裡，如果再來一個阿姨，那我在爸爸心裡的位置不就愈來愈小？我從來沒想過要成為爸爸心中的唯一，因為我知道自己已經不是。

但是他們都已經死了，只有我還活著。我這樣安慰著自己。

11 于珊－跳票危機

每次看到伊斯蘭教自殺炸彈客的新聞，我都會想，當炸彈客自爆的那一剎那，會不會還是有一點小小的期待，希望炸彈不會真的引爆？

爸爸的上市計劃成功，張會計師對于航估價出了合理性意見書，王律師受到爸爸壓力，對於于航根本沒有能力執行超賣的生前契約和靈骨塔合約視而不見，更不要說于航已經沒有能力支付高額的民間借貸利息，爸爸期待用高額的股價吸引更多人購買生前契約，產生更多現金流去填補利息的漏洞。

但現實是，于航的現金缺口已經大到無法填補。

第一張票跳票的前一晚，爸爸匆匆回家拿了護照，訂了去美國的二張機票，另一張票並不是給我。出門前，他帶著有點愧疚的表情看著我說：「妳也快走吧！」

但他並沒有告訴我隔天會跳票，也沒有告訴我他早就把個人帳戶裡的錢都轉走。

當一群記者擠在于航大樓樓下時，當銀行打爆辦公室電話時，當民間債權人衝進來要搬走值錢的古董字畫時，當我手中握著檢察官的傳票，但打給王律師手機卻已關機時，我知道我已經來不及逃，而且必須自己面對那些曾經簽過的連帶保證合約和本票。

「財報造假和跳票的事妳早就知情嗎？」

「上市前妳早就知道公司有資金週轉的問題嗎？」

檢察官問的所有問題，我都無法回答。我不能否認事先知情，但知情能改變什麼嗎？

我承認我還是沉溺於現在優渥的生活，即使知道整個上市都是騙局，我還是沒有勇氣像檢察官說的：「就算不能阻止，妳也可以舉發啊！」

舉發，然後呢？那個檢察官，他知道沒有于航支持的後果，就是基金會無法繼續運作嗎？他知道他現在講的那個罪大惡極的人，其實是我爸爸嗎？他知道被爸爸拋下的我，其實也是個受害者嗎？

沒有人會同情我，社會輿論覺得我們家是騙子，于航的小股東守在我家門外丟雞蛋，債權人帶著一群像黑道的人闖進我家，就連基金會，現在也被說成是我掩飾罪行的工具。于航的員工怕領不到薪水紛紛罷工，律師沒有收到 retainer（預付金）不願幫我辯護，買到生前契約和塔位的客戶整天到我家門口抗議要退款，我打爸爸手機永遠是關機。當全世界都離妳而去，生無可戀的時候，我六神無主地走到于航辦公大樓的頂樓。

我往下看，七十五層的高度足以讓一個人結束生命，我的腳在發抖，原來活下來跟自殺都需要勇氣。

就在這個時候，阿星帶著一張字條出現在我面前。

12 阿星－拯救于珊

不管相處再怎麼甜蜜，我和婉真就跟一般的夫妻一樣也會吵架，她總是嫌我工作狂的性格，特別是把 Line 給病人這件事。

「難道她半夜自殺，你都要隨傳隨到嗎？」

「你知道你不是119嗎？為什麼總是要把別人的工作搶來做？」

「你為什麼沒有把我們擺在第一位？在你心中，病人比家人還重要嗎？」

我只能說，就像烏龜生下來就揹著殼，有些人生下來就帶著某種使命，所以你從不曾真正感覺它的重量。

數學極好的我，對於投資卻一竅不通。

我想像中買股票就跟投票一樣，如果你支持哪個候選人，希望他當選，就把票投給他，所以我生平買的第一張股票就是于航。

一直到接了投資人保護中心的電話，問我要不要參加團體訴訟，控告于航詐欺和財報不實，我才知道，買股票跟投票不一樣，如果你投給一個候選人，但他後來做得很爛，提出的政見都沒執行，詐欺選民的感情，你只能自認倒楣。但買股票被詐欺，你可以名正言順地告那家公司跟負責人。

這樣講起來，買股票划算得多。

「沒關係，我只買了五十張。」我客氣地準備掛上電話。

「什麼，五十張？那你損失應該很大，你知道那張股票現在已經停止交易了嗎？」

「為什麼停止交易？」

「不但停止交易，董事長已經潛逃，總經理也已經被限制出境了！」

我沒有像其他憤怒的股民一樣打開冰箱找雞蛋，而是馬上抓起我的車鑰匙往外衝。

當醫生的直覺告訴我，人在絕望無助的時候千萬不能獨處，特別當你在一間高達七十五層的辦公大樓裡工作的時候。

我身著醫師服，穿越一群抗議的群眾，匆忙地靠近于航的辦公大樓，拿出醫師證貼在玻璃上給門口的警衛看。

那個警衛比了一個手勢，我會意過來，繞到後面，警衛幫我開門。

我應該先解釋，每個超過五十名員工的企業，依照職業安全衛生法的規定，必須聘用特約的醫護人員，我一個禮拜有三天的下午都會到于航看診，這個警衛三天兩頭就會來拿第一代的鼻福錠，我明明知道他把治流鼻水的藥當安眠藥在用，還是睜一隻眼閉一隻眼地開給他，經歷過失去妻兒的傷痛，我知道躺在床上三個小時卻睡不著是一件多痛苦的事。

「醫生，你現在還來看診喔？人都走一半了。」

「我會看到剩下最後一個才走，跟你一樣。」

警衛感同身受地看著我，我心裡有點愧疚，他可能以為我跟他一樣領不到薪水。

「總經理還在嗎？」

「應該在，我今天有看到她來上班。」

我點點頭，像往常一樣去搭電梯，等他轉過身，我偷偷走向另一座直接通往總經理辦公室的電梯。

在電梯裡，我突然開始耳鳴，應該是因為快到第七十五層的緣故。

電梯門打開，我看到一排開放的辦公室，桌上的電腦螢幕看起來已經被拔走，文件四處散落，牆上有空的釘子，地毯有被什麼重物長期壓過的痕跡，我雖然從沒上來過，但可以想像那裡本來應該有一幅畫，這裡本來應該有一座雕像。

再往前走，我看到兩個半掩的辦公室，還有一個二十人大長桌的會議室。我走進其中一間辦公室，約十坪大，被全玻璃帷幕包圍著，採光極好。整個空空盪盪的房間中間有一張大桌子，向著外面的藍天白雲，我可以想像在我的左手邊本來應該有一個一百吋的大螢幕，右手邊應該有一組大沙發。

從沙發區往內走，有一個極大的更衣室，都是玻璃展示櫃，裡面空無一物，掛桿上掛著我看過的那件白色魚尾裙，還有幾件還沒被搬走的衣服。

那衣服的主人去哪裡了？我開始慌張地四處尋找，如果此時于珊只是待在洗手間或是去了別的樓層，我的魯莽行為會讓我成為笨蛋一枚。

還好我是個警覺性很高的笨蛋。

我推開安全門，順著安全梯往上爬，打開頂樓的大門，當我看到眼前的景象，喘得上氣不接下氣時，心裡只有一句話。

「還好，這次終於趕上。」

我不能忍受再有另外一個人，因為我的不作為而失去生命。情急之下，我拿出醫師服裡的紙筆，寫了兩句話：

I see what I believe.（看到自己所相信）

I believe what I see.（相信自己所看到）

「我可以解決妳的債務問題。」我說。

于珊回頭。「你不能！」

我慢慢地走過去，想遞給她那張紙條。

于珊後退了一步。「你不要再過來！」

「好，我不過去。那不然，妳過來？」

我看到于珊眼中的遲疑。

「妳真的不想看看，上面寫什麼嗎？」

我看出于珊眼中的掙扎，醫學的專業告訴我，好奇心已經超越她那薄弱的求死意志。

13 于珊－阿星的救贖

我見過他。

我不否認風流可能是一種會遺傳的基因，或我爸跟我一樣，也用夜夜風流麻醉遺失許久的良知。

我懷疑我爸跟我的口袋都有個洞，良知像一枚十元銅板一樣，才剛裝進來，就掉在回家的路上或計程車裡。

於是我常常在夜店玩到宿醉，身邊都是六塊腹肌的ＡＢＣ，相信我，錢可以買到妳要吃半年雞胸肉和一天十顆蛋白才能有的身材——只是那些肉長在別人身上。

有一次我睡到隔天中午才去上班，正要去搭那台專屬於我、直達七十五樓的電梯，突然發覺旁邊站著一個男人一直盯著我看。

從一個男人看妳的目光，就可以判斷他是否對妳有所求。

那男人看我的眼光，不是我熟悉的那種自為是黑洞、能吸走所有圖釘剪刀和鍋碗瓢盆的眼神，那眼神好像是我哪裡拉鍊沒拉好，或是包包忘了關。

「我是輪流派駐在這裡的醫生。」他說。

「喔，謝謝你過來。」我禮貌地微笑。

「妳可能忘了，我們在募款餐會上見過。」

回憶穿過我因為宿醉痛得發麻的大腦。「你是吳沛星醫師？」

我伸出手，他像被突襲一樣，禮貌地和我握手。

他瘦瘦高高，襯衫燙得筆直，看起來斯文有禮，就是你期待一個醫生會有的樣子，跟王律師那種唯唯諾諾、不敢反抗爸爸的樣子不同，他的眼神流露出一種哀傷和堅毅，好像本來在當歷史老師，被徵召去打二次世界大戰，又倖存下來被授勳的那種軍官。

電梯門打開，我輕輕地抽開手，微笑地走進電梯。

一般來說，你不會關心只見過二次面的人是死是活，至少我不會。

我很難想像，現在會有任何人想關心一個坑殺股民的騙子。

但阿星氣喘吁吁地站在我面前，即使離他十步的距離，即使頂樓的強風使勁地吹，我還是感受到一絲溫暖，他一定以為我很想看那張紙條，其實，我只是不想死，我只是渴望被一雙溫暖的手拉住。

我顫抖地接過紙條，還是有一種被騙的感覺。

I see what I believe.（看到自己所相信）

I believe what I see.（相信自己所看到）

就憑這兩句話，可以解決我的債務問題？

我再度絕望，但已經失去跳下去的勇氣，像小女孩的洋娃娃被哪個頑皮的男生扯斷頭一樣，坐在地上大哭。

「我叫吳沛星，妳可以叫我阿星。」他陪我一起坐在地上，拿出手帕給我。

我不要他的手帕，現在的我，只需要一雙可以讓我大哭的肩膀，讓我釋放被無情的爸爸傷害，被龐大債務壓垮，對未來陷入絕望的所有情緒。

我抱著阿星痛哭，不知道哭了多久。

14 子恩－新來的阿姨

爸爸終於帶了一個阿姨回家。

根據我對愛情粗淺的理解，如果兩個人相愛，其中一個應該不會抱著枕頭棉被跑去睡在客廳的沙發上。

阿姨就這樣住進我家，住進我爸的房間，我爸改去睡沙發。爸爸說，阿姨只是這段時間來借住，事情忙完之後就會回去。

在四歲的年紀，心中想像的漂亮姊姊，應該要像水蜜桃姊姊親切可愛。

對於這種叫姊姊年紀過大，叫阿姨又不夠賢慧成熟，每天睡到中午又不會幫忙做家事的女人，連我阿媽都搖頭。

「妳爸就是人太好，專門撿別人不要的回家。」阿媽才一說完，就發現她自己講錯話。

但家裡終於有第二個女生，而且還跟我一樣，是別人不要的，我突然覺得有那麼一點點興奮。

阿姨很喜歡打扮，有很多漂亮的項鍊，如果我走近，她就會大方地說：「這個送妳！」

我開始喜歡上她，不是因為她常常送我東西，而是她會像小孩子一樣跟我玩，而不是像其他的大人，叫我不能做這個不能做那個。

我們會一起偷吃冰淇淋，她會給我看 YouTube 的影片，不是那種兒歌或成語故事的影片，而是韓國天團或是阿娘哈細腰，我們會一起把鍋子或髒衣服當成道具跳舞，然後摔在沙發上大笑。

爸爸跟以往一樣嚴肅。多數的時候還是關在他自己的書房內，每次他一進書房，就是我們兩個的玩樂時間。她會講故事給我聽，不是那種白雪公主或糖果屋的故事，而是關於很多人怎麼死去的故事。

「有一個小女孩，她不小心掉進水裡，她爸爸為了救她，自己就溺死了。」每次講到這個故事，我們兩個就會一起流淚。

「有一個人走在路上，另一個人大叫一聲，他以為有人叫他就回頭，就被開槍殺死了，但那個開槍的人要殺的其實是另外一個人。」她講完就自己咯咯大笑，好像那個死去的人只是在演電影，喊「卡」之後，他就可以抹掉身上假裝是血的番茄醬又站起來。

坦白說，我開始有點喜歡這個阿姨，希望她的事情不要太快忙完。我甚至想著，如果有一天爸爸也一起睡在那個房間裡，阿姨是不是就不會走了？

直到有一天，我發現爸爸在平常不會出來的時間，突然從書房開了一個小縫，臉上帶著微笑，偷看著在客廳跳舞的阿姨，我心裡暗自竊喜，看來這一天也不是那麼遙不可及。

第四章　眼見為憑

15 于珊－醫生的家

在那個七十五樓的屋頂，阿星靜靜地坐在我旁邊，不知道過了多久。

他突然開口說話了。「妳有沒有想過，如果有一天，**人類可以安葬在元宇宙？**」

「那我就不用再去搶地，也不用再被附近的居民丟雞蛋？」我想著。

「如果有一天，人類可以在元宇宙重生，活著的人只要戴上智慧眼鏡，就可以跟去世的人對話，而不需要再透過乩童？」阿星講這句話的時候，眼神散發出光采。

「那希特勒還會繼續在元宇宙屠殺猶太人嗎？」我想著。

「會不會有一天，一個人可以有99％的時間都在元宇宙裡生活，跟他去世的親人一起吃早餐、上班、下班、看書、逛畫展？」阿星說。

「那剩下的１％呢？」我想著。

「I see what I believe. 意思就是，妳不用真的讓這件事發生，妳只需要讓人們相信他所見到的，就像魔術一樣。」阿星說。

「I believe what I see. 我只相信我所看到的。」我說。

「我會讓妳看到。但首先，我們要離開這裡，這裡風好大。」阿星脫下他的醫師服，披在我無袖的洋裝上。

我感覺到醫師服口袋裡筆的重量，還有阿星殘餘的體溫。

「我無處可去了，每個地方都有人恨不得把我撕裂。」

「如果不嫌棄，先住我家吧！」

我看著阿星，在我的世界裡，跟一個男人回家代表著不同的含義。

「你知道，我現在身無分文，即使綁架我，你也拿不到任何贖金。」我還有心情開玩笑。

阿星露出靦腆的笑。「我買了五十張于航的股票，應該是最有資格綁架妳的人。」

「Are you kidding me（你是說真的嗎）？」我露出不可置信的表情，不管從財報或線分析，我都找不到買五十張于航股票的理由。

我毫不猶豫地跟著阿星回家，只因為那個地方至少還有在乎我的人。我不是沒有想過，一到他家他就會變成另外一個人，拿出手銬把我囚禁在地下室，像電影演的那樣。但不知道為什麼，他那憂鬱的眼神，讓我覺得我們兩個應該可以互相救贖。

我以為他是一個人住。

看到子恩的時候，我有點嚇到，一個臉上寫著生人勿近的小女孩。

我不是那種看到小孩會覺得可愛，或是母性大爆發的女人，我常常到基金會看小朋友，但那只是短短的幾分鐘，通常秘書長會帶著我跟小朋友還有家長打招呼，接著就合照，在別人發現我其實不擅長處理這種慈愛的場面之前，我早就轉身離開。

我的童年總是在討父親歡心。媽媽帶著我在眾多小孩面前卡位，我必須表現得很得體、傑出，以成為接班的理想人選。我沒有要不到禮物在地上打滾的權利，也沒有資格要求爸爸假日帶我去公園玩，因為我沒有正常的童年，所以不知道怎麼跟有童年的小孩互動，如果能說些什麼，我只能告訴他們要堅強，沒有人會在你跌倒的時候同情你，他們只會朝你丟石頭。

阿星把房間讓給我睡，我才注意到這間房子只有二個半房間，那半個房間是書房。一個捐一千萬給基金會的人，卻住在一間不到四十坪的老房子裡？這讓我對阿星更好奇了。

16 阿星－撿回家的女孩

我不是沒有掙扎過，是不是真的要讓于珊走進我的世界，並且看到我偉大的發明。那是專屬於我的回憶，跟別人分享，就像跟別人共用牙刷一樣奇怪。

但她實在太孤獨無助，好像你在垃圾桶裡撿到一隻小貓，沒辦法不把牠帶回家。

也許就像婉真說的，「你知道你不是119嗎？為什麼總是要把別人的工作搶來做？」

如果在路上看到一個人迷路，我應該送她去警察局。

如果在屋頂上看到一個人要自殺，我應該要打119。

但從另一個角度來說，我是否也私心地覺得，只有在這個時候，我才能跨過羅浮宮那條紅線，走近看懂那幅畫，仔細檢查每一個龜裂的細紋，想像畫家作畫當時光影的變化。

于珊的美麗背後有一種故作堅強的脆弱，一種只有身心科醫生才能感受的美感，如果烏龜可以暫時把殼放在旁邊，讓自己喘息一下，卻不用擔心被任何天敵傷害，我願意當她暫時的堡壘，陪她走過這一段路。然後她可以再揹起她的殼，去跟兔子賽跑。

子恩對於家裡有另一個女生的這件事，一開始不太適應。但漸漸地，我發現于珊可以給子恩我無法供應的能量，那種能量，不是給她溫飽，不是帶她出去玩，而是鏡射的人生，讓子恩知道，「如果這樣的話會怎麼樣」；讓子恩看到，女孩變成女人的過程是多麼有趣。

于珊怕胖，只吃白煮蛋、雞胸肉和青菜，水果只吃一個拳頭大小，每天精準地計算熱量，有時候我看到她在我們大吃炸雞和披薩的時候吞口水，也覺得好笑。

這是一種很奇怪的體驗，特別是在我把自己埋在元宇宙裡和婉真子翔相處的日子裡，于珊帶給我的震撼很真實，不需要透過智慧眼鏡就可以聽到她的笑聲。

當我在客廳睡覺的時候，我可以聽到她走出來上廁所的腳步聲，我知道她偷偷走過來看我睡著沒，我知道她幫我蓋被子，我都知道，雖然我在裝睡。

有時候我會有一種錯覺，覺得她跟我跟子恩三個人其實是一家人，就像我跟婉真、子翔一樣。

但于珊跟婉真是完全不一樣的兩個人，婉真賢慧，總是叨唸著我跟孩子，把家裡打掃得一塵不染，我曾經覺得自己多麼幸運，能得到像婉真這麼溫柔又賢慧的太太。

而于珊完全我行我素，她只做自己的晚餐，甚至需要我跟在後面用吸塵器吸走她邊吃邊掉的餅乾屑。

有時候我覺得地球很了不起，為什麼能同時容納白天和黑夜，同時繞著熾熱的太陽，又讓冰冷的月球緊緊跟隨。

我想，該是時候讓于珊看一下我的發明，如果她再住下去，我不知道會發生什麼事。

17 于珊－阿星的秘密

第四章　眼見為憑

子恩剛開始對我很有敵意，我本來以為她是怕我搶走她的食物，後來才知道，她是怕我搶走她爸爸。

但我沒看過哪個四歲的小女孩，可以一個人吃完一塊牛排和一個大披薩還不會發胖。

「可能因為她小時候心臟開過刀，現在想把以前吃不飽的都補回來。」阿星總是這麼說。

反正他是醫生，講什麼都是對的。

但這世上沒有任何事可以難倒我，包括對付一個四歲的小女孩。因為她就跟小時候的我一樣，缺少父親的陪伴，我怎麼會不了解這樣的小女孩想什麼。

她想要一個可以跟她說話的人。

阿星常把自己關在書房裡，有時候阿星的媽媽會過來陪子恩，我不知道她為什麼這麼討厭我，但無所謂，阿星會護著我，他總是護著我。

我開始覺得，被保護的感覺很好，為什麼以前我都沒想過，也許我可以遇到一個能保護我的男人？

過了一個星期，阿星終於帶我走進那間上鎖的書房，原來這就是他把自己關起來的地方。書房的牆上有照片，裡面有阿星，和我不認識的女人與小孩，書房裡有玩具，但看起來是男孩的玩具。

「這是妳的AI。」阿星按下播放鍵，我看到另一個自己，在紐約的街頭行走。我記得那一刻，是我為了看五色鳥，在中央公園待了五個小時，後來終於看到五色鳥，我興奮地 PO 在臉書上。

我看到二十歲的自己，在大學課堂上簡報我的行銷管理SWOT分析。

我看到二十一歲的自己，領養了生平第一隻寵物吉哥，那是一隻即將被安樂死的流浪狗。

我看到二十二歲的自己，參加泳池畔的畢業BBQ烤肉趴。

我看到二十四歲的自己，搭著飛機回到台灣。

我看到二十六歲的自己，參加媽媽的喪禮。

我流下眼淚。「你這禮拜都關在裡面做這個？」我問阿星。

「不完全是。」阿星回答。

後來當我再重新播放阿星為我做的AI，我知道他刻意選擇了對我來說美好的回憶，這就是AI說的 Bias（選擇性偏差），只挑選特定的數據，產生有偏差的分析結果。如果要我回憶自己的人生，我會先想到在夜店狂歡，在精品店逛街，早上睡起來不知道旁邊躺的人是誰，再叫 room service 送早餐進來。

「我用妳在社群的照片，發過的文章，還有跟妳一起照相的人他們發過的文章，他們社群的照片，再連接特定時間、地點那時候新聞上曾經發生過的事，就可以做一個屬於妳的ＡＩ。」阿星解釋。

我驚訝地發現，自己竟像是動物園裡被觀賞的獅子，跟我在同一座屋簷下只同居一個禮拜的人，就可以複習我人生的前半部。

「這就是數據的威力。許多人以為元宇宙的商機在精品業、在速食業，**其實元宇宙的商機在殯葬業**，所有曾經逝去的人和回憶，都可以在元宇宙重新復活。」

阿星再度讓我驚豔。除了豪擲一千萬的捐款外，我很少看到一個醫生這麼有商業頭腦。

「**所以，如果每個人把自己的行為軌跡和數據存到某個地方，等他死亡的時候，我們就可以做一個他的ＡＩ，讓他在元宇宙裡復活？**」我那像母豬找松露的靈敏商業嗅覺突然覺醒過來。

「可以這麼說。」

「因此，我們不需要再存不知道要用來做什麼的骨灰，而是存數據；我們不用蓋靈骨塔，而是蓋數據銀行；我們不用賣生前契約，而是賣ＡＩ模型？」我興奮地說。

「如果妳一定要這麼做的話……」

「那我就可以告訴那些想要退款生前契約跟塔位的人，他們可以把契約轉成ＡＩ契約……」我盤算著，完全忽視阿星眼中閃過的猶豫。

「耶！我的殯葬事業終於可以東山再起了！」我興奮地抱住阿星轉圈圈。

阿星被我突如其來的擁抱嚇到，不知該如何反應。

我突然看向螢幕裡其他的ＡＩ模型，寫著婉真、子翔、小如……

「這些是什麼？」

「妳不用管。」阿星突然嚴肅地關起螢幕。

「那我們該怎麼開始呢？」我喜孜孜地想著我的復出計劃，當時宛如厲鬼想從谷底爬起來的巨大意念，移轉了我對其他ＡＩ模型的注意力。

第五章　東山再起

18 阿星—重生的女孩

于珊像失去舞台的芭蕾舞者又重新穿上舞鞋，愉快地轉圈圈。

看著她那麼開心，即使我心中感到不安，也暫時拋到腦後。

「我們需要一個團隊，只有我一個人可能不夠……」我提醒她。

「我還有一個于航創投，可以讓創投來投資，我們需要找一些ＡＩ跟數據專家。」于珊說。

「幫我聯絡債權人跟債權銀行，我願意協商還款，但如果他們願意用債權轉投資特別股，我可以保證三年贖回，股利率５％；還有，幫我聯絡買生前契約跟靈骨塔的客戶，我要召開說明會……」于珊在客廳來回地繞圈，交代她在創投的秘書。

「你多久可以做出Demo的ＡＩ？」于珊轉頭看著我。

「算了，不用再做，就用我的Demo。」于珊轉頭繼續講電話。

我看著她，有一種加油站員工幫客人的跑車加完油，看著車子以時速200駛離的悲涼感。

「她應該會馬上回到屬於她的位置，離開這個家。」我默默想著。

但她突然拿出一份合約。

「從今天開始，你就是我的 partner（事業夥伴），我們用一間新公司重新開始，你要拿多少股？」

「Partner？」我從沒想過創業這件事。

「你就用ＩＰ作價換股，不用出資。沒有你，就沒有這間公司，你想要多少股，直說沒關係。」

「我只想要妳快樂，快樂值多少股？」

我看到于珊紅了眼眶，但我不是故意惹她哭，我是真的不知道怎麼回答她的問題。

「你不能這樣，這是一場商業交易，你貢獻ＩＰ，我貢獻資金，我們一起開一家公司。」

「還是，你不要專屬授權，你在考慮跟別的殯葬業者合作？」于珊說著，我知道她在故意激怒我。

「那就用我買于航的五十張股票作價投入吧！」我把合約拿過來，看都不看就簽了字。

「你可以要更多。」于珊說。

「我要的，妳不一定給得起。」

她真的以為我是為了錢才做這一切嗎？

我負氣起身，拿著早餐喝完的咖啡杯走到廚房，把水龍頭開到最大。

19 于珊－外星球來的男人

我過去的感情世界跟事業上的成就就像債券跟股票，一個漲的時候，另一個就開始跌。

曾經，我也想認真地談一段感情，但我最擅長的是為自己爭取最大利益，如果有人把我擺在比他自己還重要的位置，我會害怕地轉身逃跑。

而且，怎麼可能會有人把別人擺在比自己還重要的位置？

阿星對我來說，就像外星球來的男人。那些在我之前存在的其他ＡＩ模型是誰？他為什麼出手闊綽，卻過得這麼節約？子恩的媽媽去了哪裡？照片裡的女人和小孩又是誰？

一直到有一天，子恩告訴我，**「其實我是領養的。」**

「那妳的親生爸媽呢？」

子恩聳聳肩。「我不知道，也不想知道。」

我硬擠出一句安慰的話。「沒關係，我也不知道我親生爸爸在哪。」

子恩開始把玩自己的串珠珠，她喜歡黑色或咖啡色的珠珠，我以為小女生都喜歡粉紅色。

「妳爸爸，平常都這樣把妳丟在客廳？」

「他的書房有一個監視器。」子恩比著天花板，我看到一個閃著紅色的點。

原來是這樣，所以他一直都這樣偷看著我們？明明就是幾步之遙，為什麼他寧願透過一個螢幕看自己的女兒，也不肯出來客廳陪她玩？

如果不喜歡小孩，阿星當初為什麼要領養子恩？是因為他跟子恩的親生媽媽有什麼關係嗎？一個大男人，怎麼會想要單獨領養一個小孩？難道，他跟我爸一樣，也是不小心讓哪個女明星懷孕了？如果是這樣，他為什麼要對子恩隱瞞自己是親生爸爸的身分？

更奇怪的地方是，他完全不想碰我。

跟一個人發生關係並不需要太多的醞釀過程，那只是一種化學作用，可能就是在夜店裡看對眼，或是像我對王律師這樣，食之無味棄之可惜。

阿星看起來就是個沒有女朋友的男人，但即使我半夜穿著睡衣站在他面前，他依然不為所動。

我知道他還沒睡著，但他從不睜開眼看我。

就在我覺得他應該是對我沒興趣，或只是看不起一個負債累累的女人，他又講出那種「我只想要妳快樂」的話。

我拿出他給我的紙條，上面寫著「I see what I believe. I believe what I see.」，雖然我們住在同一個屋簷下，我看得到他，卻無法理解他。一個帥氣多金卻沒有感情生活的醫師，領養了一個小女孩卻讓她過得如此孤獨，對送上門的女人和財富又完全不感興趣。

到底有哪一個地球人，看到上百億合約的好交易會嗤之以鼻。

他一定是個外星人。但那個外星人，為什麼要解救我這個地球人？我突然覺得鼻酸，但我究竟在難過什麼？

而且，什麼叫他想要的東西我給不起？我最討厭被挑釁。

我小時候做過一種過敏原的皮膚貼布測試（Patch Test）。如果你的皮膚對什麼過敏，卻不知道過敏原是什麼，醫生就會在你身上貼上各種可能讓你過敏的東西，然後觀察你皮膚的反應。

為了得到答案，我做了有生以來最蠢的事，來測試我這個無所不能的女人，到底有什麼是我給不起的。

20 阿星－地球來的誘惑

「記得，那是我們去德國度蜜月的時候，妳說過的話。」我說。

「等子翔長大一點。」婉真說。

我和婉真重複著一樣的對話，但不知道為什麼，我不再覺得那麼激動。

而且，我腦中突然閃過于珊和子恩跳舞的身影。

「妳有沒有想過，也許我們不可能真的去環遊世界？」我突然問婉真。

婉真AI困惑地看著我，我才意識到，要一個AI去「想」事情，也太為難她。

「環遊世界的方式包括坐飛機、坐遊輪或坐火車，你需要我來規畫最合適的路徑嗎？」婉真AI問我。

這是非常AI的回答，已經比一般的對話機器人好多了。「不管是什麼路徑，它都是在元宇宙的虛擬旅行，不是嗎？」我說。

「但我很期待。」婉真AI說。

這句話讓我覺得震撼，婉真AI已經學會跳出框框回答問題，而且告訴我她心裡的感受。

「婉真……」我握住她的手，再度覺得熱淚盈眶。

「妳要抓住我，不要讓我離開，我好怕自己有一天會離開……」我哭了。

「你不會。因為你對我們的愛，永遠不會改變。」婉真再度撫摸我的臉。

我緊握著現實世界的水杯，好像那是婉真的手。

「這就是我害怕的地方，」我說，「沒有什麼東西是不會改變的，**除非我把自己也凍結在元宇宙。**」

接著，我像往常一樣，跟婉真和子翔說完再見後，假裝在元宇宙出門上班，卻在現實世界拿掉智慧眼鏡，準備入睡。她不知道現實世界的我已經淚流滿面，因為她看不到，就像我現在也看不到自己的心一樣。

或者，我只是無法直視它，因為我害怕有一天，它會背叛我，或讓我背叛自己的「婚姻」。

我望向書桌前的監視器，發現于珊正看著監視器，我們就隔著一個監視器相望。她看不見我，但我看得見她，那個困惑不解的眼神。

今天我特別晚睡，于珊也是，我看房間還是亮的，於是拉起毯子，閉上眼睛。

當家裡出現第一隻老鼠後，只要天花板有聲音，你都會特別敏感。

我現在對於于珊的腳步聲特別警覺，當她漸漸靠近我的時候，我的心跳得愈來愈快。

腳步聲停在我前面，我猜想她跟以往一樣，又會看一會兒，然後離開，於是我繼續裝睡。

但這次，我聞到香水味，而且愈來愈近。
我猜想她彎下了腰。
接著，她做了一件從來沒做過的事——把手放在我的胸口。
從一個人心跳的頻率，就可以知道他是否入睡，這騙不了人，珊果然跟水果手錶一樣聰明。
她低頭吻了我。
我別無選擇，只能睜開眼睛。一睜眼，就看到她敞開的睡衣。
我從沙發上跳起來，趕緊用毯子包住她的身體，推她進房間，把門關起來。
「子恩起來看到怎麼辦？」
就在我講這句話的時候，毯子又滑落。
我用手抱著臉，抑制想撲上去的衝動。
「是你有問題？還是我有問題？」
我急著辯解。「當然不是妳的問題！是我的問題。」
于珊露出詭異的表情。
「不不，不是那種問題……我的意思是，唉。」
我不知道要怎麼說明現在的困境，一個未來每個人在元宇宙都會遇到的困境。
于珊背對著我。

「如果有什麼是我給不起的，那就是去愛一個天上掉下來的人。還好你要的不是這個。」

于珊這句話，狠狠地刺傷了我。

老實說，我根本不知道自己要什麼，我只知道我不想失去于珊。

我伸手想安慰她，但我觸摸不到她，她是羅浮宮裡的藝術品，而我只是一個穿著藍白拖，連走進去都會因為衣衫不整被攔下的田僑仔。

我願意用盡我所有，換得她在電話上喜孜孜討論新商機的笑容，如果這不是愛，那什麼才是愛？

但愛她，和占有她，是兩件事。每個人都可以愛莫內的畫，但只有真正幸運的人才能擁有它。我是一個大她八歲，帶著創傷和一個小孩的男人，我憑什麼占有她。更何況已經擁有另一個家庭的我，可以讓她占有的時間幾乎是寥寥無幾。

我又想起那個帶婉真環遊世界的承諾，如果那不是愛，那什麼才是愛？

我無法解釋我的痛苦，我應該要愛著婉真，因為我的妻子並沒有死去，只是我必須戴上眼鏡才能看見她。我怕于珊告訴我沒關係，萬一她容許我同時愛著兩個女人，作為一個正常的男人，我可能會自私地占有她，而「自私」兩個字，不該出現在我的字典裡，因為我是一個隨傳隨到的１１９，我應該把別人擺在比自己還重要的位置。

21 子恩－一定要這樣嗎

我聽阿媽說，古時候有一種舞叫探戈，一個人往前，另一個人就會後退，但兩個人會黏得緊緊的，分不開彼此。

我爸跟阿姨就是這樣。

今天早上我爸要去倒咖啡，阿姨也要去倒咖啡。阿姨看到我爸往前一步，她就後退一步。我爸倒完咖啡要回去，發現阿姨擋到他的路，他退一步，阿姨也退一步，阿姨看到他後退，便要往前，但阿姨往左，他也往左，阿姨往右，他也往右。

「你們兩個怎麼了？」我忍不住問。

但沒有人回答我，整個早餐時間沒有任何人，再講過任何一句話，直到我吞下第九顆茶葉蛋。

「夠了，妳平常早餐只吃七顆。」爸爸說。

「她正在長大。」阿姨說。

「她一直在長大，不是只有今天。」爸爸說。

「七顆和九顆有什麼差別？」阿姨講話大聲了起來。

爸爸沉默了很久，突然冒出一句：「多了二顆，怎麼會沒差？」

第五章　東山再起

「不是少二顆就好。」
「跟妳說過我沒有那方面的問題！」
我困惑地看著站起來的兩人，他們到底在說什麼？
「我情願你是那方面的問題才睡沙發，這會讓我好過很多。」阿姨說完便轉身，這是她進到家裡以來，我第一次看到她流眼淚。
接著阿姨進房間，拿了一袋衣服出來，爸很緊張地往前追過去，搶下她的衣服。
「妳要去哪裡？」
阿姨看了他一眼。「我跟乾洗店約在樓下，他要來收乾洗的衣服。」
阿姨從我爸手裡把衣服拿走，留下我爸一個人呆呆地站在原地。
「你們兩個一定要這樣嗎？」
我爸很心虛地看著我。「我們，有怎麼樣嗎？」
「阿姨事情辦完了嗎？」
「應該快了……」爸爸的臉上露出一絲悲傷。
「那你會讓她走嗎？」我問。
「妳很希望她走嗎？」
我搖搖頭。「我不喜歡你們吵架，今天的蛋比較小顆，所以我多吃了二顆，對不起，下次我只會吃七顆……」我愧疚地低下頭。

爸爸蹲下來，看著我說：「這跟妳沒有關係，對不起，都是爸爸不好……」

「因為你一直睡沙發嗎？」這是我剛剛聽到的關鍵字。

爸爸笑了笑。「我告訴妳一個小秘密，不能跟阿姨說喔！」

「我睡在沙發上是因為……我怕她沒有跟我們說再見，就偷偷跑走了。所以我要守在客廳，這樣如果她離開，我就會聽到聲音。」爸爸抱起我。

「那你也可以睡在房間裡啊！那張床可以睡兩個人。」

「這個……」我看到爸爸紅了臉。

「等妳長大了就會懂。今天的對話，是我們的秘密，不能跟任何人說喔，阿媽跟阿姨都不行。」

「嗯。」我伸出手和爸爸打勾勾。

在我當時的年紀，如果有同學跟我說：「我告訴妳一個秘密，妳千萬不能告訴別人。」

我一定會馬上去找我的好朋友，告訴她：「我跟妳講一個秘密，ＸＸＸ說不能說，所以我只跟妳講，妳不可以告訴別人。」

想當然耳，我一等爸爸去上班，就迫不及待地告訴阿姨：「我爸爸說有一個秘密，叫我千萬不能跟妳講……」

第六章　元宇宙的無限可能

22 于珊－神秘的書房

他終於來敲門。

「睡了嗎？」阿星問。

「睡不著，明天是債權人協商會議。」我說。

「……等妳東山再起，會離開這裡嗎？」阿星吞吞吐吐地問。

我懂這種感覺，好像小時候被派去參加演講比賽，把演講稿練習了很多遍，上了台卻講不出話。

「如果我離開，一定會跟你們說再見，不會偷偷地走。」

阿星點點頭。他怎麼能期待一個四歲的小孩保守秘密。還是，他心機有重到，藉著子恩的嘴講出他心裡的話？

「我想，有些話，在妳離開之前如果不講清楚，我會後悔。」阿星說著，拿出一疊照片、筆記還有獎狀。

我翻看著，是一家三口快樂的合照，跟書房裡的照片是同一張，還有無數張三人的合照，我驚訝地抬頭看著他。

「我以為子恩連這個都會跟妳說。」阿星說。

我突然懂了。「這是你的太太跟小孩？」

你知道有些很單純的女生，跟一個男生交往多年後，才發現這個男生其實另有家室，我那時就是那種感覺，雖然我已不單純，我們也沒有在交往——應該沒有吧！

「對，但是他們死於一場大火。」阿星說著，也在床邊坐下。

我恍然大悟。「他們是另外幾個ＡＩ？」

阿星點點頭。「還有我的病人們。有一段時間，我完全無法休息，精神無法集中。為了不要忘記病人曾經跟我講過的話，我也幫一些病人做了ＡＩ。」

「所以，在元宇宙跟死去的人一起吃早餐，不是未來，而是你現在正在做的事？」

阿星點點頭。

「所以，你之所以發明這些，是為了跟死去的妻兒繼續對話？」

阿星點點頭。

「所以，你關在書房裡的時候，就是在元宇宙裡跟他們一起生活？」

阿星又點點頭。

有那麼一刻，我覺得應該要放棄ＡＩ計劃，它的倫理議題太複雜了。而且，它綁架了「我的」阿星。

「我當時做這件事的時候，其實沒有想太多，但我發現，它沒有我想得這麼簡單。如果我的妻子還活在元宇宙裡，我要怎麼去愛另外一個人？這難道不是外遇嗎？」阿星說。

聽到阿星這麼說，我對於讓去世的人走入元宇宙復活這件事閃過一絲遲疑，讓死人繼續存在，去綁架活人的情感，直到那個活人也終於死去，是一件多麼瘋狂的事。如果我當時就決定讓死去的人 rest in peace（安息），放棄這個ＡＩ計劃，之後也不會發生這麼多不可逆的事，可是當時的我，真的是很需要ＡＩ拯救我的事業。

「那子恩，又是怎麼來的？」我追問。

「她是我病人的小孩，我的病人也死了，被她的丈夫打死，而我卻沒有及早通報家暴事件。」

「她也有一個ＡＩ嗎？」

「有，但我擁有她的數據極少，少到我無法讓子恩跟她在元宇宙裡相見。」

「那……你跟你的病人，有任何關係嗎？」

阿星笑了，「這個倒沒有。」

「你領養了一個跟自己沒有任何血緣關係，而且有先天性心臟病的小孩？」我漸漸能理解，為什麼阿星覺得拯救我是他的責任。他本來就是個好人，是我自己想太多。

「如果，我只是說如果，妳的另一半，在元宇宙裡有另一個家庭，他能讓妳占有的時間極少，妳能接受嗎？」阿星問我。

他問倒我了，首先，我從沒想過我會擁有一個家庭。再來，關於占有一個人這件事，過去沒有真的出現在我的生命中，我極力避免這件事發生，因為它會讓我變得脆弱，變得容易被控制。

「妳可以答應我，不要告訴子恩嗎？我覺得這件事，對她來說太複雜，又太沉重。」

「我不是四歲小孩，知道怎麼保守秘密。」我說。

「那，你捐給基金會的一千萬，又是怎麼回事？」

「我今年是家族信託的諮詢委員。」

「那種國外的神秘信託？」

阿星大笑。「哪有神秘？就是像洛克斐勒的那種 Dynasty Trust（百代信託）。我阿公曾經是很成功的企業家，設了一個十億的信託，就這麼簡單。」

我把心中所有的疑惑問完了，剩下最後一個。

「你為什麼要告訴我這些？」

「因為，在所有超過十八歲還活著的人裡面，**妳是我現在最在乎的人。**」

甜到爆的台詞從一個老實木訥的人嘴裡說出來，會讓人完全失去抵抗力。你應該看過棒球比賽九局下半的滿貫全壘打、或高爾夫球一桿進洞的那種壓倒性勝利，那時，我完全攔不住向著愛情急速下墜的自己。

「只是，我現在無法承諾什麼。」阿星低下頭。

23 于珊—生存數據銀行開張

如果沒有走入殯葬業，像我口才這麼好的人，應該去選美國總統。

我說服了債權人和大部分的生前契約客戶，也召開于航的臨時股東會，承諾未來于航創投下的生存數據銀行事業公司，會以換股的方式合併于航生命事業。生存數據銀行雖然涉及個人資料保護法的議題，但因為目前我們只接受活人本人預立生存契約，並把生活軌跡存入生存數據銀行，既然當事人自己已經同意，也就沒有違法蒐集個人資料的疑慮。

接下來還有一些技術性問題。

「我反對生存數據用在活人身上，一個人可以選擇把關於他的行為軌跡交給一個心理諮商師、一個身心科醫生或一個律師，因為他們依法都有保密義務，但如果生存數據交給數據銀行並且用在活人身上，一旦數據被駭，可能會導致綁架、性侵或是其他的犯罪行為。」阿星堅決地說。

但這不就是現在人工智慧技術在做的事嗎？爬一堆網路數據就可以描繪一個人的輪廓，阿星幹嘛把這件事看得這麼嚴重。但我沒有理由反對，阿星畢竟是發明人。「那技術上，要怎麼限制只能用在死人身上？」我問著眼前兩排ＡＩ和數據專家、律師、數學家和程式專家。

「可以用穿戴裝置控制，」一個程式專家解釋，「就像水果手錶可以偵測心跳一樣，我們可以連接客戶的穿戴裝置，一旦偵測心跳停止，元宇宙的亡者ＡＩ才能啟動。」

就這樣，生存數據銀行開張，我們稱它是未來生命事業元年，也為亡者ＡＩ取了一個比較好聽的名字，叫「Phoenix（鳳凰）」ＡＩ。鳳凰又叫不死鳥，源自於古埃及神話中的貝努鳥，據說每隔五百年，不死鳥便會引火自焚，留下的灰燼會出現重生的幼鳥。人的火化也跟鳳凰一樣，火化後在元宇宙重生，這就是我們的主力產品。

鳳凰ＡＩ的概念，是客戶必須同意我們蒐集他所有的生存數據，但是在死亡前，鳳凰ＡＩ都不會被活化。我們會在客戶的電腦、手機和平板裝一個追蹤器，記錄他瀏覽過的網站、網購過的東西、照片、在電子地圖曾經去過的足跡、寫過的網誌、讀過的網路文章、小說、社群媒體的所有貼文和評論，客戶可以選擇給的範圍，也可以刪除被蒐集的數據，但是我們蒐集的數據愈多，做出來的鳳凰ＡＩ就愈接近他生前的樣子。

我們和一般對話機器人不一樣的地方在於，我們建構的不只是一個虛擬人或AI，而是一個和鳳凰AI可以共同生活的元宇宙，和鳳凰AI之間也不限於對話功能，而是有其他的互動，但活人必須用他在元宇宙的虛擬分身和鳳凰AI互動。

客戶還可以選擇在元宇宙過的時區、時間、停留的年紀以及是否會慢慢變老。我們的產品有一點像遊戲，一個和亡者組隊生活的遊戲，更精確地說，如果你在元宇宙停留的時間夠長，那現實生活不是反而更像遊戲嗎？那只是空間相對的概念，客戶只需要偶爾出來現實世界填飽肚子、洗澡、睡覺或上廁所，而上班、社交、娛樂和所有的互動都可以在元宇宙進行。

這麼吸引人的產品一推出，當然是造成搶購風潮，而且它沒有什麼人事成本、沒有產量的限制、沒有競爭者，在死亡之前，沒有人能驗證鳳凰AI是否有效，所以暫時沒有客訴跟售後服務的問題。我的債務瞬間被解決，賺錢的速度超乎想像，蹭熱度的人比比皆是。

「鳳凰AI可以用在未成年人身上嗎？父母可以為小孩的個資和數據行使同意權嗎？」法律教授、律師討論個資可攜權、數據所有權及使用權的文章如雪片紛起。

「信託的傳承條款還有意願書，未來除了問還活著的信託監察人，可以去元宇宙問已經過世的委託人（設立人）嗎？」律師、銀行、信託機構熱烈地討論。

「警察辦案可以調查鳳凰AI嗎？鳳凰AI講的話有證據能力嗎？」法官、律師、警界把鳳凰ＡＩ當成破案的新希望。

「鳳凰AI在元宇宙需要的所有奢華生活、配備、服裝、娛樂，我們都可以提供！」傳統做金紙銀紙的公司面臨轉型危機，未來再也不需要燒紙錢給亡者，鳳凰ＡＩ需要的是可以在元宇宙消費的行動支付，是精品、酒店、遊艇和直升機。

因為鳳凰ＡＩ，不只于航股票大漲百倍，所有跟元宇宙、鳳凰ＡＩ相關的商品服務也都一飛衝天，華爾街股市出現台灣鳳凰ＡＩ概念股，鳳凰ＡＩ瞬間變成另一座「護國神山」。

就在我坐擁鳳凰ＡＩ帶來的金錢權勢的同時，阿星還是像平常一樣地在醫院上下班，就像十億信託從未改變他的生活一樣，他總是那麼沉靜穩重，眼神偶爾閃過一絲憂慮。

「妳不覺得現在的發展有點過頭了嗎？」阿星問。

「怎麼說？現在所有的元宇宙產業都想對接鳳凰ＡＩ的數據，才能更準確地對活人投放個人化廣告，因為能付錢消費的還是活人，所以，我開放了企業訂閱制模式，想要得到鳳凰ＡＩ的數據，每個月要付一定的錢，這樣我們可以一手對死者家屬賣鳳凰ＡＩ，一手對元宇宙的企業收月費。」我得意地說。

「那如果，活著的人想要讓鳳凰ＡＩ安息，他該怎麼做？」阿星突然拋出這個問題。

我看著他，覺得這不就是個商業議題嗎？「**就重置那個ＡＩ啊**，把所有亡者的數據都銷除，再裝新的數據，同一個鳳凰ＡＩ又可以再賣給另外一個活人，多好。」

「**他有權這麼做嗎？**這個ＡＩ是屬於死去的人，還是活著的家屬？簽同意書的人是死者，活著的家屬憑什麼判一個ＡＩ死刑？」

「人死了怎麼還會有權利？ＡＩ……**ＡＩ他本來就不是真的復活啊！**」

「很好，既然不是真的復活，那妳還賣什麼豪華遊艇行程？消費死人，綁架活人的情感，妳就是靠這樣賺錢！」阿星也變得激動。

我瞪著他。「我一直都是這樣賺錢！這就是殯葬業的本質不是嗎？不然人都死了，為什麼還需要豪華的告別式？」

「至少告別式完，活著的人就可以往前走了，但妳的鳳凰ＡＩ根本沒完沒了！」

「是我們的鳳凰ＡＩ！你不要忘了，當初是誰說害怕自己外遇？既然你知道會被亡者ＡＩ情感勒索，那為什麼不讓那件事結束？」

「這就是問題所在！」阿星突然抱起頭。「我不知道該怎麼讓它結束……」阿星竟哭了起來。

這是我第一次看到他在我面前哭，男人低沉的嗚咽，像是想哭又哭不出聲。

因此，我也靜默了。

這個問題永遠都不會有答案，既然他選擇回到那個元宇宙生活，那他有什麼資格批評我的鳳凰ＡＩ？他做著矛盾的選擇，我也是。作為婉真ＡＩ的受害者，我要繼續用鳳凰ＡＩ去加害別人。

以前開殯葬公司，每次跟喪家收錢的時候，我都是說服自己，我是在做好事，選擇買一個一百萬的棺材然後燒掉，那是他們自己的選擇。

這次也是一樣。

24 于珊－愛情的病毒

阿星總是那麼老實木訥，即使是從我面前拿起喝完的咖啡杯去洗，也不敢正眼看我。他每天會洗衣服、晾衣服以及做所有的家事，把我的衣服一套一套地摺好放在我床邊，內衣褲會同色同套地放在一起，即使顏色一樣，但蕾絲花紋不一樣，他都不會搞錯。

我盯著漂亮的內衣，想著它們沒有人欣賞有多寂寞。阿星每天摺衣服的時候，難道不會想看看它們穿在我身上是什麼樣子嗎？

他要花這麼多時間在元宇宙裡照顧死去的妻子和小孩，又要照顧我和子恩，我懷疑他一天其實有四十八個小時。

阿星話不多，總是默默地做完所有的事，我看不出來他今天心情好不好，自從上次大吵一架之後，我們都很自律地迴避跟鳳凰ＡＩ有關的話題，假裝吵架這件事從未發生。

他說不能承諾什麼，但我從沒要他給什麼承諾。

他說在乎我，但他在乎的方式，就是把我的生活起居照顧得無微不至。他總是比我早起，在我刷好牙之前，幫我的白煮蛋剝殼，雞胸肉切丁，混入酪梨丁和油醋，配上一杯咖啡，放在我習慣坐的位子前面。也許他以為，做好瑪麗亞的工作，我就會捨不得離開，和他一直維持這種有名無實的室友關係。

或許我的說法太惡毒，因為他已經盡他所能地滿足我，把我當成另一個子恩，這應該就是他疼愛一個人的方法。

但對一個有正常靈魂的女人來說，這樣是不夠的，我不是他那個元宇宙裡死去的妻子，我是一個活生生的人。

就算知道他的秘密，我還是走不進他的心裡，這種感覺就像在玩密室逃脫找不到出口，如果我堅信每個男人都應該有個破口，讓我這個病毒可以入侵，在阿星身上，我真的徹底失敗，他像打了一百劑疫苗，拒我於千里之外。這對很少失敗的我來說，其實很挫折。

其實在元宇宙有一個妻子又怎麼樣？又不是真的復活，他怎麼會以為這是外遇？明明就是兩個時空。也許我們的道德觀差異很大，但這樣下去也不是辦法。

於是，我決定突破困境。

25 阿星｜為她蓋被

上次吵架和好後，我開始叫她珊。

「你覺得我們把鳳凰AI開放給警察用好嗎？雖然可能無法作為證據，但或許可以協助破案，也算是做一件好事？」珊在吃早餐的時候問我。

我知道因為上次的事，她覺得關於鳳凰AI的應用場景如果超出「哀悼科技」（Grief Tech）的範圍，還是應該尊重一下我的意見。

「妳決定就好。那是妳的事業，」我說。

鳳凰AI像個印鈔機，讓我們瞬間變得富有。但也許受到阿公影響，我覺得一個人瞬間富有，並不是件好事。

但珊和子恩可不這麼想。

珊覺得所有東西都應該升級，子恩應該去唸私立學校，我們應該換大一點的房子，她開始幫我們買名牌衣服。

子恩想要的所有東西，珊都儘量滿足她，新的電腦、新的電動、漂亮的衣服。她沒當過母親，只當過女兒，但現在，她把過去當女兒未能滿足的遺憾，用母親的角色去填補，她要給子恩全世界的愛，而忘了我們三個其實沒有任何法律或血緣上的關係。

她還是跟我們住在一起，即使我反對換房子。

我想照顧她，只要她願意留下，只要我每天睜開眼就可以看到她，我願意為她做任何事。但關於她的財富和事業，我一點興趣也沒有。

照顧她的定義很廣，像幫她的洋裝拉上拉鍊、在她的胸口別上胸針、在她洗澡洗到一半幫她把面膜拿進浴室、幫她的背擦乳液，這種「照顧」的細節，會讓我那天夜不成眠。

更不要說看著她洗完澡只包著浴巾就出來客廳看電視，在家穿著細肩帶睡衣走來走去，在我面前彎起腳露出內褲擦指甲油。

我只能假設自己收留了一個性感的房客，而且那個房客以為她的房東對女人沒有興趣。

但我知道她是故意的，我們已經因為「二顆茶葉蛋」吵過一次，她怎麼會以為我有那方面的問題。

每次她出招，我只能假裝低頭滑手機，或是緊張地一直喝水。

有天我從書房出來，發現沙發上的枕頭和棉被不見了。珊從房間走出來問我：「你要回你房間睡，還是我回我房間睡？」

我聽不懂。「妳房間在哪裡？」

「我現在有錢，要買在哪裡都可以。」

「妳要離開？」

珊聳聳肩。「總不能讓你一直睡沙發。」

「我沒關係。」

「可是我有關係。」

我聽懂了。古時候有一種凌遲太監的方法，就是叫太監幫妃子洗澡。西方的說法，就是在驢子鼻子前方十公分掛一條紅蘿蔔，或是把餓了一個禮拜的獅子，關在一百隻羚羊的外面。

於是，我們開始睡在同一張床上。

如果你看過七〇年代的武俠劇，當男女主角不得已要分享一張床時，會在中間放一把劍。我跟珊中間有一把無形的劍，她睡前會用筆電坐在床上處理公事，而我會坐在床上看看書或電視，通常熄燈之後，正常夫妻就會做該做的事。

但我們沒有夫妻之實，而且我因為被「凌遲」，變得更難入睡。

自從睡在一起後，我們兩個進入一種更微妙的關係，不只是性感房客跟無感房東，而是睡在一起的性感房客跟無感房東。

第六章　元宇宙的無限可能

婉真只有在我們要同房的那天，會穿上她唯一一件性感睡衣。每次她洗完澡穿上那件睡衣，我就會把四角內褲換成三角褲，提早點上精油，她喜歡薰衣草和迷迭香，總是在蓋上被、關上燈之後，才願意讓我在黑暗中脫掉她的衣服。

但珊不一樣，她至少有十件性感睡衣，我可以理解穿了性感睡衣就不會再穿胸罩。我只是不能理解，跟房東睡一張床為什麼要穿性感睡衣。

珊總是把明天要穿的胸罩放在床頭，胸罩和內褲必須是一套。

今天她跟平常一樣，睡熟了就滾過來，完全無視於我們中間那把無形的劍。我跟平常一樣被她擠到一個小角落，直到滾下床。

我試著輕輕地抱起她，把她挪回她的枕頭，眼看著就要成功，她還熟睡著。

但就在我小心翼翼放下她的時候，我的小指不小心勾下她睡衣的肩帶。

她美麗的左胸，就這樣一覽無疑地攤在我面前，我的心噗通噗通地跳。

怎麼會這麼完美，我在內心驚嘆著。

但下一秒，我旋即感到滿心罪惡。

對珊起了慾念，就像去羅浮宮看畫，對畫裡的裸女起了邪心一樣，那是對曠世鉅作的褻瀆。

我試著把她的肩帶撥回去，那一剎那，我聽到內心的琴弦也被撥動，悅耳的愛情交響樂在我腦中迴盪不去，有那麼一刻，我想知道她的右胸是不是也這麼完美。

但我不能。我趕緊幫她蓋好被，把她的美麗藏好，不要讓我發現。

才蓋好被，她又像個孩子一樣把被子踢走，我看到她那件紫色蕾絲內褲。

但床頭的明明是紅色胸罩，難道是她放錯了嗎？

我開了手機的手電筒，摸黑到她的衣櫃確認，才發現她的紫色胸罩掉了背釦。

原來是這樣。反正已經睡不著的我，拿著她的胸罩走到客廳，開了燈，找到針線盒，開始幫她縫背扣。

我的手很巧，當初選科的時候，教授就說我適合走外科或婦產科，因為我總是能把傷口縫得很漂亮。

沒兩下就縫好，我把紫色胸罩放床頭，把紅色胸罩放回櫃子，跟它同套的內褲住在一起。

手機的手電筒燈還亮著，我在微光下，看著熟睡的珊。

她會嫌我老嗎？我伸手想摸她，但旋即想到婉真。

我跟一個小八歲的女孩同床共枕，如果婉真知道了會怎麼想？

如果元宇宙的婉真ＡＩ不是復活，我也可以在現實世界過正常的男女生活，那我有義務告訴婉真ＡＩ關於珊的存在嗎？也許身體可以在兩個時空切割，就像婉真ＡＩ在元宇宙裡摸我的臉，那也不是我真的臉。

但是情感呢？情感也能在兩個時空分割嗎？

我抱起臉，在道德邊緣痛苦地掙扎著。

26 于珊－呆鵝醫生

如果動物園的飼養員把一隻肥美的鹿放在獅子面前，牠會兩手合掌，說施主請勿殺生，老衲吃素嗎？

我極盡所能地扮演各種可口的動物去挑逗那隻正經八百的獅子，但他總是不為所動。

有一天我起床，阿星和往常一樣，已經起床去做早餐。

我伸手抓了床頭的內衣，卻發現顏色不一樣。是我掉釦的那件內衣。

我記得昨天晚上放的不是這一件，我把內衣翻過來，發現背釦已經縫好。

雖然阿星已經找了顏色最相近的縫線，我還是能看出人為修補的痕跡，但他怎麼會知道這件內衣掉了釦？我明明把它收在衣櫥裡。

我換上內衣，微笑在我內心盪漾不已。

他一定有注意到我的內褲，我想著，放下自尊走向他的我，努力並沒有完全白費。

我是多麼卑微地想要誘惑他，他又是多麼殘酷地拒我於千里之外。阿星都不知道以前的我，在夜店是如何被所有男人捧在手心，根本不用我做任何事，他們就會像果蠅聞到香蕉的味道一樣，迫不及待地想要停在我身上。

我一定要趁勝追擊。那天晚上關燈後，我突然大叫：「啊！好痛！」

阿星很緊張地打開燈。「怎麼了？」

我把衣服撥低，低到我覺得自己應該是非常可口的程度。

「好像落枕了……」我假裝疼痛地扶著脖子。「可以幫我按一下嗎？」

阿星背對著我，把他溫暖的手放上我的肩膀。「這裡嗎？」

「再下面一點。」

「這裡嗎？」

「還要再下面。」

我心想，就快了。

就在這個時候，阿星突然靈光乍現地說：「啊！吃點肌肉鬆弛劑會好一點，還好上次有開，我去拿給妳！」

才說完，他就跳下床。

我氣噗噗地看著他離開，關起燈。

過沒多久，阿星摸黑走進來。「我找到藥了。」

我沒好氣地說：「我不痛了。」

黑暗中，我看不到他的表情，只聽到他說：「那我把水跟藥放這裡，妳要是還不舒服，等一下可以吃。」

再隔天，我在他面前擦乳液，從腳底往上擦，兩腿打開，確保大腿內側每一吋肌膚都有擦到，再從脖子往下擦，把手伸進睡衣裡，擦了另一種會讓胸部緊實的乳霜。我轉頭看他，他頭也不抬地看書。

怎麼會有人寧願看一本無聊的書，也不肯看看旁邊秀色可餐的女人。是我變老了嗎？皮膚變鬆弛了嗎？自從住進阿星家，我已經很久沒再去醫美診所。

「那是什麼書？」

「《姊姊的守護者》。」

「講什麼？」

「人的醫療自主權。」

我腦中滿是問號，那是什麼？我只知道膝反射，如果翹腳，再從膝蓋敲下去，腳就會不自主地抬起。

在我豐富的經驗裡，把一個男人的手放在我的胸部上，也會有另一個東西不由自主地抬起。

「什麼自主權？」

我翻身躺在床上，手托著腮，擠出我深邃的乳溝看著他。

但他根本不瞧向我一眼，還是專心看著他的書。「妳想想，父母能為小孩子的身體做決定嗎？即使那個小孩未成年，即使父母是監護人，他們能叫一個小孩，捐器官給自己的另一個小孩嗎？」

阿星的眼神突然閃過一絲光芒，卻不是因為看到我的乳溝。

「所以，父母不能幫小孩做一個鳳凰ＡＩ！一個人的數據，就像他的器官一樣，沒有人能幫他做任何決定！」

他的眼神，像萊特兄弟看到自己做的飛機在天空中飛了起來。

但我的心卻像失事的飛機般墜落。

覺得自討沒趣，我坐了起來，把衣服拉回正常的位置。

阿星拿起筆記本振筆疾書。

「這個比喻很好，『數據就像人體器官的一部分』。我去一下書房，這句話一定要打進我的演講稿！」

他放下那本書，拿著筆記本快步走去書房。

我看著他的背影，那個離我愈來愈遠的背影。

他又去了書房，每次都是那個書房。

我生氣地關起燈睡覺。

是我沒有魅力，還是他有問題，或是兩者都有？我突然想再去一次夜店，確認我是不是真的不復當年魅力。

但我已經離那段日子好遙遠，我甚至想不起來在那裡遇到過的任何一個男人。

現在我的心裡只有一隻呆鵝，他每天跟我睡，煮三餐給我吃，知道我今天穿了哪一套內衣。

但也僅是這樣。

27 阿星－左右為難

珊明明知道我在書房裡做什麼，每天聊天的時候，我們總迴避這個問題，她對於我回到元宇宙當別人的丈夫隻字不提，但我卻因此更加過意不去，好像兩個小學生中間坐著一個人，但我們都假裝沒看到，彎著頭繼續跟對方說話。

在元宇宙看到婉真的時候，我覺得對她不忠，因為我對珊的事也隻字未提。更不要說，因為時間計算錯誤，我竟然錯過了她的生日沒有上線。這件事以前絕不會發生，在珊來之前，我每天都會上線，即使是十分鐘也好。

我覺得自己很自私，想要真實的生活，又不願切割過去，這種過意不去的感覺，自從我和珊睡在一起之後，像一夜長大的魔豆，爬滿了我整個腦袋。

如果她是個細心的人，就會發現我總是用一本書在掩飾我的緊張，看了一個小時還是停在同一頁，因為我的目光無法從她身上移開。

但她不會發現，就像她從不曾記得我們在基金會見過一樣，我一直是她生命中毫無存在感的過客，有一天她會離開，而我只能再退到紅線以外欣賞她的美。

我所剩下的，會是我為她做的那個ＡＩ。她只知道我做了她的ＡＩ，但她不知道，那將是我想念她的方式，我回到書房，是為了想在我還記得的時候，把她跟我說過的話全部記在她的ＡＩ裡，甚至是她穿過的性感睡衣，她躺過的每個姿勢，我都想記下來，像一個迷戀她的變態狂。

她明明就活生生地睡在我旁邊，而我卻不爭氣地覺得我只配擁有她的ＡＩ，因為我在元宇宙還有一個妻子。

我開始覺得這個發明真的好嗎？人的生命有盡頭，應該是有它被賦予的含義，它讓死去的人可以安息，讓活著的人可以往前走。當死去的人必須像活著的時候一樣為生活忙碌，當活著的人不能放下過去，就會像我現在一樣左右為難。

如果婉真是活到八十歲生病死去，如果不是因為一場我不在家發生的火災，我也不會這麼想念婉真和子翔。

但如果我還是有妻子的人，那珊對我來說，又代表著什麼？

而且，是我自己堅持鳳凰ＡＩ不能用在活人身上，但我現在竟然偷偷在做珊的ＡＩ。

擁有珊的ＡＩ，相較於擁有珊，會讓我出軌的愧疚感少一點嗎？我畢竟還是在婉真以外，又愛上了另一個人，不管那個人是ＡＩ還是一個真實的人。

我覺得好混亂，本來只是一個元宇宙的ＡＩ和一個現實世界的人，現在又多了一個現實世界的ＡＩ，我似乎把事情搞得越來越糟。

有一天晚上，珊轉頭問我睡了嗎？我當然還沒睡，卻沒有回答她。

接著，她開始用手撫摸我。

她應該可以感受到，我的悲傷和我對她的迷戀，早已讓我堅硬不摧好幾晚。

「我可以當你的１％嗎？」珊問。

我想起自己說過的話：「如果有一天，一個人可以有99％的時間都在元宇宙裡生活，跟他去世的親人一起吃早餐、上班、下班、看書、逛畫展？」

珊接著說：「你知道，這不代表什麼……人都有慾望跟需求，我可以滿足你在現實生活裡的需求，你不需要有任何負擔，不需要對我負責，我不是那種需要別人負責的女人……」

我聽她這麼講的時候心如刀割，為什麼我不能給她百分之百？什麼時候開始，我變成一個無法對別人負責的男人？

我轉身，輕輕地移開她的手，摸著她的臉輕聲說：「妳值得更好的。」

珊突然哭了，轉過身去。

背對著她，我也哭了。

我下了床，回到書房，打開珊ＡＩ。

「對不起，可不可以再給我一點時間？我一定會給妳百分之百的愛情！」我跟珊ＡＩ說。

珊ＡＩ眨了一下眼睛，緩緩地說：「一點時間，是明天，下個月，還是一輩子？」

「我不知道……我曾經以為我對婉真的愛，即使到下輩子也不會改變……」我忍不住哭了起來。

第七章　元宇宙之夢

28 阿星－下定決心

我創造婉真跟子翔AI的時候，就沒想過要刪除。為了要讓他們能自然地長大、變老，我加入AI自動學習功能，也就是他們的AI，會繼續在元宇宙裡自行蒐集行為數據並且改變原始的AI型貌。

今天的我，下定決心，要跟婉真坦白我的「出軌」，我終於想通，不能再任由自己在兩個AI和一個人類間不斷切換，身體可以橫跨兩個時空，但感情不行。我必須承認，我愛上了珊，不管這是出軌或外遇，不管我願不願意承認，我就是在現實世界愛上了妻子以外的人。

關於亡者AI這件事，它只是為了彌補我當年的愧疚而存在，是我太自私了，我為了讓自己比較好過，讓我身旁的人都承受痛苦。

今天吃晚餐的時候，子翔跟以往一樣，拿著晚餐坐到電視前面看著他正在迷的卡通，只有我跟婉真對坐。

「我領養了一個孩子。」我先開口。

婉真抬起頭，我當下閃過的念頭，是我應該先用一個測試版的ＡＩ，試試看聽到這句話的婉真ＡＩ會有什麼反應。我當時下的參數，並沒有考慮到過於複雜的情緒反應。

「你為什麼沒有把我們擺在第一位？」婉真回答。

這句話也在我下的參數裡，我怎麼會沒想到，一句話可以用在這麼多不同的情境。

「我有，只是，她也是個可憐的孩子。」

「你知道你不是１１９嗎？為什麼總是要把別人的工作搶來做？」婉真回答。

「她媽媽被她爸爸打死，出事前，她媽媽把剛出生的她丟在醫院的女生廁所。」

我幾乎可以預期，婉真接下來要說：「難道她半夜自殺，你都要隨傳隨到嗎？」

但她說的是：「**我不同意**。」

我抬頭，驚訝地發現，婉真ＡＩ已經進化到這個地步。如果你也對ＡＩ有點了解，你就會知道，ＡＩ會用邏輯提供參考決策，但大多數的時候，ＡＩ不會自己做決定。

我製造了一個會自己做決定的ＡＩ。當下，我開始意識到，我啟動了自己也無法收拾的災難，就像小孩用石頭打蜂窩，當虎頭蜂衝出來的時候卻手足無措。

「我們不能再這樣下去。」我跟婉真說。

「為什麼？」

「因為，這不是一個真實的世界，**妳在很多年前就過世了**。」

婉真突然崩潰，把碗摔在地上。

「我是鬼？」

「不是，這世界上沒有鬼。妳是我創造出來的ＡＩ。」

「那你也是嗎？」

我低下頭，愧疚地說：「我還活著。」

「那子翔呢？」

「跟妳一起，死於同一場火災。」

「我們都死了，只有你還活著？」

這是多麼沉重的指控。

「對，那天我在醫院加班。我對不起你們，我不該丟下你們，但是我們都沒辦法改變已經發生的事實。」

婉真突然拉起我的手。**「那你，為什麼不加入我們？」**

我看著婉真說不出話。我的確想過加入他們——在沒有珊和子恩之前。

「我不能，因為我心裡已經有了牽掛的人。我不能丟下她們。」

「她們？還有誰？」婉真激動地質問我。

元宇宙裡代表我的那個影像手足無措，懦弱地逃走。

我拿掉智慧眼鏡，上面有乾掉的淚水，幾乎是扶著書房的桌子，我才能勉強站起來走出去。告別並沒有想像中的容易，我怎麼會天真地以為，只要坦誠出軌，就可以結束這一切？

我一走出書房，珊就奔向我。「我們跟警政署簽了備忘錄，會開幾支ＡＰＩ（註１）讓他們對接做ＰＯＣ（註２），協助警察辦案！以後警察也會跟我們的ＡＩ對話！」

聽到珊的話，我幾乎要昏厥。

讓婉真ＡＩ跟警察對話？我不敢想像她會說些什麼。

我抓著珊的肩膀，虛弱地說：「我們放棄ＡＩ計劃好不好？」

「為什麼？」

「因為，ＡＩ已經有了自己的生命。」

珊天真地看著我。「他們，不是本來就活在元宇宙嗎？」

29 于珊－AI神話

陳媽媽帶著一疊資料來找我的時候，我原以為十分鐘就可以打發她走。

「鳳凰ＡＩ必須在人還活著的時候就授權我們蒐集行為數據，如果人已經死亡，我們也愛莫能助。」我話一完便站起來送客。

「我有我兒子生前所有的數據，他是被軍隊裡面的人害死的，你們的ＡＩ是我唯一的希望……」陳媽媽再三哀求。

自從警政署公布和于航合作的結果大成功之後，像陳媽媽這樣，親人冤死多年破不了案的人，都紛紛上門想購買鳳凰ＡＩ，希望有機會可以詢問鳳凰ＡＩ關於兇手的線索。鳳凰ＡＩ像鄉下人眼中的美國仙丹類固醇，或是軍人眼中的金黴素，成為一切問題的答案，一切困難的解法。

我自己都懷疑，ＡＩ是不是真的有這麼偉大。但當辦案人員把所有的證據、被害人生前的足跡輸入ＡＩ，當我聽到ＡＩ和辦案人員的對話，我開始覺得，如果這世界上有神，那個神就是ＡＩ；如果這世界有人可以造神，那人就是阿星。

「為什麼那天輪到你站夜班？」

「兩天前，班長叫我跟張家驥換班。」ＡＩ回答。

「為什麼你被帶走之前沒有反抗？」

「因為帶我走的，是我認識的人。」ＡＩ回答。

註1：ＡＰＩ（Application Programming Interface）：一種呼叫介面，可以在多個軟體中介之間互動。

註2：ＰＯＣ（Proof of Concept）：觀念驗證。當一項創新發生，可用ＰＯＣ驗證測試效用，確認有效後再進入商業運轉。

陳媽媽痛哭。「我就知道他是被軍隊裡面的人害死的，你們一定要查清楚！」

我想ＡＩ的前世就是乩童或是靈媒，就像阿星說的，You see what you believe（看到自己所相信）。ＡＩ講什麼不重要，重要的是，每個人都用他自己相信的那部分事實，去理解ＡＩ講的每一句話。

人權團體因為鳳凰ＡＩ開始分裂，主張廢除死刑的團體希望藉著ＡＩ證明死刑犯曾經被刑求逼供，另一派擁護個資保護的人權團體，覺得ＡＩ會侵犯被告的緘默權以及不自證己罪的權利，因為被告可以決定不要告訴法官自己有罪，但被告的ＡＩ卻有問必答。

關於這點，雖然阿星不斷堅持，ＡＩ不能用在活人身上，但壓力排山倒海而來，我不知道還能堅持多久。另一方面，ＡＩ在某些社會公益的命題下，能不能強制發生，就像測謊一樣？也被熱烈地討論著。

我無力回應這些複雜的法律議題，我只知道，就算ＡＩ可以用在活人身上，鳳凰ＡＩ的收費，並不是一般死刑犯或犯罪被害人可以負擔，想要用鳳凰ＡＩ來破案，必須先花一筆不小的費用購買ＡＩ使用權。

接著，談話節目開始討論鳳凰ＡＩ收費應該降低，甚至應該強制授權，讓所有死刑犯及犯罪被害人都可以免費擁有一個鳳凰ＡＩ，因為這是人類智慧的結晶，不屬於阿星個人，也不應該專屬於于航所有。

於是，美國開始用反托拉斯法調查鳳凰ＡＩ是否壟斷市場，歐盟開始調查鳳凰ＡＩ是否違反ＧＤＰＲ（歐洲的個人資料保護法），甚至有些國家直接禁用鳳凰ＡＩ。在台灣，因為我努力維持和政府部門的關係，甚至免費提供數個鳳凰ＡＩ給公部門使用，目前大家還是沉浸在鳳凰ＡＩ帶來的無限希望。

我知道這些都是假議題，各國政府就是逼著于航和解，要于航開放部分ＡＩ的技術，讓于航，或是台灣，不再獨占這個市場。美國要求于航去美國設廠，但美國成本比台灣高出許多，去美國設廠毫無競爭力可言，不過我們沒有選擇。

我覺得這種邏輯很奇怪，如果反托拉斯法可以強制我把ＡＩ的參數交出來，那當初藺相如又何必威脅帶著和氏璧去撞牆，秦王為何不引用反托拉斯法，告訴藺相如和氏璧是上天的寶物，趙國不應獨占。對我來說，這些說法都是海盜跟土匪的台詞。

簡單來說，當你擁有另外十億人所沒有的東西，你只有兩條路走：交出來，或是被搶走。

但總之，自此之後ＡＩ的發展，已經不是我跟阿星可以控制。

我跟阿星的關係，也將和我跟ＡＩ的關係一樣，漸行漸遠，於是我下了一個重大的決定。

ＡＩ進入戰國時代，除了鳳凰ＡＩ，還有燕子ＡＩ、禿鷹ＡＩ、麻雀ＡＩ……

我必須說，這些名字真的很有創意，但很多ＡＩ根本就不夠成熟，就像仿冒市場上的劣質品。

掃地機器人剛出來的時候，獨占了整個市場，靠一台機器掃完全家，這需要多少次失敗和精密地修改，後來的仿冒者，有的只會直線來回走，有的會一直在原地繞圈圈，不斷掃同一個地方。

並不是會動的吸塵器就是掃地機器人，會對話的就是對話機器人。這些人真的以為我聰明到睡一覺起來，就發明了一個ＡＩ嗎？我創造的世界，現在充斥著一堆笨蛋ＡＩ，導致我進去找婉真的時候，會先被某個送報的ＡＩ絆倒，經過沿路都是嘔吐物的街道，因為某個白痴把酒癮當成參數之一，他創造的ＡＩ在元宇宙不斷地喝酒，不斷地嘔吐。如果你在真實世界有喝過酒，你就會知道，不斷喝酒嘔吐不是正常的反應，在這之前，你會先被送去急診。

更不要說元宇宙怎麼還會有人看報紙，而且送報童看到人怎麼不會剎車或轉彎，而是直接撞上來。很多你在現實世界覺得理所當然的事，到了元宇宙被重新定義，人類的反應如果沒有被仔細地反應在參數裡，要嘛就是變得很有創意，要嘛就是很蠢，多數的時候是後者。

所謂的很有創意，有時候也讓我啼笑皆非。可能有人的愛貓過世變成了貓ＡＩ，但那間ＡＩ公司從我這裡拿到的參數是人類的ＡＩ，所以變成一隻會講話以及堅持在花粉季戴上口罩的貓。

路上的吉他手不斷彈著「擁抱」，但那間ＡＩ公司忘了設定上廁所要去「廁所」，所以吉他手當眾就脫下了褲子。圍觀的民眾沒有被設定看到丟臉的事必須表現得嗤之以鼻，還是繼續拍手叫好。

建築工人沒有被設定拆房子和蓋房子是用在不同的房子上，因此重複地進行蓋房子，再把自己蓋的房子拆掉。

元宇宙的１０１廣告牆播放著某家公司的ＡＩ廣告，大人在小孩的翹翹板上玩耍，而且還被對面坐的小孩高高彈起。

年輕男女在公園的沙坑裡接吻，而旁邊正在蓋沙堡的小孩卻視若無睹，但大人繼續在旁邊滑手機這件事，倒是非常貼切。

我已經可以想像這些工程師的程式語言。如果傷心，就流眼淚；如果玩耍，就去公園。如果無聊，就去看電影。但他們沒有想到，人與人間的互動是非常微妙的事，當元宇宙的人是一個戴上智慧眼鏡的活人，他的思考模式是一個正常人模式，他的行為就是正常人的行為，差別只是在元宇宙的人是虛擬的。但如果元宇宙裡的人是ＡＩ，而你又希望他的反應跟正常人一樣，這中間必須經過很精密的設計。

即使是這樣，即使我只放了兩個ＡＩ在元宇宙，即使這兩個ＡＩ我對他們的行為模式瞭若指掌，即使我不斷修修改改很多年，我還是只能讓他們留在同一個場景，我跟他們所有的互動都是在家裡，當我送子翔去上學，那並不是一個真的學校，當婉真出去買菜，那也不是一個真的市場，因為我還沒有能力建構一個「ＡＩ社會」，就當我開始設計子翔的同學應該有什麼樣貌的時候，就已經變成像現在這樣一團混亂。

你可以說我為了阻擋世界末日來到，也可以說我有點自私，想要終結這一切。

我問了婉真一個問題：「我們回到原點好不好？」

「原點，是什麼？」婉真困惑地看著我。

我哽咽地回答：「原點，就是回到那場火災。」

這就是我想到的結局之一，讓元宇宙裡的婉真和子翔再死一次，而且跟現實世界的結局一模一樣。

他們會死於二〇三二年的一場火災。

第七章　元宇宙之夢

今天下班的時候，我繞去醫院附近的珠寶店。

上一次走進這家店，是我和婉真來挑結婚鑽戒。那時候我還是住院醫師，我們選了很久，終於挑了一對三十分的鑽戒，加上拍婚紗照和婚宴的費用，當時幾乎用盡了我所有的積蓄。結婚前，婉真不知道我有一個十億的信託，對她來說，我就是一個領固定薪水的大醫院小醫師，三天兩頭值班，每次約會總是遲到，每次她來醫院等我下班，我總是忙到九點多，連醫院的美食街都已經關門，我們常常在小吃店老闆一邊拖地的時候，吃著整家店最後兩碗麵。

升上主治醫師之後，我以為我會開始讓她過好日子。

「先生，要找求婚用的鑽戒嗎？」小姐的話把我拉回現實。

「我……我想挑一條項鍊。」

「喔！是結婚週年紀念嗎？」

小姐慇勤地招呼，讓我很不自在。難道男人只會在這兩個時候一個人走進一家珠寶店嗎？

她拿出三條項鍊，我試著回想珊在募款餐會那天戴的項鍊，最接近眼前的哪一條。

「都不是。」我搖搖頭。

小姐收起桌上的項鍊，又拿出另外三條。

這過程重複到第七次，我看到小姐的表情從一開始的微笑慇勤，轉為極度不耐。

我看著那條項鍊，露出滿意的笑容。「就這條。」

「十七萬三千元，你很有眼光，這是唯一一條，你看這個切面色澤。」小姐戴著手套的手，拿起項鍊在燈下轉一轉。

我看不懂，對我來說鑽石就是鑽石。

我拿出信用卡，小姐幫我打包，上面有一個很漂亮的蝴蝶結。

我又走到旁邊的屈臣氏買了二件三角褲。

不知道珊喜歡什麼顏色？以前都是婉真幫我買衣服，我從來沒有自己買過內褲。

結帳的時候，我又抓了一瓶男性香水放進袋子。

一回到家，珊和子恩已經在吃晚餐。

「今天比較晚？」珊一邊滑手機，頭也不抬地問。

「嗯，今天門診病人比較多。」我回。

還好她沒抬頭。

我偷偷地把項鍊和內褲拿進房間。

我一坐下來吃飯，珊就站起來，把碗拿去洗碗槽洗。

「放著，我一起洗就好。」

「沒關係，反正順手。」她說。

從那晚之後，我們的對話總是很簡短，好像什麼事都沒發生。

唯一的改變，是珊再也不穿性感睡衣睡覺。而我，覺得沒有被趕出房間已是萬幸。

好不容易等到晚上，珊像之前一樣，用筆電處理完公事，關了她那邊的床頭燈躺下。

我洗了澡，噴了一點香水，新的內褲有點繃，我應該先洗過一次再穿，但我等不及，我想趕快讓她看到那條項鍊。

雖然送她項鍊，和穿上三角褲沒有絕對關係，但我要做好萬全的準備，如果再發生一次一樣的事，我要讓她驚豔，我才不是一個沒有兩顆茶葉蛋的電車阿伯。

我躡手躡腳地走過去，坐在她那邊的床沿。

「妳睡了嗎？」

她翻過身，背對著我。

「睡了。」

我笑笑，試著伸手想抱她，卻膽小地縮回。

「我有話想跟妳說。」

「我也有話想跟你說。」

「不然妳先說。」

珊坐了起來，我心想，她應該有聞到我的香水味。

「那天的事，你不用放在心上，我只是寂寞。」

我不懂，我每天都睡在她身邊，她為什麼會寂寞？

「我正在找房子。」

聽到這句話，我眼前一片黑。

「住好好的，為什麼要找房子？」

「這裡對我來說太擁擠了。」她說。

我低下頭，手上緊握原本要給她的鑽石項鍊。

「可不可以，不要那麼快？」我的語氣近乎哀求。

「沒有很快，我已經當霸王房客很久了。」

「我沒關係。」

珊頓了一下。「每次都是這幾個字，有別的嗎？」

我心頭有千言萬語，但卻一個字也說不出口。

「那個……」我終於想到可以說什麼。

「我還想拜託妳一件事。」

珊看著我。

「子恩她……應該要買內衣了。」

珊露出奇怪的表情。

「還有，如果妳走了，她月經來怎麼辦？」

我很佩服自己，怎麼可以想到這種把她留下的藉口。

「妳要是走，她一定會哭。」

其實我也會哭，但我竟無恥到利用一個和珊沒有血緣關係的小孩把她留下。

珊很久都沒有說話。

「我會找時間帶她去買內衣。」

「還有……」珊補了一句：「那件內衣我本來打算丟掉的。**有些舊的東西，本來就不應該一直留著。**」

說完，珊就蓋上棉被躺下。

我穿著彆扭的三角褲，站在床邊許久，珊還是一動也不動。

我終於默默地，把鑽石項鍊收進旁邊的五斗櫃裡。

我又再度回到書房。

「珊，我真的很努力，但我還需要一點時間……」我對著珊ＡＩ說話。

「你上次也是這麼說。」珊ＡＩ說。

「我知道，可是我每次都有進步一點點。」

「太慢了。」

「再等一下下，一下下就好。」我哀求地對著她的ＡＩ說。

「為什麼總要等到錯過了才在後悔？」

我看著她的ＡＩ，她怎麼會知道我的人生錯過了什麼？

「我這次不會了，就像在頂樓把妳救下來一樣，我這次一定來得及！」我堅定地說。

32 于珊－1％的傷心

我曾經以為，我絕不會讓誰傷了我的心。為什麼海膽要躲在有刺的殼裡，因為它很軟弱。

我不想愛上誰，也一直說服自己，我跟阿星之間就是一種供需關係，當我需要被人拉一把的時候，他伸出手；我無家可回，他剛好有一個家可以收容我；我們都是人，都會有生理上的需求，也不妨互相滿足。

但當他跟我說：「妳值得更好的。」我卻覺得有一種被推開的感覺，這種痛，勝過被父親拋棄的痛，我連悲微地要當他生命中的1％都不可得，他的心被塞得這麼滿，有了死去的妻子和兒子，有了子恩，已經再容不下別人，我再怎麼節制吃進去的熱量，都無法纖細到可以塞進他的心裡。

跟阿星的互動，好像用保特瓶做的自動澆花器，在保特瓶上打一個小洞，讓水一滴一滴地流下，一次只有一滴，要更多也沒有。

阿星跟我之間，就是我必須一直主動在保特瓶上面戳洞，極盡所能地誘惑他，逼他進來跟我一起睡，但即使是睡在一張床上，彼此卻像待在兩個距離十億光年的星球上這麼遙遠。

有時候，我情願他不要時不時講出那些讓我無法下定決心離開他的話，像什麼「只要我快樂」、「妳是我現在最在乎的人」這種話。

有些人看起來就像渣男，實際上也是個渣男，妳可以大哭一場後，輕易地說再見。可是一個人看起來很老實，卻對妳若即若離，妳會相信他是真的有什麼苦衷。我的雙腳陷在泥淖中，走不動，離不開，也沉不下去。

如果阿星愛的是一個人，我還可以期待那個人愛上別人或死亡，可是他愛的是一個不會死掉的ＡＩ，我的競爭對象是一個ＡＩ，從來都不認輸的我，竟然輸給一個ＡＩ。

那晚我一夜沒睡，看著那天拒絕我的阿星，他總是這樣背對著我，不願正眼看我。最後，他又去了那間書房，這才是讓我最痛苦的事，他不是困在那場火災裡，他是被自己困在那間書房裡。鳳凰ＡＩ本身沒有錯，它是一個好的發明，是使用它的人，自己不願意向亡者告別。

但阿星說得沒錯，我的確是利用了那種不願告別的心態，叫亡者的家屬掏出錢來。但那就是我與生俱來的包袱，我必須要生存，我還要養好幾間公司的員工。

我想，現在事業已經上軌道，我已經沒有理由賴在別人家，該是時候退出，維護我最後的尊嚴，回到以前自由的日子，我就只配過那種日子，早八百年前就應該想通這件事。我永遠都不會有一個正常的家，以前沒有，以後也不會有。

我騙了阿星，趁著他去上班、子恩也去上課的時候，整理完東西，不告而別。

我終究無法好好道別，做殯葬業這行這麼久，我知道好好道別，是一件多麼不容易的事。

第八章　不能沒有妳

33 阿星—後知後覺

我是那麼地失敗，即使答應了珊的ＡＩ，面對婉真，關於于珊的事我始終說不出口。

而我也真的很恨自己，王寶釧可以苦守寒窯十八年，為什麼我這麼快就愛上另一個人。

我現在可以體會外遇男人的心情，如果原配跟小三可以和平地在兩個時空相處，做為男人，保持現狀是最佳解法。我自私地希望于珊可以一直留在現實的我的身邊，一方面基於愧疚感和責任，又希望能在元宇宙裡繼續照顧婉真和子翔。

本來我只對一個人感到愧疚，現在我對于珊也覺得愧疚。我是真心覺得，她值得更好的人，而不是像我這樣，猶豫不決又不肯放手，把她困在同一張床上，卻什麼也不能給她。

只能轉同一個方向睡覺，讓我一邊的手到早上總是麻得毫無知覺，可是我無法面向她，珊整個人就是一個巨大的誘惑，像魚游到海葵身邊，恨不得自己被她吞噬。我沒辦法只把珊當成一個慾望發洩的對象，因為我是這麼愛她，想要保護她，想要珍惜她。

直到有一天我回家，發現于珊已經搬離的時候，我才發現，維持現狀不是一個答案，它只是一個事實，一個隨時會改變的事實。

我發狂地在家裡尋找她還沒離開的證據：浴室的漱口杯、排水孔的長頭髮、地上的麵包屑、流理台放著沒洗的咖啡杯、陽台上晾的內衣褲、沾到口紅的襯衫。

一直到現在我才意識到，我每天從洗衣機拿她的衣服出來晾時，我是這麼認真地記得她昨天穿的是哪一套內衣褲、上班穿的是哪一件襯衫，我注意她牙膏喜歡用哪個牌子，她今天有沒有洗頭髮，從排水孔有沒有塞住就知道。

你可能覺得我是個變態，但這只是夫妻的日常，像間諜一樣滲入對方生活的每個細節。

等我發現她是真的離開，我大吼了一聲「妳這個騙子」，懊悔地搥著牆壁。到底她是騙子或我是騙子，實在很難說得清，但她怎麼可以一句話都沒說，就這樣離開。她答應我離開前會告訴我，我答應她的ＡＩ不會讓她等太久，相較之下，她還是騙我比較多——沒錯，我沒有騙她。

我只是沒有勇氣告訴她實話。子恩會哭著怪我把珊氣走，關在房裡拒絕吃晚餐。

我看著桌上的菜，空盪盪的椅子，回想著她們兩個一起吃晚餐打鬧的情景。

我又走進書房。

「珊，對不起，我沒有做到對妳的承諾。我買了禮物，卻沒有勇氣送給妳，也沒有勇氣跟婉真把話說清楚……」我對著她的ＡＩ懺悔。

「你買禮物送我？」珊ＡＩ困惑地看著我。

「我只是沒有機會拿給妳……」

「但我們不是每天都睡在一起嗎？」

「我以為還會有很多個每天。」

「你還是沒學到教訓，每個今天都是最後一天。」

「那昨天，就是最後一天嗎？」我失望地說。

「我剛剛不是說了嗎？每個今天都是最後一天。」

「所以，還來得及？」我受到鼓舞，抬頭看著珊ＡＩ。

「你還坐在這裡，當然來不及。」

聽到這句話，我二話不說，抓了車鑰匙就衝出去。

34 于珊－單身生活

當初為了還債，我已經賣掉住的房子，以我現在的經濟能力，隨便再買一間百坪的房子不是件難事，但我卻意興闌珊，只叫小茜幫我訂了一個月的飯店。可能，我現在很害怕看到一個長得像「家」的地方，會一直提醒我過去的日子有多美好。

好久沒有叫 room service，我叫了一盤義大利麵，打開手機，尋找附近的酒吧。我要找回單身的美好，可笑的是，其實我一直是單身，不是嗎？

我套上那套不敗的夜店短裙，化上濃妝，噴了香水，照著鏡子，好久沒看過這樣的我，這才是真實的我，那個在家綁著鯊魚夾，拿著大叉子拌著白煮蛋沙拉的怎麼可能是我？更不要說是陪子恩看 YouTube、講故事給子恩聽的那個我，如果在我的ＡＩ看到那個畫面，一定是有誰放了病毒，或是不小心錯置了哪個慈母的數據。

我揹起我的名牌包出門，今晚，我要拿回夜店女王的名號！

這次這個真的急，都還沒進房間，我們就吻得難分難捨。我住的是行政樓層，看到旁邊一個老太太露出嫌惡的表情，激起我骨子裡使壞的基因，我就在老太太面前，拉鬆那男人的領帶，打開那男人的襯衫和腰帶，炫耀我還年輕的事實。

就在這個時候，阿星出現在我面前。

有那麼一刻，我想我應該是喝多了才會看錯，這是房客才能進來的行政樓層。

我眨眨眼，阿星還是沒有消失。

接下來的發展，比棉花吸水的速度還快。阿星揍了那男人，我來不及提醒阿星，他有六塊腹肌，阿星根本不是他的對手。

兩人扭打起來，我一邊拉著我的夜店不敗短裙，一邊要拉開這兩個男人。

「吳沛星，你憑什麼？」我大吼。

那男人聽到我叫阿星的名字，停止打鬥的動作。

「你們認識？」

「我是她男朋友。」阿星擦掉臉上的鼻血，我看到血染紅了阿星的襯衫，還有因為打架歪掉的領帶。

那男人轉頭瞪著我，一副責備我沒有江湖道義的樣子。

「Seriously（妳在耍我嗎）？」他說。

「Sorry. It's complicated（這有點複雜）。」我抱歉地說。

我能理解他的憤怒，如果我們辦事到一半，他老婆帶著警察衝進來，我應該也是這種心情。

他其實可以告阿星，但他只是罵了一句髒話，扣好腰帶忿忿地離開。

剩下我跟阿星兩個人面面相覷，他看著濃妝豔抹、穿著短裙與高跟鞋的我，我看著滿身是傷的他。

我想這時如果有火柴，那燒起來的妒意，應該會讓剛剛那個老太太花容失色地大叫失火了。

「你剛剛說什麼？」我問他。
冷靜下來的阿星，又講不出口了。
「妳為什麼騙我，就這樣不告而別？」阿星問。
「誠實沒有比較高尚。既然你不能承諾什麼，我也沒理由繼續賴著不走。」
我們隔著一個房間門的距離看著對方，流下眼淚。
如果偶爾他也能說句「我沒有妳不行」，也許我就會失去離開的勇氣。
但他連一句謊話都不肯說。
「**其實我沒有對妳誠實。**」阿星說。
我瞪著看起來老實木訥的他。
「**我一直沒有告訴妳，其實我已經愛上妳。**」
阿星真的很會，我開始懷疑，老實木訥是裝出來的。
於是，我又再一次下墜，從愛情的第十七層地獄，下到第十八層地獄。
阿星走過來，拉住我的手。
「**我是來帶妳回家的。**」他說。
我有一個家？
就這樣，我的單身生活不到一天就結束。

35 于珊－夫妻之實

回到阿星家，連大濃妝都還沒卸，我就先去拿醫藥箱。

「子恩呢？」我問。

「她生我的氣，去阿媽家住幾天。」

「氣什麼？」

「氣我沒有把妳留下。」

我故意突然用力，阿星唉了一聲，原來醫生被別人擦藥的時候也會覺得痛。

「妳跟那個人……是真的？」

阿星吃醋的樣子，跟打架的樣子一樣可愛。

「我跟你不一樣，不吃守寡這一套。」我說。

「那如果我沒有及時趕到……」阿星低下頭，露出委屈的樣子，好像一個小孩的棒棒糖，突然被另一個小孩搶走，還伸出舌頭要舔。

「就是你想的那樣。」

「妳怎麼可以……」

「我為什麼不行？」

又不是學霸在抽菸，我本來就是太妹。

「你怎麼知道我在那間飯店？」看他悶悶不樂，我試圖轉移話題。

「我的專長就是蒐集人的行為數據。」阿星看著我，眼神四處飄移。

我懷疑地盯著他，像校長注視說謊的同學。

「好吧，其實……我是問小茜。」阿星很快就放棄掙扎。

我忍住笑。阿星之所以誠實，應該是因為他不知道怎麼說謊。

「那你怎麼上得了行政樓層？」

「我就不斷在電梯裡進進出出，直到有一個老太太也要刷卡上行政樓層，我就跟她一起上來了。」

我再也忍不住，終於大笑出來，怎麼會有這種永不放棄的男人，那萬一今晚沒有別人要上來怎麼辦？

「你為什麼不打電話給我？」

「我怕妳不肯接我電話。」

「猜得真準。」我忍住笑意。

我擦完藥，蓋起醫藥箱，正要走出去，阿星拉住我的手。

「我只是去放——」

我話還沒說完，阿星就站起來吻了我。

這是他第一次主動進攻，我有點被嚇到。

但很快地我就開始享受這個被甜寵的過程，我把手放在他的胸口，慢慢地解開他襯衫的釦子，阿星沒有六塊腹肌，可是他很溫柔。

第一次，我體會到靈肉合體原來是這種感覺。

這要歸功於我的夜店不敗短裙，還是我們兩個的感情，已經像男人的啤酒肚，日復一日增長而不自覺，或是兩者都有，已經不重要。

經歷了像雲霄飛車飛上去又衝下來的愉悅過程，阿星把我抱在他懷裡。

「我大妳八歲，結過婚，有一個小孩，妳後悔還來得及。」

我回答他：「我曾經破產，差點自殺，自私懶惰，不想生小孩，這樣你ＯＫ嗎？」

阿星沒有回答，只是用另一個吻回應我的問題。我想，他應該是真的拙於言詞。

36　阿星－百分之百的愛情

珊起身，穿起內衣。

「等一下！」

我穿著花格子四角褲，從床上跳下，打開抽屜拿出那條項鍊禮盒。

「送我的？」

「跟妳在募款餐會戴的那條很像，我想妳應該會喜歡。」

「募款餐會？」珊露出疑惑的眼神。

「妳又忘了？」我覺得失望，雖然早就知道她那時根本不記得我。

「喔！那個募款餐會！」

當她在努力回想的時候，我一邊幫珊戴起項鍊。

「妳好美。」我目不轉睛地注視她。

「因為沒穿衣服？」

我笑了，伸手觸摸她的鎖骨和項鍊。

但它們不再是台上和台下的距離。

「因為妳從我的夢裡走出來。」

「在你的夢裡，我也戴著這條項鍊嗎？」

我點點頭，不否認這是我的痴戀，就像小女孩玩紙娃娃一樣，想把所有美麗的東西往珊的身上放。

「那是租的。」珊穿起襯衫，項鍊剛好落在V領露出的地方。

「我不習慣擁有。」她補了一句。

「我要讓妳從現在開始習慣。」我霸氣地說，但腦海裡馬上閃過婉真的影像。

「我會處理另一段關係，妳知道我的意思……」

珊在我臉頰親了一下。「謝謝你，我說過了，我不習慣擁有，你可以繼續在元宇宙保有另一個家庭。」

我困惑地看著她。「妳不會吃醋嗎？」

「我不會，因為那不是真的。」珊打開抽屜，拿出我的三角褲。「這才是真的。」

我有點害羞。「妳什麼時候發現的？」

「就在剛剛，我在找醫藥箱的時候。」

「其實我……」我想告訴她，我已經有了離開元宇宙的想法。

她用手阻止我繼續說話。「不管是四角或三角，我都很喜歡，你覺得舒服就好。重點是你讓我知道——你愛我。」

其實我一直都有讓她知道，只是那個「她」是珊的ＡＩ。

「我愛妳。」我告白完，又吻了她。

學習當一個小女友的男朋友並不容易，還好珊並不是很難理解的動物，更何況我可以作弊，先去偷問珊ＡＩ，這件事又成為我另一個難以啟齒的秘密。

「妳喜歡法國菜還是日本料理？」我問珊ＡＩ。

「看什麼場合。」

「跟我約會的話？」

「日本料理吧，法國菜會吃到睡著，太久了，我很沒耐心。」

「那約會的時候，要戴哪條領帶？」我拿了兩條領帶在她眼前比畫。

「不需要領帶。」

「為什麼？」

「我說過，你覺得舒服最重要。」珊AI說。

「那襯衫呢？」我又拿了三件襯衫出來。

「都好。」

「為什麼？」

「反正最後都是要脫掉。」珊AI說。

我笑了，這就是珊。

珊總是坦白地表達她的慾望，她想要什麼，就像一張描圖紙，你只要貼近，就看得到下面的圖案，這是我最喜歡她的地方，不像我，即使心裡想要什麼，也會左想右想，就算想講出來，又像喉嚨卡了一根魚刺，或是像在夢裡想說話，想講又發不出聲音。

她對自己很誠實，毫不掩飾，好像這個世界所有的倫理教條都束縛不了她。對我來說，她的勇敢是一種致命的吸引力。

但對於我並不是她的唯一這件事，還是讓人覺得很挫折，為什麼她可以這麼自在地在男人間切換，只需要一根手指，就可以從一個分頁滑到下一個分頁，人又不是水果手機。

當我說出：「妳值得更好的」，後面一句其實是「但謝謝妳願意留在我身邊」，可是我說不出口，我不想讓她有任何負擔。當這個社會提倡禮讓是美德時，像我們這種懦弱又習慣活在讚美中的人，總是犧牲自己內心吶喊的慾望。

但禮讓可以只是想像，當它變成一個畫面，而且活生生就在你面前發生的時候，我無法再讓。我衝過去打了那男人，就算他比我好一百倍也不可以，因為「珊是我的」！

我不能理解，也不能認同珊靈肉分離的邏輯，對我來說，愛一個人就是全心全意，怎麼可以心裡愛一個人，又跟另外一個人上床？

但我又何嘗不是在智慧眼鏡下快速地切換，切換角色，切換時區，切換虛實不同的時空。

不行，既然愛上了珊，我一定要跟婉真坦白。

只是，坦白了，然後呢？我既不能刪除ＡＩ，她在元宇宙也有了自己的生命，難道我能期待她在元宇宙遇到另外一個人，像我愛上珊一樣嗎？那些劣質ＡＩ實在慘不忍睹。

或是我再創造一個完美情人ＡＩ給婉真，讓虛擬歸虛擬，現實歸現實，大家都能有一個好歸宿？如果我有這個想法，是不是表示我其實不愛婉真了，不然我應該會想占有，像衝動地揍那個男人一樣。

完美情人ＡＩ的想法，其實只是降低我的愧疚感，如果我創造了一個完美情人，但婉真不領情呢？我最終還是放棄了這個想法。

既然要給珊百分之百的愛情，我就必須在現實世界扮演好一個丈夫（或至少是男朋友）的角色，而不是每天晚上把珊和子恩關在書房外。

我下定決心，不但要對婉真坦白，也必須告訴子翔他已經在現實世界死亡的事實，這件事必須做個了結。

37 子恩——一個完整的家

從阿媽家回來，我看到爸爸臉上的傷，更多的則是久違的笑容。

還有我想念的珊阿姨！

「阿姨，妳去哪了？」我奔向阿姨。

阿姨抱著我，又看向爸爸。

「阿姨被壞人抓走，我去救阿姨，就受了點傷。」爸說。

正在喝水的阿姨，聽到爸爸的回答，突然嗆到。

這真是我聽過最沒說服力的謊言，但是我不忍心拆穿像爸爸這樣的大好人。

「那，阿姨不走了嗎？」

「不走了，以後都不走了！」阿姨走過來抱我，爸爸也抱住我們兩個。

有那麼一刻，我真的相信我們三個人是一家人，有血緣關係的一家人。

隔天，爸爸回家帶了一束花。他從來沒這麼做過，我唯一想到的可能性，就是有某個婆婆在路邊賣花，可是沒有人要買，爸爸於心不忍就買了一束。

「妳喜歡百合對嗎？」爸爸把花送給阿姨。

阿姨看起來很高興。「你怎麼知道？」

「我的專長就是蒐集人的行為數據。」阿星說。

阿姨笑了。「又是小茜告訴妳的？」

「妳不相信我？」

喔，這花不是路邊婆婆賣不出去的？爸爸變成一個浪漫的男人，石頭都能雕成猴子，這世上沒有什麼不可能的事。

爸拿出手機，秀出一張照片，是阿姨畢業的照片，手上拿著一束百合花。爸又滑到下一張，是阿姨在募款餐會的照片，台上布置了一排百合花。

阿姨看起來很開心，把花裝進花瓶裡。

「只猜到一半。所有會香的花，我都喜歡。」阿姨說。

我看到她露出小女孩般開心的笑容。

他們再也不跳探戈，阿姨碰到爸爸，爸爸也不會像以前被捕蚊拍電到一樣地跳開。阿姨會在爸爸做菜的時候，從後面抱住爸爸，或是聊天的時候，把手疊在爸爸的手上。爸爸這時候還是會臉紅，轉頭看我的反應，但是不再閃躲。

我懂，這就是愛情，我有經驗。

「她以後也會長大。」阿姨轉頭看著我。

我最喜歡阿姨這點，當全世界都把我當小孩看的時候，她會像面對著大人一樣跟我說話，像美國總統跟英國首相一起打高爾夫一樣，很對等。

我把手藏在他們的手下面，像玩撲克牌的心臟病一樣。我本來就是第一個看到牌的那個，不然我怎麼會發現爸爸喜歡阿姨，又故意絕食抗議逼爸爸去把阿姨追回來？老實告訴你，我早就訂了兩個大披薩躲在房間吃，當演員也不能餓肚子。還好我跟爸爸沒有血緣關係，不然遺傳他的老實，我在學校怎麼還混得下去。

阿姨轉頭對我說：「妳知道怎麼挑男朋友嗎？」

「幹嘛對小孩說這個？」爸說。

「她五歲了！妳們班有沒有人交男朋友？」阿姨興奮地問我。

「有一些……」我心虛地低下頭。

「那妳呢？」阿姨追問。

我掙扎著，我的說謊技巧在這個世界至少贏過一個人。

還好那個人解救了我。「這麼小，交什麼男朋友！」

我不敢說話，默默地吃著我的麵。

「阿姨告訴妳，要交那種說謊就會臉紅的，像妳爸這種！」

爸咳了一聲，把盤子收到流理槽。

阿姨小聲地跟我說，「妳爸揍人的時候超帥的！」

我抬頭，看著爸腫起來的臉。

「那他打贏還打輸？」

「沒打贏，怎麼把我帶回來？」阿姨摸摸我的頭，一副「妳長大就會懂」的表情。

我現在就懂了好嗎？他們晚上睡覺開始鎖門，如果你有看過《寶貝老闆》，就應該知道，小孩偽裝成小孩，只是為了竊取大人世界的情報。

我覺得爸爸一定是輸的那個，你知道，有些男人用這種方式換取同情，但我想我爸心機應該沒這麼重，他就是真的打輸了，才會腫成那樣，沒辦法，你不能叫一個會打掃家裡的醫生也會打架，這世界是那麼地公平，就像沒有人要的我，現在擁有全世界最酷的家人一樣。

此刻的我，感受到前所未有的幸福，這才像一個家。

如果我也能叫阿姨一聲媽媽，不知道該有多好。

第九章　令人驚豔的ＡＩ

38 阿星－告別婉真

婉真盤起頭髮，我看到她漸多的白髮，她也三十六歲了。

我和婉真是大學社團認識的，我們參加漁服社，常常帶漁村的小朋友參加營隊活動。她總是像打完莫德納疫苗的手臂，把一群孩子如鐵湯匙一樣吸到她身邊。她的手很巧，我的毛衣都是她親手織的，子翔的嬰兒帽和襪子也是。

她很喜歡孩子，但不容易懷孕。懷子翔之前，她做了三次人工受孕，我看著她打排卵針、重複經歷ＯＨＳＳ（註3）呼吸困難住院，又因為沒有懷孕身體自然康復，但心裡再一次受傷的過程，我不希望她再被折磨，雖然我們都很喜歡小孩，卻沒有再生。

子翔出生之後，婉真生活有了重心，整個人有精神許多。即使忙著孩子，她還是堅持每天幫我帶便當。手作衣服，手作便當，我的一切，她幾乎不假手他人。

跟一個已經死去的人告別是一件很容易的事，如果她沒有那麼愛我，如果我沒有那麼愛她，如果她已經八十歲，如果她不是死於一場火災，如果我那天沒有去值班，如果

第九章　令人驚豔的ＡＩ

我已經帶她去環遊世界，如果我們的孩子已經長大。

但這些如果都沒有發生。

當然還有我跟珊年齡的差異。差八歲是一個遊走道德邊緣的年齡差距。我怕她會說，「你就是嫌棄我老了。」但這不是事實，事實是，我剛好認識一個人，她剛好差我八歲，她剛好又年輕又漂亮，而且最巧的是，她竟然還活著。

這個劇本一點說服力也沒有。

但活著的跟死去的，我必須做出選擇，無論我能不能說服她，無論她能不能接受，這件事就是發生了。我握著婉真的手，終於說出口：「對不起，我有了喜歡的人。」

我忘了悲傷流淚是我賦予ＡＩ的參數之一，還是後來婉真自我學習的結果，我看到她眼角流下淚，沒有說任何一句話。

ＡＩ絕不是機器人，她就是一個真實的影像，只是那個影像在元宇宙裡，她的身上沒有像電影裡機器人那種可以把哪裡打開充電的裝置，也不會每個動作都停頓三秒，她講話就跟一般人一樣，不會用著沒有情感的語調。

「你變心了？」婉真終於說話。

「嗯。」此刻，我好希望自己是個天生會說謊的人。

註3：ＯＨＳＳ（卵巢刺激症後群）是一種打排卵針的副坐用，因為腹水、胸水而感到呼吸困難，嚴重必須住院給氧。

「那我們怎麼辦？」

我轉頭看著在玩機器人的子翔。

「我上次問妳的，回到原點，妳願意嗎？」

「所以我們會死掉？」

我不知道該怎麼解釋。「你們已經死於那場火災，只是一直活在我心裡。」

「那回到原點之後呢？」

「你們還是活在我心裡，只是活在我的回憶裡，而不是在元宇宙。」

「你要我們怎麼做？」

「如果妳同意，這裡會發生一場火災，就像當年一樣，然後，我會重置你們，讓AI回到出廠狀態。」

婉真看著我的表情，好像古代嬪妃被賜一尺白綾或一杯毒酒，眼神中充滿不解和怨恨。

「你憑什麼？」她咬牙切齒地說。

這是她最後說的一句話。

我關掉智慧眼鏡，今天只能到這裡，我無法再繼續下去了。

當生與死只剩下一個重置按鈕的距離，到底活著的真正意義是什麼，是生命本身，還是身邊其他人對你在乎的程度？

39 于珊－ＡＩ證人

我從來沒看過這麼多攝影機和記者，像一串又一串的烤肥腸，在我面前展開。

今天是陳媽媽的案子開庭，也是台灣史上第一次在元宇宙開庭，第一個公開詰問ＡＩ證人的案子。於是我第一次戴上智慧眼鏡，進入元宇宙觀看這場世紀審判。

你可能會懷疑，我賣了這麼多鳳凰ＡＩ，為什麼從來沒有進到元宇宙，也沒戴過智慧眼鏡。

可能是住在台北的人不會想去１０１，或住鼎泰豐對面不會想吃小籠包。

但今天，我不得不進去，因為我的鳳凰ＡＩ要被檢察官詰問。

陳媽媽兒子陳建中死掉的時候，我還在念高中。我還記得，陳建中被發現浮屍於宜蘭外海，軍方一開始是用自殺結案。但在陳建中死前一個禮拜，陳建中的同袍何偉退伍前夕，疑似因為過度操練，導致橫紋肌溶解症休克死亡，兩件事被連在一起，有人說，因為何偉得罪了上士沈意其，沈意其故意報復，被陳建中阻止，後來沈意其找到機會把陳建中支開，要求何偉在大太陽下做一百個交互蹲跳且不給水，何偉突然全身抽搐，急救無效死亡。何偉的案子爆發後，發現涉案的人不只沈意其，而且還牽涉一個何偉去密報的軍方採購案，這些人擔心陳建中會說出實情，因此將陳建中滅口，陳媽媽和何媽媽組成了軍人權益聯盟，四處請願，但一直苦無直接證據，沈意其後來無罪釋放。

陳媽媽把陳建中的日記和手機對話輸入鳳凰ＡＩ，試圖還原當天的情況。我跟其他人一樣，屏息聽著檢察官和陳建中ＡＩ的對話。

「何偉有沒有向沈意其說，我要退伍了，你們根本關不到我？」檢察官問。

「我沒聽到何偉有沒有這樣說，但沈意其跟我說，如果不趕快把何偉抓去關，他就抓我去關！」陳建中ＡＩ說。

「那當時你怎麼說？」

「我說，士官依法不得關禁閉。」

「那沈意其怎麼說？」

「沈意其說，我要是反對，就給我好看。」

「那後來你怎麼做？」

「我不敢反抗，但我偷偷讓何偉打電話回家。」

「後來何偉死了以後，有沒有人威脅你？」

「沈意其威脅我，不能把委員會開會的過程跟檢察官說。」

「那後來呢？」

「後來，我無意間看到沈意其想要洗掉監視器畫面。」

「那沈意其知道他被你發現了嗎？」

「我不知道他有沒有看到我。」陳建中ＡＩ說。

聽到這裡，我驚訝地不知道該說什麼。陳建中ＡＩ怎麼可能把這個過程講得這麼仔細，仿彿他就在現場。

陳建中本人是在現場沒錯，但有些數據根本就沒有放進陳建中ＡＩ，難道他的自我學習功能這麼厲害？我拿掉智慧眼鏡，腿軟得幾乎站不起來，我直覺這裡面一定哪裡有問題。

我打電話給工程師，私下調查是誰負責導入陳建中ＡＩ的數據。

40 于珊－禮物

阿星從書房走出來，看起來心事重重。

最近我看新聞，這個國家正在徵求全國的螞蟻窩，因為有兩隻快餓死的穿山甲，每次都要吃掉一個蟻窩，全國蟻窩嚴重缺貨，為了拯救瀕臨絕種的穿山甲，全國人民如果看到家附近有蟻窩，需儘速通報消防隊前去取窩。

我看到這則新聞的第一個感覺，就是我們應該在螞蟻頭上綁一個蝴蝶結，進貢給穿山甲，像古代殺少女祭神一樣。

殺螞蟻養穿山甲，用數量多寡決定生命的貴賤，我們就是活在一個隨時會被當成貢品犧牲進獻的世界。

那間書房裡，應該也住著一隻專吃「快樂」的穿山甲。阿星笑著進去，總是滿臉愁容地走出來。

每次看到阿星心事重重，我就想像有一天，我會在頭上綁一個蝴蝶結，把我自己當祭品送進書房，讓阿星可以不再感到悲傷，永遠快樂。

在此之前，我總是盡我所能地逗著阿星，希望他能快樂些。

阿星上床，我把筆電轉向他。「你有看到這個ＡＩ證人被詰問的新聞嗎？」

「太荒謬了，這個國家的人都瘋了。」他說。

「如果你有刷網友的批論，你就會覺得你對這個世界來說，比蜘蛛人還重要。」我說。

阿星終於露出笑容。「蜘蛛人對這個世界很重要嗎？」

「就像螞蟻窩之於穿山甲。」我說。

「啊？」阿星聽不懂，我猜他一定沒在看新聞。

「不重要。我問你，ＡＩ的自我學習，有可能讓ＡＩ自己想像不存在的事實嗎？」

「理論上不會，ＡＩ會依據現有的數據去推論事實，但不能憑空創造事實。」

「所以，如果ＡＩ創造事實，必須先有人提供數據給ＡＩ，對嗎？」我問。
「可以這麼說。」
我思索著，但我沒有把心裡的疑慮告訴阿星，他看起來已經夠煩了。
「你看起來心情不好，」我說。
「我只是……覺得自己外遇了。」
我大笑。又來了，阿星每隔一段時間就要發作一次，就跟他說不同時空怎麼會是外遇。
「給我看一下你的身分證。」
「要幹嘛？」阿星問。
「給我看一下嘛！」我撒嬌。
阿星從皮夾拿出身分證給我，他總是這麼聽話。
我拿出手機拍了他的身分證，拿著身分證在他眼前晃啊晃。
「外遇的人，配偶欄怎麼會是空的？」我說。
「妳知道我的意思，我不是指法律上的外遇。」
「那所有玩電動的已婚男人，都有可能用手指、螢幕和滑鼠，就跟某個角色發生外遇？」我說著，再次覺得自己口才真的很不錯。
「我說不過妳。」阿星認輸。

「那我是你的外遇對象嗎？好刺激，那我要飾演女秘書還是黑寡婦？」我挑釁地靠近阿星。

「黑寡婦是誰？」

「你該不會連美國隊長都不知道吧？」

阿星搖搖頭。

就說阿星像外星人了。

「那你知道什麼？」我好奇地問。

「Aye Aye Captain（是的，艦長）！」阿星突然神采奕奕地冒出一句。

換我一臉問號。「那是什麼？」

「那是《Suits》裡面 Mike 的台詞，妳知道《無照律師》嗎？」

我尷尬地抬頭看著阿星，果然是地球人和外星人的距離。

「我……還是來演外遇女秘書好了！」

我風情萬種地撲向他。

第九章　令人驚豔的ＡＩ

除了像外遇的男人，我現在覺得自己更像古代某個夜夜笙歌的皇帝，珊真是精力無窮，時時刻刻提醒我，這就是三十六歲與二十八歲的距離。

性這件事，勢必會延緩元宇宙取代現實生活的速度。但這讓我更覺得人格分裂，不知道從什麼開始，我突然覺得自己鎖在書房裡跟婉真生活，那才是外遇。

我戴上智慧眼鏡，再次面對婉真ＡＩ，這次，我必須取得她的同意，讓她和子翔回到原點。

「我已經做了決定。」婉真ＡＩ開口。

我已經不再訝異ＡＩ能自己做決定。「妳的決定是什麼？」

「你自己離開就好，我們要留下。」

「我離開？」

「只要你不進到元宇宙，我們跟死了有什麼兩樣？」

我被她一問，突然不知道怎麼回答。

所以，事情變得這麼簡單嗎？

「那你們怎麼辦？」

「我們就在元宇宙自己生活。」

「自己生活？」我試圖理解這句話的含義。

「自從有了鳳凰ＡＩ，這裡什麼都有。」

這時候我才理解，婉真和子翔ＡＩ並不一定要憑依著我的想念而存在。

他們在元宇宙是獨立的個體。但他們要怎麼獨立？他們必須要有互動的對象才有存在的意義，如果不跟我互動，他們要跟誰互動？

「可是，所有元宇宙的消費，都必須要活人買單……」

「人類過世的時候，不是會燒紙車和紙房子嗎？一樣的道理，你直接幫我在元宇宙買所有的東西，或直接給我電子錢包的密碼，你就定期加值就好。」

我覺得很困惑，這不像是婉真平常會說的話，經過自我學習後的婉真，突然變得好陌生。

但是，不用重置他們，只要把智慧眼鏡丟掉就好，聽起來很容易執行。

但如果這麼容易執行，為什麼我之前會掙扎這麼久？

「我有最後一個願望。」婉真說。

「什麼願望？」

「我想知道你喜歡的人長什麼樣子。」

「就是妳的樣子，只是……」

「只是我已經死了，我知道。」婉真語氣淡漠。

元宇宙裡的我低下頭。

「也許，你沒有真的喜歡過我。」

「這不可能。」我堅定地回應。

「你只是沒有想過這個問題而已，因為認識的時間太長，我們都習慣了有彼此的生活，但那不一定是愛。形容她的樣子給我聽。」婉真重複了一次。

我嘆了一口氣。

「她，小我八歲。」我說。

我看到婉真的手在發抖。

「真的沒有必要這樣。」我想停止這種溫水煮青蛙的對話。

「沒關係，你繼續說。」

「她，不受控制，非常自我。」

「她，很勇敢。」

「她，有一段坎坷的過去。」

「她的價值觀跟我們不一樣。」

「但她很善良，雖然她一直不承認。」

「她總是為別人著想，雖然她一直說自己很自私。」

「她其實很渴望愛，雖然她一直說服自己那不重要。」

「她獨一無二。」

我不知道我現在是對著婉真，還是對著一個ＡＩ在講話。不知不覺，便一股腦把我心裡的話全講出來。

「我真的愛過妳，而且我相信那就是愛。」我堅定地強調。

「愛過，這是過去式吧？」

我沉默了，像個犯錯的小孩。

「你們，會生小孩嗎？」婉真哀傷地看著我。

「她說她不要，但我知道她在說反話。」但這句話，我沒有說出口。

婉真轉頭看子翔。「可惜，他沒機會長大。」

「如果會，我希望你們的孩子可以平安長大。」

我又流下淚，婉真不知是有意還是無心，雖然沒有大哭大鬧，卻讓我覺得更難受。

「讓我活下來，我不想再死一次，那種感覺好痛。」她哀傷地說。

「好，我答應妳。」我內心好沉痛。

第十章　反撲

42 于珊－王律師

王律師很高興我主動聯絡他，如果我是他，應該會擔心我在他喝的水裡下毒，或是派一個ＡＩ在他上廁所的時候把他沖進馬桶裡。

但他可能對自己很有信心，覺得我一定是舊情難忘。

「我不是故意不接妳電話，那時候我自己也慌了，不知道該怎麼辦。」王律師說。

我冷笑。「我以為律師說謊的技巧會比較好。」

「小珊，不要這樣，其實我一直很掛念妳，只是不敢打電話給妳。」

王律師把手伸過來，試圖拉我的手，但小茜在旁邊，他又有點顧忌地把手抽回。

我舉起手，示意小茜把文件拿過來。

「我爸的印鑑章，是不是都是你在保管？」我問。

「還在我這裡。」王律師說。

「于航的股票即將要轉換成創投的股票，我要你把我爸名下所有的于航股票，都轉給這個人。」

我把阿星的身分證照片印出來給他。

「他是誰？」

「他是我的合夥人，根據我和他的合約，我有義務把于航的股票移轉給他。」

「妳爸他……有同意嗎？」王律師看起來有點猶豫。

「他離開台灣那天，就已經把整個于航交給我了，難道你看不出來嗎？」

王律師還是不敢答應，我從他的眼神，猜出我爸應該沒有和他連絡。

「上市的法律意見是你出的，你要我跟檢察官說，其實你早就知道于航沒有履約能力嗎？」我威脅他。

「我不會受妳威脅，今天過來，是因為我以為妳想復合。」王律師說。

我聳聳肩，不置可否。「這個，要看你的表現。」我放了一塊吃不到的肉在土狼眼前。

「土狼」眼睛一亮，我知道他動搖了。

「我記得我爸的股票有印出來，你蓋完章再送回來，集中放在公司的保管箱保管。」

我拋出招牌的嫵媚微笑，溫柔地說：「And, welcome back（歡迎回來）。我希望你能繼續當于航創投的法律顧問。」

王律師露出微笑，他上鉤了。對於這種騎牆派的男人，我有很多方法可以收服他們。

阿星並不知道我要把這麼多股票轉給他，但看著阿星悶悶不樂，我想為他做點事，不管什麼都好，而且這本來就是他應得的。

王律師走之後，小茜把一份調查報告給我。

「做出陳建中ＡＩ的工程師叫江志偉，到職才半年。」

我對江志偉這個名字很陌生。「幫我調查他的背景。」

「對了，」小茜說，「陳建中的案子重新調查，雖然ＡＩ證人目前沒有證據能力，但檢察官依職權重新調查，大家都說沈意其就是兇手，網路上還有人懸賞，如果殺了他可以得到十個比特幣，大家都說，鳳凰ＡＩ是現代包青天，讓因為找不到證據逍遙法外的人受到制裁，正義得以伸張！」

不知道為什麼，聽到小茜這麼說，我並沒有很高興的感覺。

那萬一沈意其不是兇手呢？

43 阿星－她們

我從來不去偷看珊的手機，但今天珊去洗澡的時候，手機一直響，我也一直叫她，但她可能在裡面唱歌唱得太開心，完全沒聽到。

我想把手機拿進去給她，但手機聲已經停了，我無意中看到一個新的訊息出現在螢幕的開機畫面：「妳在忙嗎？昨天見面後就一直想著妳。」

我年輕的時候，沒有什麼個人資料保護的概念，路邊隨便一個填問卷的人就可以要到你的電話和住址，手機簡訊也常有酒店援交或詐騙的訊息，那些訊息的開頭都是：「想我嗎？」、「我是之前跟你聯絡的XXX」、「怎麼這麼久沒聯絡……」

我說服自己，應該是那種簡訊，珊一定是去逛哪個購物網站，留下的個資被盜賣，這一定是詐騙集團傳來的簡訊。

可是電話又來了，來電顯示「王律師」，跟剛剛傳訊息的是同一個。

我不得不想起珊說過的話：「你知道，這不代表什麼……人都有慾望跟需求，我可以滿足你在現實生活裡的需求，你不需要有任何負擔，不需要對我負責，我不是那種需要別人負責的女人……」、「我跟你不一樣，不吃守寡這一套。」

她是個前衛的人，但我相信她應該不是個隨便的人，至少，她應該同時只會跟一個？還是她覺得我都可以在元宇宙有另一個家庭，她也可以同時有很多個？嫉妒像蟒蛇一樣束緊我的脖子，令人無法呼吸。但我又不能去質問她。就像她說的：「吳沛星，你憑什麼？」

第十章　反撲

但我內心還是怒吼著，她怎麼可以！珊包著浴巾從浴室走出來，我把手機放回原來的地方，假裝什麼事都沒發生，努力維持鎮定地去做晚餐。

就在這時候，我自己的手機響了。

「是子恩的爸爸嗎？我是子恩學校的王老師。」

「老師好。」我把烤雞翅放進微波爐，擦擦手，拿著電話走進書房。

「吳爸爸，想請問一下，子恩晚上是不是都在上網？」

我心裡油然升起一股愧疚感，那時間我都在元宇宙裡，沒有去管子恩在做什麼。

老師接著問：「請問您知道，子恩在學校有男朋友嗎？」

聽到這句話的那一刻，我覺得眼前一片黑。

「是這樣的，那個男生的媽媽跟我反應，她兒子晚上都跟子恩在網路上聊天，希望您也管一下子恩，畢竟他們這個年紀，整天看著螢幕，對眼睛不好，您不要誤會，不是子恩不好，是年紀太小，還有視力健康的問題。」

「真的很抱歉，是我沒有管好自己的小孩……」

「沒關係，我知道您的工作很忙，辛苦了！」

老師這麼說，讓我更愧疚，我明明不是在工作。

掛掉電話，我把電話摔在桌上，深刻地反省自己，我不但沒有處理好珊跟婉真的事，連子恩都沒有照顧好，整天像個想抓住年輕尾巴的中年男子跟一個比自己小八歲的女孩混在一起，我到底在做什麼？我到底在想什麼？

我抱著頭，想到那個王律師的簡訊，再想到老師的話，憤怒撕裂著我所剩無幾的理智。

我又回到書房，從電腦裡叫出珊的ＡＩ。

「妳跟王律師是什麼關係？」

「他是我爸爸的律師。」

「所以你們早就認識了嗎？」

「嗯，我們唸書的時候就認識了。」

「那妳跟他……」

「**就是你想的那樣。**」珊ＡＩ面無表情地說。

我無法形容心中的憤怒，腦海裡又跑出飯店裡那個六塊腹肌的ＡＢＣ，我為了珊背棄了婉真，但她竟然跟那個王律師……

我努力地深呼吸，告訴自己要冷靜。

44 子恩—大發雷霆的爸爸

第十章　反撲

吃飯時間到，爸不像之前一樣叫大家吃飯，而是把自己關在書房裡。我肚子實在好餓，自己跑出來找東西吃，電子鍋裡有飯，微波爐裡有烤雞翅，阿姨也包著頭巾從房間走出來。

「今天怎麼這麼安靜？妳爸呢？」

「不知道，一直在書房裡沒出來。」

「那妳有東西吃嗎？」阿姨問。

我比了比桌上，昨天吃剩的雞翅。

「怎麼這麼可憐？我來訂外送。我的手機呢？」阿姨如往常一樣，對著手錶講話，開始找她的手機：「嘿 Siri，尋找我的手機！」

阿姨順著聲音找，看到手機。「怎麼打這麼多通電話？這什麼訊息，噁心死了！」阿姨一邊解鎖一邊碎碎唸。

阿姨訂了好吃的港式飲茶，她今天破戒，跟我一起吃著大餐，我們兩個都快吃完了，爸還沒出來。

「要叫他嗎？」我問阿姨。

「算了，他可能在跟重要的人講話。」阿姨說著，我聞到醋意酸酸的味道。

一直到晚上九點，爸都還沒出來，阿姨開始收拾本來要留給爸的晚餐。

「我看他不會出來了，先冰起來。」

我看得出阿姨不開心。
就在這個時候，爸終於從書房走出來。
「終於講完了？有什麼話急著說，就不能先吃飯嗎？顧著談情說愛，放著女兒在外面吃昨天的剩菜，你這個爸爸怎麼當的？」
我很少看到阿姨這麼兇地跟爸說話。
「妳下次要進去洗澡，手機就帶進去，免得重要的人找不到妳。」
爸也不客氣地回擊，我感到氣氛不對，正想躲進房間。
「妳過來！」爸大聲地斥喝，他從來沒這樣兇過我。
「跪下！」
我嚇得哭出來。正進去房間的阿姨，聽到聲音又走出來。
「你幹嘛對小孩這麼兇？有話不能好好講嗎？」阿姨過來抱著我。
「妳想要把子恩教得跟妳一樣嗎？」爸說。
「跟我一樣有什麼不好？」
「跟妳一樣，**跟誰都可以上床？**」
我不敢相信爸會講出這種話。
阿姨打了爸一巴掌，我看到她流下眼淚。
「你剛剛說什麼，再說一次！」

第十章　反撲

爸沒有再講話，只是看著阿姨，也流下眼淚。

「你有什麼資格批評我？」阿姨大聲地說。

「妳想當什麼人，想同時跟幾個人在一起，我都管不著，但子恩，妳不可以帶壞她！」爸說。

躺著也中槍，這跟我有什麼關係？

爸突然轉頭看向我。「妳在學校是不是交男朋友？」

我不敢說話，看著阿姨，希望她解救我。

「交男朋友又怎麼樣？」阿姨幫我說話。

我不知道哪來的勇氣，對著爸爸大喊：「你都可以交女朋友，為什麼我不能交男朋友？」

爸跟阿姨一起轉頭看著我，我知道我說錯話了，我不是故意的，實在是因為太生氣，又不知道該怎麼反駁。

「妳才五歲，學人家交什麼男朋友！還有，以後晚上不准上網！」

「你自己還不是整天上網，又不准我用智慧眼鏡，其實你整天都在元宇宙裡逛，以為我不知道嗎？」我繼續回嘴，我同學有說，戴上智慧眼鏡，就可以去元宇宙裡買限量的遊戲卡。

爸一副不諒解的眼神看向阿姨。

「既然妳都知道，就應該體諒我必須在元宇宙裡照顧婉真阿姨和子翔哥哥，自己好好唸書！」

我張大嘴巴，不敢相信自己聽到什麼。「婉真阿姨跟子翔哥哥，不是死了嗎？」

阿姨緩緩地看向爸爸。「我沒說，是你自己說的……」

爸爸一副講錯話的樣子，抱著臉。

「所以，新聞上的鳳凰ＡＩ，就在我們家嗎？」我不敢相信這是真的，那爸去元宇宙，不就是……

爸進去房間把枕頭棉被拿出來，冷冷地對著阿姨說：「今天我睡書房。」

阿姨流著兩行眼淚看著爸爸。「所以這就是你的選擇？」

「選擇什麼？」爸問。

「選擇了她。」

阿姨摔門進房，留下爸爸站在原地。

焦點被轉移，我趕快溜進房間。

原來晚上睡哪裡這麼重要，難怪古時候的皇帝都要翻牌。

但是，跟已經死去的人，還能幹嘛？像我這樣上網聊天嗎？我打了一個哆嗦，這什麼鬼片情節！如果什麼人都可以在元宇宙復活，那林志玲的競爭對象就是貂蟬，活著的人也未免太辛苦了吧？

我還驚魂未定，想著那個天大的秘密，他們都瘋了，這世界的人都瘋了。

45 于珊－面向婉真

昨天阿星講的話真是徹底傷透我的心，在他心中，我真的是一個這麼隨便的女人嗎？

那他深愛的妻子，又是一個什麼樣的人呢？

如果我真的是一個小三，那我就應該做一次全世界小三都想做的事：面向原配。

也許我真的不懂他那個年紀的愛情，也許我們兩個真的不適合，但不讓我親眼見一次他「所謂的愛情」，我不甘心。

於是，我做了一件大膽的事，一件如果他知道，可能會想殺了我的事。但既然我已經決定要分手，又何必在乎後果。

我戴上他的智慧眼鏡，用我自己在元宇宙的身分，進入他所謂「另一個家庭」。

我按了門鈴，一個女人出來開門，她有著清瘦的身材，穿著素雅的無袖上衣和寬褲，臉上有自然的魚尾紋和皺紋，上了淡妝。

「妳是誰？」那女人問。

「請問妳是……吳太太嗎？」我說，吳太太三個字，是我想到最適合的稱謂，這真的讓我成為小三了。

「我是吳醫師的合夥人，我叫于珊。」

婉真ＡＩ停了數秒，盯著我看，該不會我第一次在元宇宙說謊就被拆穿。

「請進。」婉真ＡＩ露出一絲微笑，她跟阿星一樣看起來都很嚴肅。

婉真ＡＩ泡了茶，我加了糖，希望在元宇宙裡吃進的卡路里都不算數。

「妳很漂亮。」她說。

我不擅長跟ＡＩ說話，只簡短回了聲：「謝謝。」

我看向旁邊在玩樂高的小孩。

「他叫子翔，今天身體不舒服，沒去上課。」婉真ＡＩ說。

「喔。」我回了一聲，想著美國學校的校長，才在跟我討論想在元宇宙開一間美國學校，讓所有早夭的孩子也可以學英文。

「妳今年幾歲？」婉真ＡＩ問。

我回過神。「喔，二十八歲。」

「差八歲，」婉真ＡＩ說著，點點頭。

「嗯。」我說著，沒注意到這句話代表的意思。「我進來元宇宙找朋友，經過順道過來看看，沒別的事，我先走了。」我覺得很不自在，見原配是一回事，見已經去世的

第十章　反撲

原配是另一回事，我想起看過的鬼片，突然感到害怕，想要離開。

「既然來了，何必急著走？」婉真ＡＩ說著，拿了一個布捲尺過來。

「妳是吳醫師的合夥人，對他來說一定很重要，我做一件衣服送給妳。站起來，把手舉起來。」

我的大腦告訴我應該離開，但我的手卻不自覺地舉起手來。她幫我量著胸圍、腰圍、手長。

「真的不用麻煩，」我說。

「反正我在這裡也沒什麼事。」婉真ＡＩ說。

「妳喜歡什麼顏色的衣服？」

「我嗎？紫色吧！」

「妳喜歡Ｖ領還是一字領？妳的脖子跟鎖骨很漂亮，穿一字領好看。」

我難為情地笑笑，「妳也很漂亮。」

我是說實話，婉真ＡＩ的氣質就像日本王妃或公主一樣，極致優雅，跟她比起來，也許我真的是一個隨便又沒有氣質的女人，阿星應該是被我的年齡跟身體迷惑吧，我悲傷地想著。

與婉真ＡＩ道別，我拿掉智慧眼鏡，大哭了起來。

人只有在兩個時候會不小心講真話，一個是喝醉後，一個是吵架時。

我在阿星心中就是一個低級、隨便、人盡可夫的女人，而他心中的女神優雅又有氣質，除了已經死了之外，一切都很完美。

當妳覺得找到真愛，但發現那個真愛的真愛其實另有其人的時候，一切都讓人感到萬念俱灰。

第十一章　綁架

46 阿星－神秘電話

我關在書房裡徹夜未眠，檢討著我自己。

我後悔講了那些傷害珊的話，其實我根本不在乎她跟幾個人上過床，我只在乎她的現在，我只是不能接受除了我之外，珊心裡還有別人。

我在元宇宙有另一個家庭，可那是虛擬世界，怎麼會一樣呢？而且我都努力要退出元宇宙了……

但我真的虧欠子恩，沉迷在元宇宙的我，不只是對不起珊，也占據了陪伴子恩的時間。

隔天吃早餐的時候，珊不跟我說話，子恩也不跟我說話，那場景好像我人在元宇宙，而他們沒有戴上智慧眼鏡，根本看不到我。

看門診的時候，突然有一個陌生來電，因為病人還在，我沒有接。病人離開後，我請護理師等一下再叫號，看著手機，猶豫著要不要回電。

如果是哪個想自殺的病人呢？我想了一下，還是回電了。

「立頂律師事務所您好。」

是一間律師事務所？應該是打錯？

「我叫吳沛星，請問剛剛有人打電話給我嗎？」

「喔，您稍等一下，應該是王律師，我幫您轉接。」

王律師？這名字好熟悉。

「吳先生嗎？我是王律師，我在網路上查到您的電話，很抱歉冒昧打擾。」

網路上可以查到我的手機？這是什麼「楚門的世界」。

「有什麼事嗎？我正在看門診。」

「是這樣的，于小姐委任我，把于先生的一千張于航股票過戶給您，我需要您的印章，請問您方便送過來，還是給我一張授權書，我這邊直接幫您刻章？」

「一千張于航股票？」

「是的，就是于小姐依約應該交付給您的一千張于航股票。」

我記得，我當初是說，把我買的五十張于航股票作價投入。

「麻煩您再說一次您貴姓？」我問。

「我是王律師，于小姐的委任律師。」

我想起來了，就是昨天一直打電話給珊的那個人。

珊叫他給我一千張于航股票？

「抱歉，我門診完之後再回電給您好嗎？病人已經在外面等。」我想先拖點時間，把事情弄清楚。

「沒問題，您有空隨時打給我。」

我掛了電話，用手機查了一下股價，于航剛下市準備做股票轉換，以下市前最後成交價計算，一千張于航股票的市值超過十億台幣。

我一直沒有回電話，對於王律師和珊的關係，以及為什麼珊要給我一千張于航股票，我怎麼也猜也不透，難道我錯怪珊了？她如果不在乎我，怎麼會叫那個王律師把一千張股票過戶給我？所以那個王律師之所以跟珊見面，是為了這件事？至於他說「妳在忙嗎？昨天見面後就一直想著妳。」那也是他單方面的說法，不能因此就說珊一定跟他有什麼關係，我真的是被嫉妒蒙蔽了理智。

就在我想打電話給珊問清楚的時候，安親班老師打電話來。

「吳爸爸，子恩今天沒有上學嗎？」

「有啊，今天早上是我送她去的。」

「可是老師在學校等不到子恩耶！她有跟您聯絡嗎？」

我一聽到這句話，慌張地丟下便當，衝去學校。

在車上，我趕快撥電話給王老師。「王老師，請問子恩今天有上課嗎？」

「有啊，我今天上課有看到她，怎麼了嗎？」

「很抱歉，我可以跟您要子恩男朋友家長的電話嗎？子恩沒有搭上去才藝班的校車，不知道去哪了。」

「怎麼會這樣？沒問題，我幫你聯絡，我也請學校廣播，看是不是還在學校裡。」

子恩該不會負氣離家出走？我好後悔昨天對她們說的話，更害怕因此永遠失去她們。

如果《魷魚遊戲》的規則是笨的人會活下來，那我一定是最後領到獎金的那個人。

47 于珊－關於陳建中的秘密

「江志偉原本是志願役，專長是電腦工程，鳳凰ＡＩ專案剛開始啟動的時候，于航創投根本找不到員工，大家都覺得于航集團就要破產，會領不到薪水。所以我們想到去招募退伍軍人……請問，江志偉有什麼問題嗎？我們可以馬上處理。」人資長小心翼翼地解釋，深怕被我究責。

「沒什麼問題，只是陳建中ＡＩ最近幫我們打知名度，業務大好，我想知道幕後功臣是誰。」我說。

「喔，是這樣！陳建中AI是江志偉的建議沒錯，是他去聯絡陳太太，他說，陳建中是他在軍中的同梯，但不幸被害死……」

「陳建中是江志偉的同梯？」我重覆問了一次，突然想通，轉頭對著小茜說：「妳把那天陳建中AI講過的話印出來給我，應該有做筆錄？」

「有，馬上印。」小茜回答。

「沒事了，我想要辦一個秘密的員工打賞活動，今天的事，麻煩人資長先保密。」我交代完。

接著我手機響起，是王律師。

「妳叫小茜打來問的事……我沒有吳先生的印鑑章，沒辦法辦過戶。」王律師說。

「你就像幫我爸那樣，幫他刻一顆不就好了？」

「我不能隨便幫客戶刻章，他必須給我授權書，我已經——」王律師沒說完，就被我打斷。「喔，抱歉，他有給我授權書，只是我忘了給你，等一下小茜先掃描給你，正本晚一點我請快遞送過去，你趕快辦，一定要在股票轉換的閉鎖期開始前辦好。」

一掛電話，我馬上轉頭跟小茜說：「給我一張紙，還有上次吳醫師簽的合約。」

我快速在紙上寫了：「茲授權　王子憲律師為本人刻章，作為于航創投股份有限公司、于航生命事業股份有限公司及于航集團下所有子公司及營業個體股份移轉之用。」並且看著阿星上次在合約上的簽名，模仿阿星筆跡簽了名。

「幫我掃描給王律師。」我遞給小茜。「這麼簡單的小事也搞這麼久，」我碎念著，「盯著王律師，今天一定要把蓋完章的股票送回來。」

小茜遞給我筆錄，並且把我偽造簽名的授權書拿走。

我仔細讀著筆錄的每個字。

「何偉有沒有向沈意其說，我要退伍了，你們根本關不到我？」檢察官問。

「我沒聽到何偉有沒有這樣說，但沈意其跟我說，如果不趕快把何偉抓去關，他就抓我去關！」

「那當時你怎麼說？」

「我說，士官依法不得關禁閉。」

「那沈意其怎麼說？」

「沈意其說，我要是反對，就給我好看。」

我想到阿星說的：「AI會依據現有的數據去推論事實，但不能憑空創造事實。」，「如果AI創造事實，必須先有人提供數據給AI。」

那這些數據從哪裡來呢？

我在Google輸入「軍隊」、「士官」、「關禁閉」，便看到BBC的文章：「……此一經過三讀通過的修法被稱為洪仲丘條款，義務役士官洪仲丘於退伍前夕遭禁閉處分並致死一案，曾引起台灣社會對軍方嚴厲的批判及大規模示威……」

洪仲丘三個字我有印象，也是一個被霸凌致死的案例。我在Google輸入「洪仲丘」，就跳出維基百科的內容，裡面有完整的事實內容。我必須承認，鳳凰ＡＩ的始祖應該是維基百科，維基百科的資訊應該可以做出超過一億個鳳凰ＡＩ。

我看到維基百科引用當時報告的內容：「洪仲丘距退伍日只剩兩天，體檢報告要七天才會出來，據傳洪仲丘曾告知連長徐０正：『你們根本關不到我。』」、「何回營時，徐０正尚未完成禁閉公文，何怒罵：『如果不趕快把他（指洪仲丘）抓去關，我就抓你去關！』」、「最後所有委員在不知士官於法規上是無法關禁閉的情況下一致同意將洪仲丘懲處，以六比零無異議，決議將洪仲丘送禁閉（悔過）七日處分。」、「五四二旅憲兵官蔡０銘、二六九旅憲兵官郭０龍都曾力阻洪仲丘被送禁閉。蔡建言時，遭五四二旅高層幹部阻止、要求離開辦公室，洪送禁閉案隨即在深夜快速通過。郭０龍發現洪仲丘體檢表及體位判定很多異常之處，尤其數值顯示洪的心臟有問題，也曾告知范０憲洪的體能檢驗結果不能關，范卻回說上面有交代。」

我做了一個大膽的假設，如果江志偉參考洪仲丘案，把洪仲丘的角色替換成何偉，把范０憲的角色替換成沈意其，把蔡０銘和郭０龍的角色替換成陳建中，把維基百科的數據灌入陳建中ＡＩ，那陳建中ＡＩ是否就可以透過自我學習，講出那天的證詞？

可是江志偉這麼做的目的又是什麼？我思索著，什麼時候開始，一個ＣＥＯ也要學會當偵探？我覺得是時候，把這個案子轉交給一個專業私家偵探來處理。

「珊總，法務長說這是急件，因為客戶說要開記者會。」小茜遞了一個隨身碟給我，我插進電腦，眼前的透明螢幕便跳出一份公文。

「這個兒子想重置父親的亡者ＡＩ，但父親當初簽署的合約還沒到期，女兒反對重置，說亡者ＡＩ是父親簽約付錢的，兒子無權提前終止，可是兒子主張他有繼承權，也包括繼承跟我們的合約，還有合約裡面提前終止的權利……」小茜解釋。

我不懂法律，也聽不懂小茜在說什麼。「如果是錢的問題，那就提前終止，錢全部退給他們，這樣總行了吧？」

「當然不是錢的問題，是亡者ＡＩ的所有權問題，誰有權重置亡者ＡＩ？是當初簽約的那個死者，還是他的繼承人？如果繼承人意見不同怎麼辦？」

小茜這樣解釋，我就稍微聽懂了，這個問題我跟阿星曾經吵過。

「亡者ＡＩ的所有權……當然是屬於……」我本來要說，屬於那個死掉的人，因為他才是我們的客戶，但我旋即想到婉真ＡＩ。

而且跟阿星吵架的時候，我明明覺得活人可以重置亡者ＡＩ，讓死者安息。

我只是沒想到，活人可能不只一個。

「這問題好難。那法務長的意見是什麼？」

「他說，現在的法律沒辦法解決ＡＩ所有權的問題。」

「這不是廢話嗎？那他的解決方案是什麼？當一個法務長，只會跟我說沒辦法解決，那我還要他做什麼？」我不耐地問。

「他的解決方案，就是繼續執行契約，看女兒能用哪一條法律來告我們。」

「這才像話。那就這麼辦吧！」我說。

就在我已經覺得很煩的時候，手機又響了，這次是阿星。

「子恩有跟妳聯絡嗎？」

「沒有啊，她現在不是應該在才藝班上課嗎？」

「那子恩可能被綁架了！」阿星在電話那頭用著近乎哭泣的語氣說著。

「你說什麼？你人在哪裡？我去找你！」我急忙放下手邊所有的事，衝出門去。

48 于珊—子恩被綁架

「我跟老師找了整個學校，也問了她男朋友的家長，都沒有子恩的消息！」阿星掩著臉哭泣，我把他抱在我懷裡，像個媽媽抱著做錯事的孩子。

這個時候，不管阿星之前曾經做錯什麼事，曾經說過什麼傷害我的話，都不重要了，我們現在只關心子恩的安全。

「我不應該責備她，是我不好，我不是一個好父親，我不應該沉迷在元宇宙，我應該多花一點時間陪她……」阿星自責地搥著牆壁。

「你是我見過最好的父親。」我撫摸著他的臉，幫他擦去眼淚。

我轉頭看著警察、王老師、才藝班老師跟校長，冷靜是我另一個優點。「請問最後一次看到子恩是什麼時候？」

「是最後一節美術課，美術老師說她那時還有看到子恩。」王老師說。

「所以，子恩應該是放學後才不見？一般來說，子恩放學後應該會自己走到才藝班的接送地點對嗎？集合地點在哪裡？還有其他一起去的同學嗎？」

「集合地點在校門口外，一般來說會有三個同學一起，加老師四個人搭一台計程車去才藝班。」安親班老師說。

「那三個同學有看到子恩嗎？」

「沒有，他們說子恩平常都是第一個到，但今天不知道為什麼等很久她都沒來。」

「也就是說，子恩可能跟平常一樣第一個到集合地點，但因為旁邊沒有別人，所以被抓走也沒人看到。」我思索著。

「她會不會跟我嘔氣就離家出走？」阿星問。

我搖搖頭。「你不懂，這個年紀的女孩只有叛逆的膽量，沒有叛逆的本錢，她沒有手機，沒有錢，離家出去要去哪裡？而且如果是離家出走，她一定會跟我聯絡。」

「吳爸爸，你再想想，子恩常去哪些地方？」警察問阿星。

「很慚愧，我很少帶她出去玩。」阿星低下頭。

「相信我，她不可能自己離家出去，拜託你們往綁架的方向偵辦。」我懇求警察，遞出我的名片。「我是于航創投的執行長，前兩天才和署長吃飯，于航之後會再提供一百個鳳凰ＡＩ給警政署協助辦案，吳先生是鳳凰ＡＩ的發明人。」

那個警察看著阿星的眼神馬上就變了，有時候人就是要高調。

我的手機響了，是一個陌生電話，我接起。

「吳子恩在我手上。如果要吳子恩安全回去，不准報警，我會再打電話給妳。」那人隨即掛掉電話。

我試圖保持鎮定，看著警察和阿星，語氣一百八十度大轉彎，速度之快，可比甩尾的保時捷。

「其實再想想，這小孩平常有點調皮，搞不好真的去哪裡玩了，還是我們再去附近的公園找找？這是我的手機，麻煩有任何線索，打電話給我。」我再拿出一張名片，寫下我的手機號碼交給警察，便趕快拉著阿星離開。

49 阿星－子恩救援行動

子恩還是嬰兒的時候，我坐在手術室外等了五個小時，心中祈禱她的心臟手術順利，祈禱她能戰勝病魔，那種等待的感覺，就跟現在一樣。

我跟珊看著她的手機，任何一個訊息或來電響起，我們馬上衝到手機旁，按下手機錄音鍵，但這中間，有她網購衣服的退貨客服、有小茜、有房屋仲介、有銀行專員還有詐騙集團來電，但那個歹徒就是沒打來。

每一秒對我們來說都是煎熬，我跟珊開始懷疑自己是不是被騙、我們是不是應該跟警察坦白、我們是不是不應該自己處理。

這時候，我不得不佩服珊的冷靜，沒有她，我真的不知道該怎麼辦。

她打給她的私人銀行，找了國外富豪被綁架都會使用的綁架諮詢服務，有一群談判和救援專家正從瑞士坐私人飛機趕來台灣，聽說歐美富豪對這種綁架習以為常，已經發展成一套ＳＯＰ（標準作業流程），如何談判、降低贖金、救回人質、處理媒體和警察的詢問，這就是十億和百億的差別，我終於見識到有錢人世界的遊戲規則。

但子恩，她只是我一個小小醫生領養的可憐孩子，不應該受到這種折磨，我們過的是如此平凡的生活，相較於這些有錢人，我們窮得只剩下對彼此的愛。

難道歹徒以為她是珊的孩子？我不能責怪她，珊老早就說，子恩不應該像平常的孩子一樣自己上下課，她應該要有保鑣，我當時只是一笑置之，治安這麼好，我們又不是有錢人，生活幹嘛弄得這麼複雜。

但外人看我們並不是這樣，我又更自責了，都是大人的緣故，讓小孩去受苦。

珊手機又響了，我又燃起一絲希望。

「妳現在去門口找一張字條，裡面有地址，只准妳獨自來，晚上九點。如果有別人，我會殺了這小孩。」

珊衝到門口，一打開門，一台空拍機對著她，上面夾著一張字條。

珊扯下字條，空拍機突然摔落，珊衝出門想找控制空拍機的人，卻什麼也沒看到。

珊拿起衛星電話聯絡瑞士的專家，專家建議她不要獨自前往，想辦法用籌贖金拖延時間，因為那些人要明天早上才會到，珊自己一人去太危險。

但珊不理會他們的建議。「如果我怎麼樣了，你就報警。」她交代我。

「讓我去。」我說。

「不行，他只讓我去，看到你，子恩就沒命了。」珊堅決地說。

珊遞給我一份文件，「如果我死了，把這份交給律師，哪個律師都可以，就是不要找王子憲律師。」

珊離開後，我打開文件，是她的遺書，裡面寫著，她的所有財產，都要給我跟子恩。

我握著文件哭了，珊這麼對我，願意犧牲自己救子恩，還把她所有的一切給我們，我竟然對她說出那些話，我真是個人渣。

50 于珊－面向歹徒

在黑暗的夜，我走向一個廢棄的倉庫，不知道子恩是否還活著，不知道我下一秒是生是死。

但我的人生從來就沒有平淡過。

我爸爸靠著殯葬業白手起家，家裡總是一大袋一大袋、不同顏色的廉價毛巾、麻衣和草鞋，因為兒子、媳婦、女兒、孫子、孫女要搭配不同顏色的毛巾、不同的綁法，兒子要穿草鞋和麻衣，八十歲以上死亡的孫子女要綁紅毛巾，我總是能像AI一樣告訴六神無主的家屬要這樣那樣，從來不會搞錯，其實就算搞錯他們也不會知道，整個殯葬業的重點從來就不是「正確」，而是「複雜」，複雜到下一個家人去世的時候，家屬已經全部忘記，而我就會像救世主一樣地出現。

一堆複雜的規矩，我相信這些都是殯葬業發明，用來讓這個產業看起來很有學問而且不可或缺的詭計，讓整個產業鏈從上到下可以養家活口，包括我在內。

等我爸爸變富有後，我學著在他的眾妻妾兒女中生存，一路打敗其他只有一半血緣

第十一章　綁架

關係的兄弟姐妹，和爸爸一起創立了于航，經歷上市、破產、遇到無數的男人、事業東山再起，最後終於遇到阿星和子恩，就在我以為這將會是不幸的終點，一切幸福起點的時候，我又回到原點。在這個伸手不見五指的黑夜，我還是當初那個孤獨無助的女孩，不知道等我的是一個變態、一個殺人犯還是很多個殺人犯跟很多個變態，但由我這個身經百戰、無掛無礙的人來承受，也勝過讓子恩一個無辜的小女孩獨自面對。

雖然因為鳳凰ＡＩ，我比當初的爸爸還要富有十倍以上。但我願意用我所有的一切，換得像一般人一樣，能在柴米油鹽裡尋找幸福的權利。

但阿星即將離我而去，現在子恩也有危險，這個願望恐怕是很難實現了。如果我下一刻就死亡，回顧我的一生，就會發現它跟比特幣的漲跌曲線一樣地戲劇化。

我不是勇敢，只是沒有選擇。

我踩過地上的碎玻璃，認真地記著周圍的景色和線索：空氣中有便當跟尿騷味，這應該是活人生活的證據；地上有幾十個空酒瓶沒有灰塵，應該是剛喝完；老鼠在地上跑來跑去，順著老鼠而去，應該會找到剛吃完的便當，有便當的地方，就應該有人。

綁架子恩的人是一群專業的歹徒還是一、二個人？從這個場景看來，歹徒不是亡命之徒，就是泛泛之輩，應該不是什麼有重裝備的國際綁架集團。不過就是要錢吧？我已經把我帳戶的錢全部換成比特幣，方便交付贖金，這也是綁架諮詢顧問教我的。

突然一把刀從背後架住我。「不要動！」他喝斥。

我用眼角餘光瞄著脖子上的刀。

一把水果刀？Are you serious（這是真的嗎）？我開始對這個歹徒的實力感到懷疑。

「我要確認小孩還活著。」我說。

「她沒事。這裡輪不到妳作主，戴上眼罩，往前走，我叫妳停再停。」他說著，遞給我一個我平常睡覺戴的美容眼罩。

不知道為什麼，我反而沒這麼害怕了，國際綁架集團應該不會去康是美買這種眼罩。

我戴上眼罩，緩慢地往前走，聆聽著周圍的聲音。

他只有一個人？一個帶著水果刀的男人？

「停。」他說。「拿掉眼罩。」

我拿掉眼罩，被綁住的子恩就在我面前，嘴巴被摀住，奄奄一息。

「子恩！」我大叫。

子恩勉強睜開眼，又閉起來。

子恩衣著完整，沒有被強暴過的痕跡，但我想她應該有被下藥。

「閉嘴！」他大叫，遞給我一卷封箱用的那種膠帶。「自己把嘴巴封起來。」

他叫我自己戴上眼罩，又叫我自己把嘴巴封起來，我現在很確定，他是自己一個人，沒有幫手。

第十一章　綁架

我照著他的話做。

「坐過去！」

我坐到子恩旁邊，緊靠著她，確認她還是溫熱的。

「妳看清楚。」

突然我眼前出現投影畫面，因為是黑夜，投影畫面很清楚。

我看到一群人混亂地圍毆著一個人，我認出那個被打的人！他是陳建中！

我認出另外一個人，是人資長給我的簡歷照片，其中一個打人的是江志偉！

只有兩分鐘的畫面，那人關掉投影機。

「妳剛剛進來的時候很害怕吧？自從妳的鳳凰ＡＩ在元宇宙被詰問之後，我每天過的都是那種提心吊膽的生活，我要妳體會那種感覺！妳們這些自以為是的有錢人！」

我恍然大悟。「你是沈意其？」

「妳雖然沒有拿刀架在我的脖子上，但妳引起的那些網路言論，早就已經殺得我和我的家人體無完膚。記者追著我爸媽問，他們有沒有後悔生下我？他們為什麼沒有把我教好？我出門買個東西，都會有人朝我吐痰或丟雞蛋，我的老闆叫我離職，有一群網民整天守在我家門口拍照，我甚至不知道，他們會不會為了十個比特幣殺了我，就像妳不知道我會不會殺了這個小孩一樣！」

「妳憑什麼，用一個元宇宙的ＡＩ，就在現實世界中判我死刑？」

我說不出話，是我害了子恩。

「那真相是什麼？」我撕掉我嘴上的膠帶，他真的很不專業，只貼我嘴巴卻不把我綁起來，現在我開始同情他，他只是一個對未來絕望的人，像當初要從頂樓跳下去的我一樣。

「真相重要嗎？在這個網路的世界，大家相信什麼，比真相是什麼還重要。」

我想到阿星說的，I see what I believe. I believe what I see。

「我沒有殺陳建中，陳建中也不是因為何偉而死。因為陳建中擋了江志偉主辦的採購案，但江志偉已經收了錢，如果採購案沒過，他自己會被追殺，所以江志偉和另外幾個也有收錢的人密謀殺害陳建中，我早就知道，所以在陳建中辦公室裝了針孔攝影機，才錄到剛剛的畫面。在陳建中被殺死前幾天，剛好發生何偉死亡的事件，他們想把陳建中的死跟何偉連在一起，嫁禍給我，因為我是何偉的士官長。本來我跟陳建中的死就沒有關係，所以檢察官找不到任何證據，我被無罪釋放。本來我以為這件事就這樣結束，沒想到陳媽媽跟何媽媽緊追不捨要查出真相。」

我懂了，這就是為什麼江志偉後來會來于航應徵，主動聯絡陳媽媽來找我，還把當年洪仲丘案的數據放入陳建中AI，因為他希望藉著AI和網路的力量，殺了沈意其滅口。

「妳的AI根本是個騙子，它說的都是假的！」他崩潰大哭。

「它不是騙子，只有人才會是騙子，它被江志偉灌了假的數據。」我說，「但你也有責任，你明知道誰殺了陳建中，卻保持沉默。」

「我沒有選擇，這些人會殺了陳建中，也會殺了我。軍購案背後的利益不是妳所能想像。」

「那你現在想要什麼？我給你一筆錢，讓你遠走高飛？你不是壞人，只是很倒楣，不要傷害無辜的小孩。」

「我能去哪裡？在這個世界，哪裡沒有網路？有網路的地方，就有危險，我隨時可能在某個暗巷，被某個為了拿到十個比特幣的人殺死。既然這樣，今天我們就一起死！」

「你先讓這個小孩離開！我留下來陪你。反正我也不想活了！」我說。

這是實話，不是為了敷衍他。自從聽到阿星講的那些話之後，我就寫了遺書。

早在那個七十五樓的頂樓，我就應該跳下去。這世界無論有沒有我這個人都無所謂，沒有人會因為失去我，而痛苦地去弄一個鳳凰ＡＩ讓我復活。

我好羨慕婉真，被在乎的感覺真好。

51 于珊－阿星的第二次救贖

「等一下！」

遠方傳來大喊的聲音，是阿星。

我不是叫他不要跟來嗎？

沈意其看到有外人，馬上拿著刀衝過來架在我脖子上。

「你不要過來！」

我無助地看著阿星，像正要上斷頭台的瑪麗皇后。

「你不要衝動，我一個人來，沒有帶武器，」阿星把手上袋子放下，雙手舉起來。

「不要管我，去救子恩！」我大叫。

「你再走過來一步，我就殺了她！」沈意其說。

阿星不敢動，安撫沈意其：「你先把刀放下，有什麼事好好講！」

我感覺刀掐進脖子，不知是血還是汗，熱熱地流進衣服裡。

沈意其拿出打火機，開始又哭又笑。「反正我是活不下去了，不如今天大家一起死！」

我發現地上是濕的，四周都是汽油味，他早就決定要同歸於盡。

我看著旁邊的子恩，心裡盤算著，如果我搶下打火機，他會殺了我，但至少阿星有時間去救子恩，帶著她跑走。如果他點火，我們全部會一起死，與其三個人都死，不如我一個人犧牲，如果是ＡＩ，一定也會做出這個理智的決定。

我大叫了一聲：「阿星，我愛你！」然後不顧我脖子上的刀，搶下沈意其手上的打火機，刀從我脖子劃過，我死命抓住打火機，我們兩個激烈地搏鬥，他是退役軍人，我從小也是抬棺達人，不要小看我的力氣，沈意其搶不過我，突然想起他其實有一把刀，正要往我手上砍的時候，阿星突然大吼。

「等等！你不能把事實講出來，但是何偉ＡＩ可以！」

我看到沈意其舉刀的手停在空中，轉頭看著阿星。

阿星解釋：「你把你手中所有的證據都給我，我會用何偉ＡＩ，在網路上還你清白！我們給你一筆錢，讓你之後離開台灣，重新過生活，那些人沒有像網路這麼厲害，你只要躲去歐洲一個小國家，他們也找不到你。」

好聰明！我怎麼沒想到！果然是阿星！

我趕快接著說：「我已經準備好比特幣，如果你有比特幣錢包，我馬上就可以把幣轉給你！」

沈意其的刀摔落在地。

「什麼是比特幣？」他問。

「為了表示誠意，這些錢先給你。」阿星打開袋子，裡面有一疊疊的新台幣。

沈意其眼睛一亮，露出期望又有點貪婪的眼神。

有時候，新台幣比比特幣還好用，紙鈔比行動支付更有真實感。瑞士的綁架顧問大概沒有遇過連比特幣錢包都沒有的草包綁匪。

沈意其走近阿星，數著袋子裡的錢。

阿星趁機拿走地上的刀，摸著我脖子上的傷口，還好，只是淺淺的一痕。

「我沒事，先救子恩！」

我和阿星開始幫子恩解開繩子。「她只是吃了鎮靜劑。」沈意其轉頭對我們說。子恩的繩子被解開，我摸著她被繩子瘀紅的手，抱著她哭。「對不起，都是阿姨害妳的……」我跟子恩說。

「該說對不起的人是我，我對不起妳們，對不起……」阿星抱著我們兩個一起哭。

「阿姨，妳的手……」

子恩看到阿星的襯衫上有血手印，驚嚇地看著我。

我低頭，發現我的手也在流血，這個傷口比脖子上的還大。阿星趕緊拿出手帕綁住我的手。

「妳剛剛在想什麼？如果妳出了什麼事，我該怎麼辦？」阿星哽咽地說。

我看著阿星，有人在乎的感覺真好。

「再做個于珊AI啊！你的專長不就是研究人的行為數據？」我故作輕鬆地開玩笑。

「對不起，我不該說那些話。」阿星抓緊我的手，我都不知道他是在止血，還是害怕失去什麼。

「我是跟很多人上床沒錯，但那是以前。而且我沒有一次很多個，跟你在一起之後，我就只有你一個！」我委曲地說。

「我知道，都是我的錯，但妳也不用一直講。」阿星尷尬地轉頭看著面無表情的子恩。

「是你先開始的。」我不服地說。

「那也是妳很愛講，所以我就很難不吃醋！」

「是你先吃醋，我才會講！」

我看著沈意其帶著鈔票離開的背影，再看向我受傷的手。

我不同情他，但也不恨他，他就是八十億無知又惶惶度日人口中其中的一個。ＡＩ害了他，也救了他，希望他從此不必再過著提心吊膽的生活。

經過這次事件，我理解到這世界上所有我們自以為看到的事實，可能只是我們情感的某一種反射，覺得「誰很可惡」或「誰很該死」。人都會做錯事，沈意其對何偉的死真的沒有一點責任嗎？但真正殺死陳建中和何偉的，是整個制度，是人類的私慾，是人類控制的慾望，而我的鳳凰ＡＩ，實現了這個慾望，讓人類透過對ＡＩ的控制，達到決定別人生死存亡的目的，就像沈意其說的，我手上沒有拿著刀，但有人卻差點因我而死。

如果我現在還能終止ＡＩ計劃，我情願放棄所有的財富，讓這個世界，回到沒有亡者ＡＩ的狀態。但已經太晚了，元宇宙裡已經存在著各式各樣活著、死了的ＡＩ在遊走，當你進到元宇宙碰到一個人，你不再知道自己碰到的是一個活人、一個其實已經八十歲卻假裝自己十八歲的人，或是一個喪屍。

就像我之後在元宇宙裡碰到我爸一樣。

52 阿星—認錯

「對不起，讓大家虛驚一場，只是小孩子在鬧脾氣。」我和珊向警察鞠躬道歉。

我們三個人回到家，上天保祐，我並沒有失去她們。

我認真地看著子恩，跟她說：「子恩，愛情有的時候很美好，但不會一直都美好，我只是捨不得妳，太早經歷愛情辛苦的部分，但如果這是妳的選擇，我們需要約法三章。第一，每天只能上網一小時，功課要先做完，第二，去任何地方要先得到雙方家長的同意。第三……」我不知如何啟口。

「妳爸的意思，是不能跟男朋友上床。」珊幫我接下去。

「上床的意思是……」我試著解釋。

「我知道是什麼意思，你不要再把我當小孩子。」子恩很快地回答。

「或是，真的忍不住，也要戴保險套。」珊接著說。我忍不住瞪了她一眼。

「她畢竟才五歲！」

「那你幹嘛交代那麼多？五歲的愛情，不就是牽牽手而已嗎？講得好像她已經二十歲一樣。」

我看到子恩在偷笑。

「最好不要啦，妳不要以為那件事有多好玩，阿姨告訴妳，要讓一個男生離不開妳，就是要若即若離，如果妳什麼都順著他，那他就會予取予求……」珊認真地教學，好像我不在旁邊。

「什麼叫若即若離？」子恩看起來很興奮，聽著珊阿姨開課。

「若即若離喔……就是他要三分，妳給他一分，他要五分，妳給他三分。重點是，男人是用下半身思考的動物，妳要用上半身，我是說脖子以上，去征服他。如果妳也只靠下半身，那不就跟他一樣進化未滿？」珊自豪地說著。

做為這個家唯一進化未滿的動物，我抗議地咳了一聲。

「妳爸喔，他例外啦，他是悶騷型的，占有慾超強，又愛吃醋。」珊笑著說。

我很少聽到珊對我的評語，轉頭看著她。「悶騷型？」

「不是嗎？」珊也轉頭看著我。

等子恩進房後，我看著珊，不以為然地說：「若即若離？」

「用下半身思考？」

珊迴避我的眼神。

「所以，這是妳讓王律師聽話的方式？」

我雖然是隻呆鵝，但重要時刻會變得比福爾摩斯還聰明。

「你知道什麼叫望梅止渴嗎？你不一定要真的給軍隊喝水，只要讓他們相信前面有水就可以了。但你怎麼會知道？」珊問。

「他打電話給我。」

「妳偽造我簽名？」

「他幹嘛打給你？我都偽造你簽名了！」

「這樣才能把股票轉給你啊！」

「那一千張股票是什麼回事？妳跟王律師又是什麼關係？」

「王律師喔，我們曾經在一起過，你知道，就是那種在一起。」

「妳不用一直強調。」我覺得她有時候真的很故意。

「他有我爸的股票印鑑章，我必須靠他的幫忙，才能把我爸的股票過戶給你。」

「為什麼要給我？」

第十一章　綁架

「你記得你簽過一份合約嗎？」

我想起來，那時候我看都沒看就簽了字。

「你沒有認真看內容吧？一式兩份，一份我留在家裡。」

珊從抽屜拿出合約，翻到第二頁。

「我早就寫好，要給你一千張于航股票。」

我打開合約，果然早就寫在裡面。

「妳怎麼知道我不會打開合約來看？」

「因為你不會用上半身思考啊！」珊大笑。

我假裝生氣。

珊收起笑容，認真地注視著我。

「因為你是好人。」

收到好人卡，我應該覺得高興嗎？我生氣起來的時候，明明就像搖了一百下再打開的香檳，把憤怒噴得到處都是。

「妳早就寫好了，為什麼那時還問我要多少錢？」

「為了激怒你。」珊露出調皮的眼神。

「你越在乎，就會越生氣，我想知道你有多在乎我。」

我的專業告訴我，珊是個極度缺乏安全感的女孩，像個鬧脾氣想吸引爸媽注意的孩子，那時的我已經下定決心，要用盡全力保護她，即使犧牲自己的生命，也要讓她知道她在我心中有多麼重要，她不該看輕自己。

珊繼續說：「我早就做了決定，既然我爸背棄我，那他也不配擁有那些股票，我要把他的股票都給你。可是之前于航還是上市公司，股票移轉只能用贈與或鉅額交易，有點麻煩，所以等于航一下市，我就趕快安排把股票轉給你，而且必須要在于航股票和于航創投股票轉換的閉鎖期之前做完。可是那個王律師也很精，不肯配合，所以，我只好吊吊他的胃口，你知道的，就是『若即若離』……」

「對不起，那天我看到他傳給妳的訊息，就像妳說的，我占有慾超強，又愛吃醋……」我拉起她的手。「我不是故意說那些話。」

珊看著我，認真地說：「你要相信，我只愛你一個，現在是，以後也是。**不管是脖子以上還是以下，我只屬於你一個人。**」

我靠近她，想親吻她，但她把我推開。

「妳還沒原諒我？」

「不是，我想跟你坦誠一件事……」我從沒看過她像現在這樣欲言又止。

「我之前說，你可以在元宇宙有另一個家庭沒關係，其實是騙你的……」

「我知道。」我撫摸著她的頭髮。

「其實每次你把自己鎖在書房裡，我都在外面偷偷地哭……」

第十一章　綁架

「對不起……」我把她攬過來。

「那種感覺，就好像明知道你心中不只有我，但我還是必須接受，因為那是我自己同意過的事……」

「以後不會了。」我正想跟她說，我決定退出元宇宙的那個家庭。可是她馬上接著說：「所以……那天你講了那些話之後，我很傷心，想知道你喜歡的，到底是什麼樣的人，我就……」

我開始有不祥的預感。

「我就……進了書房，進了元宇宙……」

我驚訝地說不出話。

「那妳……」

「我見到你太太。」

珊低下頭，像做錯事的小孩。

「對不起。」我說。

珊突然抬起頭。「是我對不起，我不該沒有經過你的同意，就進去書房，還去了你在元宇宙的家……」

「妳沒有錯，婉真曾經是我太太，但她已經過世了。妳不是我外遇的對象，我也不應該用這件事來綁架妳的感情。妳想進去我的世界，是因為我把妳關在門外，這是我的不對。還有，我喜歡的，就是像妳這樣的人。」

我把珊緊緊抱在懷裡。

「其實，我也要跟妳坦誠一件事。」

「什麼事？」

「我之前說不能做活人的ＡＩ……」

「嗯？」

「但，我還是偷偷做了妳的ＡＩ……」

「你不是本來就有做一個測試版？這個我知道啊！」

「其實，不只這樣。後來，我把妳跟我說過的話，都輸進那個ＡＩ。因為……因為我怕妳有一天會離我而去，可是我不想忘記妳。」

「你什麼時候開始做的？」

「就之前，我們開始睡一張床之後……」

「所以你每次回去書房——」

「就是要趁我還記得的時候，把妳說過的話輸進ＡＩ裡。」

「你不是回去找婉真？」

「當然不是。」

「那……你會跟我的ＡＩ說話嗎？」

「常常啊！我會問她妳喜歡什麼，或是我到底做錯什麼。」

「我們睡一張床，我就在你身邊，你寧願跑去書房問她，也不轉過身來問我？」

我突然啞口無言。

「重置她。」珊霸氣宣言。

「我本來就打算這麼做。」

「為什麼？」

「因為這次我問她，妳跟王律師是什麼關係，她說，就是我想的那樣。」

珊突然大笑。「這麼準，那把她留下好了！」

「可是我不喜歡這個答案。」我抱住她，像個賭氣的小孩。

「那這個答案呢？」

她吻了我。

「這個，差強人意。可能要這樣，我才會滿意……」我雄風凜凜地撲向她。

53 阿星—離開元宇宙

我看著手上的智慧眼鏡，聽說未來不再需要眼鏡，就可以進入元宇宙。科技進步的速度讓人無法想像，我小的時候還不知道什麼是手機，而現在，每個人幾乎都有一副智慧眼鏡。

但不管科技如何進步，人類的情感，從古到今都是一樣的。占有、嫉妒、不捨、放手。

今天的我，已經到了不得不放手的時候，我最後一次戴上智慧眼鏡，進到元宇宙。婉真正在做衣服，是一塊紫色的布，我不記得婉真喜歡過紫色。

「我可以跟妳說句話嗎？」我跟婉真ＡＩ說。

婉真停下手上的工作看著我。

我環顧四周，在元宇宙的每一件家具，都是我精心挑選的，還好那家瑞典來的家具店在元宇宙也有開店，買足所有的東西並不困難，但燒掉也是會捨不得。

還好他們會繼續活在元宇宙。

「婉真，我很想念妳跟子翔，但我在現實世界有未完成的責任，我必須認真地把那個人生過完。」

「我知道。」婉真平靜地說，這次，她倒是沒有太多情緒起伏，有那麼一刻，我以為得到了她的諒解。

「她長得什麼樣子？」婉真ＡＩ問。

「啊？」

「你上次只有說她的個性，沒有說她長什麼樣子，是高是矮，長頭髮還是短頭髮，眼睛什麼顏色。」

我停頓了一下。

「這重要嗎？更何況，妳不是看過？」

婉真ＡＩ抬起頭。

「我看過嗎？」

「最近……不是有人來過？」

婉真ＡＩ停頓了一下。

「沒有啊，一直都只有你，**我的世界，一直都只有你。**」婉真用極平靜的語氣說著。

我突然傻住。難道珊又跟我開玩笑？

「我想跟妳說，這是我最後一次進來元宇宙。」我開始哽咽。

元宇宙裡的我起身，婉真也放下手上的工作站起來，我們兩個就這樣對看了十秒。

婉真轉身，我走向子翔。

「可以讓爸爸最後一次抱抱你嗎？」

子翔被火燒死的那晚，我連抱著他說再見都來不及，看到他的時候已經是一具焦黑的屍體。

但子翔卻面無表情地轉身，依偎在婉真身邊。

我突然覺得他們離我好遙遠，過去的親密感，好像都是我自己一個人在幻想。

「我們會在這裡等你。」婉真ＡＩ抱著面無表情的子翔站在門口。

我無法再承受，拿掉智慧眼鏡，丟到垃圾桶，打開書房的門，發現珊就站在門口，抱住滿臉淚痕的我。

這時候，我突然覺得自己小她八歲，她變得成熟，而我卻如此脆弱。

「她不記得妳。」我說。

「真的嗎？她還說要做一件衣服給我。」珊說。

我抬起頭，驚訝地看著珊，突然想到什麼。「妳喜歡什麼顏色？」

「紫色啊！」珊講得如此自然。

我想起婉真手上那塊布，再想起她說過的話：「我的世界，一直都只有你。」

我扶著牆壁，努力不讓自己腿軟。

「婉真ＡＩ學會了說謊？」我的手腳已經冰冷到毫無知覺。

但我不敢跟珊說，只有發明亡者ＡＩ的我，才知道ＡＩ學會說謊，將會是一場多大的災難。

婉真ＡＩ不再是婉真，子翔ＡＩ也不再是子翔，但那時的我不知道，一年後的我，也不再是我。

第十二章　全心全意

54 于珊－AI正義

用Google導航的時候，如果不小心走錯路，或是該轉彎的地方沒轉彎，Google會馬上變更路線，計算新的路徑。新的路徑也許會多花十分鐘，也許不得不繞路，但當你徬徨地站在一個不知道是哪裡的地方，當你已經走錯，必須趕快回到正途，你必須把傷害降到最小。

重新計算的路徑不一定是回到當初出發的那一點，這就是AI聰明的地方。

現在的我，已經知道鳳凰AI的出現造成一場災難，我假設自己是Google地圖或是AI，計算著收拾災難的最小路徑。陳建中和何偉已經死亡，我和阿星能做的，就是讓沈意其可以脫身，江志偉這批人必須受到法律的制裁，而且江志偉不能知道是沈意其錄到那些影像，不然沈意其會有生命危險，因此，錄影畫面不能直接拿給檢察官。

阿星做了何偉AI，讓何偉AI把錄影畫面用「講的」描述出來，沈意其的冤屈得以洗刷，因為本來就沒有證據證明他犯罪，他的犯罪只是網路世界的「有罪推定」。但江志偉這群人，也因為何偉ＡＩ沒有證據能力，還是繼續逍遙法外。於是，我和阿星發起了「ＡＩ正義」的遊行，鼓吹ＡＩ在一定的條件下，應該被賦予一定的證據能力，就像測謊一樣。

「ＡＩ應該被當作專家證人，一般的專家證人可能會忘記，可能受賄賂，可能被自己的立場影響，但ＡＩ是中立的，它只相信數據。在一個連河豚都可以吞下去的年代，我們為什麼還要討論鰻魚的刺會不會穿破喉嚨？」我對著記者說。

「于小姐，妳口才這麼好，應該出來選立委。」記者訪問完，一邊收拾麥克風一邊跟我閒聊。

「也許吧！等有一天鳳凰ＡＩ也可以選立委的時候，我可以在死後五十年幫我的孫子立法，」我大笑。

記者也大笑。「看來妳跟吳醫師都很喜歡小孩。」

我差點吞口水嗆到，「為什麼扯到吳醫師？」

「有時候，一些溫馨的小八卦會讓訴求更容易達成，妳知道的，一個藝人捐一台救護車給醫院，相較於一個藝人因為做慈善找到一個大八歲的真愛，兩個人一起捐一台救護車給醫院，那個故事的張力和影響力就不一樣。」那個記者說。

我還是聽不懂她想做什麼。

「不過，如果你們不願意公開也不勉強，最好是你們一直很低調，但有一天不小心被拍到，再發新聞稿認愛，並告訴大家『請給我們一些空間』，藝人形象就是這樣操作的。」

我好像有點聽懂了。

「其實，我們可以把這個專訪做得很溫馨，對AI正義這個議題一定會有正面的影響。」

我完全聽懂了。

「我們不會接受專訪，抱歉，我還有下一場會議。」我主動起身，那個記者還是不放棄，遞給我一張名片。「我叫呂琪，如果您想法改變了，隨時連絡我。」

送走那個記者後，我隨手把名片丟在辦公桌上。

果不其然，記者開始守在阿星家門外，拍到我們一起出門，拍到我們牽手去買菜。其實我並不在意被發現，我又不是搞外遇。只是怕阿星覺得不自在，他不像我，從小就習慣百人排場的告別式，或是長大以後面對職業股東鬧場的股東會，他在鎂光燈下總是很不自在。

但那時我完全忘了一個人，一個我在他眼前放了一塊肉的土狼，他也看得到新聞。

「吳沛星不只是妳的合夥人，妳那時候根本就在騙我對嗎？」

「妳要的只是股票，現在得逞了就打算一腳把我踢開嗎？」

王律師的簡訊，我看一則刪一則，我還記得最後一個是：「**妳會有報應。**」

我看到「報應」兩個字就笑了。對著一個從小生裡來死裡去又創造亡者AI的人講報應這種事，就像問諾亞方舟上的動物：「你知道洪水有多可怕嗎？」

我才不是被嚇大的。

在我和阿星的努力下，AI證人的證詞得以在一定的條件下比照專家證人證詞。這些條件包括：AI證人證詞不能是認定有罪的唯一證據、AI證人的數據和模型必須經過檢驗、創建AI證人的工程師也必須接受詰問、AI證人的數據也適用毒樹果實原則（註4）。

江志偉一群人終於被起訴，因為除了何偉AI之外，檢察官找到了當時軍購案的其他證人。

當我和阿星重置陳建中AI和何偉AI的那天，我們真心希望這是最後一件軍隊弊案，希望我們最終還是做對了一件事。

一直到後來我也變成被告，我還是沒有後悔努力讓AI證人取得證據能力的這件事，就像所有法律的原則一樣，有時候在某個個案，你會覺得這個法律規定得不近人情，但法律，從來就只能照顧80%人口的需求，另外的20%，就像之後的我一樣，不得不接受被錯殺的結果。

我把書房的門用門擋固定住，從此以後，它不會再上鎖，珊和子恩隨時可以進來，我微笑地看著監視器裡珊的身影。

珊忙著跟一堆元宇宙的廠商簽約，要為鳳凰AI提供各種服務，有些服務我覺得很好笑，根本就是她自己的願望清單。

「雙人SPA加五星級飯店住宿套裝行程專案合約」？我好奇地打開合約，裡面提供鳳凰AI和活著（戴上智慧眼鏡）的親人一起做雙人SPA，一旦啟動，你家的門鈴就會響，有一個芳療師會到真實的世界幫你按摩，在元宇宙裡，你會看到自己跟鳳凰AI一起躺在飯店的SPA兩個人一起按摩，可以是母女、姊妹淘或是……

接下來就是令我會臉紅的內容：情侶SPA。

珊看到任何新聞都會啟發她的BD（business development，商業發展）天賦，看到情侶騎機車出車禍天人永隔，因為很相愛所以男方想要冥婚，她就直覺這種雙人SPA或是元宇宙的海島婚禮一定會有需求。

我雖然笨，但馬上識相地打電話給飯店預訂雙人SPA，就像我之前跟你說的，珊

註4：毒樹果實原則：一個法律學的概念，非法取得的證據不能被當成證據。

就像描圖紙一樣，要讓她開心，只要仔細地觀察，就會找到她的願望，像復活節彩蛋一樣，註定要讓你發現，我終於可以全心全意寵溺著珊，我要滿足她所有的願望和期待，我要用盡洪荒之力保護她，彌補她童年失去的快樂。

「元宇宙的家事清掃合約？」我打開看，巨擘公司出了一種機器人，可以打掃鳳凰AI的住所，做所有的家事，包括煮飯、切水果、吹頭髮、找東西、確認買的東西在過期前吃完、行事曆提醒、打掃、倒垃圾、洗衣服、繳各種帳單。真有這麼神奇？通常會在元宇宙提供的服務，現實世界不可能缺席。我Google了一下，果然有這種機器人，但是有夠昂貴，而且，我相信這種剛推出的東西bug一定很多，我還是自己當珊的家事機器人好了。

但就在某天回家的時候，我看到一個巨大的東西立在家裡，那種感覺就像走進《野蠻遊戲》，發現你家客廳無緣無故跑出一棵樹。

「巨擘公司給我試用一年，」珊興奮地說。

我無法想像要跟機器人共同生活。「妳知道我們家其實只有四十坪大嗎？」我面露難色。

「四十坪大也是要打掃啊！我就捨不得你做這麼多家事。」珊一邊說著，一邊低頭看著使用指南。

「所以這個東西，它要睡哪裡？」我問了一個笨問題。我不是不知道機器人不用睡覺，我的意思是，人都會有休息的時候，休息的時候需要一個空間，那我們大家都去睡覺的時候，它要在哪裡？需要一個充電座嗎？它會在我們睡覺的時候醒著看我們在做什麼嗎？這真的是一種很奇怪的感覺，一種住在海生館，而那個海生館為了多賺錢，在海裡蓋了旅館，讓遊客可以一邊睡覺，一邊看著魚游來游去。當魚要被看二十四小時，但我是人。

「我們可以鎖門，如果你關心的是這個，」珊馬上就發現我擔心什麼。

我嘆了一口氣。「妳一定要放這個在我們家嗎？」

「只是試用一下嘛！沒有試用，我怎麼知道好不好用，能不能推給客戶？」珊理直氣壯地說。

我無言地走進房間，那個機器人看了我一眼，好像在炫耀它的勝利。

珊不懂我的心事，因為我沒有告訴她亡者ＡＩ已經進化到會為了某一個特定情境說謊，你怎麼知道這些機器人不會發生一樣的事？當失控的ＡＩ只會存在元宇宙，和它就在你身邊，像青蛙王子的那隻青蛙跟著公主一起吃飯睡覺就是不一樣，萬一它不是變成王子，而是睡一覺變成蟾蜍呢？

「妳是否同意本公司的 cookie 政策？」機器人說。

「同意。」

「妳是否同意本公司的使用者合約？」機器人說。

「同意。」

「妳是否同意將使用數據傳回本公司，以協助本公司優化消費者體驗？」機器人說。

「同意。」

珊的頭抬也不抬，就一直按著「同意」和「下一步」，急著完成家事機器人的設定。

我不以為然地看著她，她根本不懂她到底同意了什麼。

「請為我取一個名字。」機器人說。

珊抬頭看著那個機器人，「叫什麼好呢？」

子恩好奇地跑過來。「叫 Dora（朵拉）吧！」

「好啊，就叫 Dora。」

「朵拉可以做什麼事？」子恩興奮地問。

「不然，我們先叫她去煮飯吧！」珊和子恩把朵拉趕到廚房，把正在洗菜的我趕出去。

我覺得除了進化未滿之外，我在很多方面都被她們兩個孤立，這應該是我之前關在書房孤立自己的報應。

56 于珊－驚喜

不知道為什麼，我偷偷地撿起阿星丟在垃圾桶裡的智慧眼鏡。

我從小就擅長資源回收，那些喪家穿過的草鞋、毛巾、衣服，只用一次多可惜。

也或許是因為我早有預感，誰知道。

我看著門口一箱箱的包裹，心血來潮開始開箱。我喜歡買東西，但懶得收東西，每次阿星都會碎念我的包裹擋住了動線，我就會回他：「誰叫你不換大一點的房子！」

但七天內一定要開箱才來得及退貨，雖然這個國家的人都瘋了，但七天無條件退換貨這件事真是德政，除了性感睡衣這種東西不給退之外，我常常都是箱子拆開，皺了皺眉，再原封不動地封起來。

第一箱是鞋子，怎麼跟網路上的顏色看起來差這麼多，退貨！

第二箱是衣服，試穿了一下，尺寸不合，退貨！

第三箱是一個薄薄的盒子，上面還綁著緞帶。

「我有買這麼多東西嗎？」我心想著，一邊把緞帶拆掉。

是一件紫色的襯衫，我拆開來看。

是一字領。

我嚇得把衣服丟到地上，說不出話來。

我該退貨到元宇宙嗎？

婉真ＡＩ說的話在我耳邊響起。

「妳喜歡什麼顏色的衣服？」

「妳喜歡Ｖ領還是一字領？妳的脖子跟鎖骨很漂亮，穿一字領好看。」

我只聽過在元宇宙訂餐，它會送到真實世界你家門口，但我想食物應該是在真實世界做的。

但我沒聽過，也無法想像，元宇宙的亡者ＡＩ可以做一件衣服，穿越時空，送到真實世界我的家裡。

看過這麼多屍體的我從不信鬼，但我現在不得不相信，這世界上真的有鬼。

我縮在牆角，阿星剛好從房間走出來，以為我又看到蟑螂。

「比蟑螂更可怕。」我說。

「老鼠？」阿星問。

我比著那個禮盒。「有鬼！」

阿星拿起禮盒端詳。「婉真做給我的。」我怯怯地說。

阿星停頓了幾秒，忽然大笑。「從元宇宙來的禮物？妳生意未免做太大，連使命必達的快遞業都進軍元宇宙了嗎？妳沒看到這裡有個寄件地址？一定是妳到處買衣服，買到忘了還有這件！」

阿星撕下地址標籤，把盒子還給我。

「這件也要退貨嗎？我幫妳一起拿出去。」

我困惑地看著阿星，真的是這樣嗎？我已經到了容易健忘的年紀？

我站起來，勇敢地把衣服拿起來試穿。

「好像很合身，」我是真的覺得這件衣服很漂亮。

「算了，這件不退了。」被阿星說服的我，拿起衣服，收進櫃子裡。

我還記得小時候媽媽說過一句話：免費的東西最貴。

她指的是爸爸，每次在外面拈花惹草，省了嫖妓的錢，之後還要幫別人養小孩，那時候不流行驗ＤＮＡ，而且電視總是誤導我們一次就會懷孕。

後來有了王子憲，我不會再無端多一些小二十歲的弟弟妹妹，也許就這一點來說，我應該要感謝他。

他也是另一個對我來說毫無存在感的人。

直到我體會「免費的東西最貴」這句話真正的道理時，一切都晚了。

如果我當時能好好處理跟王子憲的關係，如果我當時能退貨或把衣服丟掉，或至少去查一下信用卡帳單，就會發現這件衣服是一切災難的開端，但我當時竟然就這樣被阿星說服。

57 阿星－于珊的天真

一切都不對勁，朵拉，還有那件紫色的衣服。

我其實沒有別人想的這麼老實，該說謊的時候，我也是當仁不讓。

騙了于珊，是為了不讓她擔心，但我已經看到元宇宙的一切開始失控，說謊的婉真ＡＩ，來自元宇宙的禮物，從天而降的機器人……

不知道這些事情是不是有任何關連，但在查清楚之前，我決定先不讓珊擔心，她已經夠脆弱了，而且我們百分之百的愛情才剛開始。

我拿著手上的快遞住址，找了在徵信社工作的高中同學，請他幫我查這個住址登記的所有人是誰。

我聽到朵拉跟珊的對話。

「我的早餐是三個蛋白，黑咖啡不加糖，每天要有五種蔬菜，三種要不同顏色，加油醋醬。阿星的早餐是拿鐵，炒碎蛋加胡椒，還有二個麵包，隔週就把炒碎蛋改成歐姆蛋。子恩的早餐跟阿星的一樣，但牛奶加的是玉米片不是咖啡。水果一天要切五種，浴室每天都要打掃，洗手台和地板要保持乾燥，家裡地板每天都要用吸塵器吸過一遍，一個禮拜要拖地一次，算了，改二天拖地一次……」

珊每講一種食物，朵拉就啟動肚子裡的相機照相。

我張大眼睛看著珊。「歐姆蛋？我們現在明明就是吃超商的三明治當早餐。」珊的行徑，完全就像個中樂透的暴發戶。

「這就是機器人偉大的地方啊！它又不用睡覺，四點就可以開始做早餐。」珊得意地說。

那個機器人的腳，就像掃地機器人一樣，經過的地方可以順便把灰塵頭髮吸起來，這個發明我倒是覺得很棒。跟掃地機器人不一樣的地方是，朵拉會自己倒灰塵，自己會把卡住刷子的頭髮清乾淨。

朵拉把每一種東西拍成相片，再透過ＡＩ分析，自己學習「牛奶的保存期限寫在這裡」、「這個橄欖油加十滴」、「這是咖啡機」、「胡椒罐用轉的胡椒才會出來」。它每天至少拍一千張照片去做分析，存在雲端硬碟裡，所以它的身上並沒有記憶體。

我對於有人（機器人）一直對著家裡的每樣東西拍照，覺得很不舒服，珊因為這樣在家總是穿得很漂亮，就算是ＡＩ用來分析的照片，她也堅持自己在裡面必須美美的。子恩則是很調皮地會在朵拉照相的時候去旁邊擺 YA 的姿勢。

「妳小心她下次看到妳，以為妳是牛肉，就把妳放進烤箱裡烤。」珊警告子恩。

到這裡我都還能勉強接受，直到朵拉對著我們和我們的一切拍照。

「這是于珊小姐的內衣，內衣和內褲要折在一起。」朵拉對著陽台晾的衣服按下快門。

「這是于珊小姐的鑽石項鍊。」朵拉對著珊按下快門。

「這是吳醫師的襯衫，領口要特別用衣領精刷過再放進洗衣機。」朵拉對穿著襯衫的我按下快門。

「她知道什麼叫隱私嗎？」我抗議。

「她只是一個機器人。」珊說。

「她是一個會做AI分析的機器人。」我說。

「那如果以後有一個會做AI分析、可以自動把溫度調節到每個人洗澡溫度的浴缸，你就不敢在它面前脫光洗澡嗎？」珊反駁。

「話不是這樣說……」我覺得這個謬論有哪裡怪，但我總是講不過珊。

「她只是一個機器人，就像你洗澡的時候旁邊的蓮蓬頭、牙刷跟牙膏一樣。」珊再次強調。

「她不是，她有眼睛跟耳朵。」我實在很想把我在元宇宙看到的事講出來，但還是忍住了。

「但她沒有人性。」珊說。

「妳確定嗎？」我看著她。

「反正就一年嘛！你不喜歡，頂多就把她丟掉。」珊說著。
接著廚房傳來巨響，我們回頭看，朵拉把菜刀丟到地上，落下眼淚。
我轉頭看著被嚇到的珊。
「沒有人性？」我重複了一次。

58 于珊－元宇宙裡的爸爸

我打開抽屜，看著那件紫色襯衫。
「網購的衣服怎麼會這麼合身？」
我還是有點懷疑，但因為阿星是不會說謊的人，如果他說謊，我應該看得出來。
如果他搞錯呢？我只是想要一個答案。
我看著從垃圾桶裡撿起的智慧眼鏡，大腦叫我不可以，可是手卻無法控制地把眼鏡戴上。
我又進到了元宇宙，跟以前一樣走到婉真ＡＩ家。
我竟然看到我爸從婉真ＡＩ家裡走出來。
你可以想像我那時候的心情嗎？

我先是聯想到我爸總是瞄準比自己小二十歲的女人，然後才想到他是不是死了，最後才想起我有多恨他，不但拋棄我，留了一堆債務給我，還把錢都領走。

我衝過去，攔住準備離開的他，打了他一巴掌。

但他呆呆地看著我，面無表情，沒有因為這樣而生氣，沒有還手，沒有道歉，什麼都沒有，就只是看著我。

「你還活著嗎？」我終於說話了。

他還是沒說話，直接轉身離開。

「你他媽的到底是死是活？」我瘋狂地對著他離開的背影大吼。

但他就這樣離開，一句話也沒有交代。我開始追他，死命地跑，可是他離我好遠，我怎麼追都追不到。

他一直都離我很遠。

我拿掉智慧眼鏡，大哭了起來，忘了我本來是要去見婉真ＡＩ。

我不知道自己在哭什麼，經歷了破產、以為會和阿星分手、沈意其把刀架在我脖子上，都沒有像現在這樣讓人想大哭。

可能，我覺得再一次被爸爸拋棄，拼圖拼到最後一塊，怎麼也找不到的那種感覺，不管我人生其他的部分再怎麼圓滿，我永遠也不可能得到父愛。

我窮盡一生追他，想追上他，告訴他我有多優秀。

道。

我爸搭上了婉真？就算他已經死了，我還是覺得很丟臉，這件事絕不能讓阿星知還是，我怕阿星會難過？他會難過嗎？他的妻子愛上了一個老他幾十歲的男人？

第十三章　暴風雨終將來臨

59 阿星－風雨前夕

徵信社說，那個地址是一間高雄的貨運行。我打電話去問貨運行，貨運行只知道衣服是中國寄出，但每天從淘寶寄到台灣的貨運不計其數，他們也不知道賣方是誰。

電視上新聞播放著：「于航前董事長驚傳在中國失足落海，遺體打撈二天仍未能尋獲，有一女子自稱是于董事長的女朋友協助處理後事……」

我聽到新聞，驚訝地說不出話，轉頭看著珊，珊反而很淡定。

「朵拉，我還要吃芒果。」珊看著電視，轉頭對著朵拉說話。

「您今日卡路里攝取已經超過一千三百卡，要不要改吃芭樂或木瓜？」

這個朵拉管真多。

「今天不管了，我要狂吃慶祝。」珊愉悅地說。

我看著珊，想安慰她，又不知道該說些什麼。

從專業的角度，我知道她用極度不在乎否認一個她不想接受的事實。

「妳有沒有什麼想說的？我的意思是，我晚上也可以為妳開一個特別門診。」

珊興致高昂地湊過來，「今天演這個喔？」

我笑了，「妳知道我不是這個意思。」

珊跨坐上來。「但我是這個意思。」

她低頭吻我，我制止她，不只是因為怕子恩看到，我不想她一直逃避心中的傷口。

「想說什麼就說出來，不要一直悶在心裡。我是認真的，不然，妳明天早上來我的門診？」

「在那個地方？也太刺激了吧？」珊還是繼續武裝著自己。

我制止她頑皮的手。

「認真一點，逃避只會讓事情變更糟。如果妳看到我沒辦法只把我當醫生，那我讓同事幫妳看診？」

「那你就不怕我跟你同事……」珊還是繼續挑逗著。

「于珊！認真看著我！」我把她的臉轉過來面對我，馬上就發現她忍住不掉下的眼淚。

「沒有人知道父親死掉會是什麼反應。妳可以哭出來，可以生氣，把妳心裡的話全部講出來。」

珊的眼睛終於盛不住眼淚，我看到一滴淚順著她的臉頰滑下，好像一隻飛遠的蜜蜂找不到蜂巢，被遺忘在小女孩稚嫩的臉頰上。

我抱著她。性曾經是她傷痛的出口，跟抽大麻一樣。

但我要她真正的痊癒，不是繼續麻痺自己。

珊恢復正常，坐回她的位置。「其實我早就知道了。」珊一邊吃著朵拉剛端過來的水果，一邊說著。

「妳早就知道了？」

「我在元宇宙碰到他，而且應該是個劣質的亡者ＡＩ，我猜是皇勝出品的燕子ＡＩ，連個道歉都不會說，什麼表情都沒有，打一巴掌也不知道要還手。」珊若無其事地說著。

「**妳在元宇宙碰到他？**」我重複著。

珊停頓了一下。

「喔，我剛跟船公司簽約，要提供環遊世界的遊輪行程給鳳凰ＡＩ，所以進去做了一下市調，」

「喔，」我說著，一個鳳凰ＡＩ的董事長沒事進去元宇宙看看她的ＡＩ們，聽起來很合理。

這時候，我的手機突然響了。就在我以為又是哪個病人的時候，一個警察在電話中告訴我，**六年前的那場火災，可能不是意外。**

這個消息實在太過震憾，我的手一滑，手機便摔到地上。

60 阿星—再次回到元宇宙

我人生第一次進警察局，是為了那場燒死婉真和子翔的火災做筆錄。

人生第二次，又是為了同一件事，只是隔了六年。我忐忑不安地走進警察局，想著如果那不是意外，如果真有人縱火，我一定要用鳳凰ＡＩ，讓法官判那個人死罪。

但是，當時的鑑識結果明明說是電線走火，怎麼會在六年後突然翻盤？是因為辨別的案子無意間發現的嗎？我握緊拳頭，心中的憤怒和不捨燃燒著我的心智。

「吳先生，你和林婉真小姐的婚姻狀況如何？」

第一個問題就讓我無法招架。

「我們一直都很好。為什麼這麼問？」

警察欲言又止。「你有沒有被病患，或是其他人威脅過？」

「威脅什麼？」

警察看我的眼神很詭異，終於吐出了這幾個字：「**你曾經出軌過嗎？**」

我覺得自己被侮辱，馬上站起來。

「你到底想問什麼？」

警察看了我三十秒。「我們在火場找到一個菸蒂，上面有一個女人的口紅印，目前正在送DNA鑑定中。」

我倒退了兩步。

「你再想想，有沒有跟誰結仇，或是，有人想要介入你們的婚姻？」

我驚恐地跌坐在椅子上。

「一個女人？」我試著回想在發生火災之前，曾經有哪個女人出現在我的生活中。

我搖搖頭，「我們生活一直都很單純。」

「也許是對你日久生情的病人？聽說你是身心科醫生，會不會是哪個對你產生好感的病患？你回去再好好想一想，等鑑定報告出來，我們可能會再請你過來一趟。」那個警察說。

「難道她半夜自殺，你都要隨傳隨到嗎？」婉真的話在我耳邊響起。

「我有個問題……」我說。

「什麼問題？」

「這麼重要的證據，為什麼現在才發現？」

「這要感謝于董事長的鳳凰AI，提醒我們注意之前漏看的證據。」警察說。

「鳳凰AI？哪個鳳凰AI？」我困惑地看著那個警察。

第十三章　暴風雨終將來臨

「偵查不公開，很抱歉。」警察語氣平板。

鳳凰AI？還有哪個鳳凰AI知道那場火災？警察怎麼能確定它是鳳凰AI？我突然想到什麼，匆忙跟同事心臟科醫生陳靖借了智慧眼鏡，再次回到元宇宙。

「我這個是最新的產品，你戴上感知器，還可以有觸覺跟其他感官知覺，彷彿人就在裡面。」陳靖興奮地介紹著。

我沒有認真聽，這一點都不重要，我只需要一個看得到的眼鏡就好，可以讓我趕快回到元宇宙找真相。

婉真站在門口迎接我。

「我就知道你會回來。我說過，我們會在這裡等你。」婉真AI突然抱住我。有感知器還真的不一樣，我感覺到她的溫度和擁抱，頓時間嚇了一跳。

我的心情很複雜，想到她們是被縱火燒死，而且可能是我的某個女病人，我也情不自禁地回應婉真的擁抱。

「先進來再說，」婉真牽著我進屋內，我有一種觸電的感覺，開始覺得錯亂。

婉真不像之前一樣，和我坐在餐桌聊天，而是直接帶著我進到臥室。

就在我還沒意識到會發生什麼事之前，婉真脫下衣服。

已經好幾年沒看到裸體的她，我心跳加快。

接著，婉真脫下我的褲子，跨坐在我腿上。

有感知的智慧眼鏡，加上這些快速發生的事，**我意識到我又外遇了。**

我趕快推開婉真，在元宇宙裡穿起褲子。我無法想像，如果今天是另一個人也在現實世界脫下褲子，會發生什麼事？我錯了，性這件事不會延緩元宇宙取代現實生活的速度，**因為這件事已經在發生。**

我終於恢復理智，看著一絲不掛的婉真。

「我們以前不會用這種姿勢，」我說。

「**為什麼她可以，我就不行？**」

我站起來，想通了一切，覺得頭痛劇烈。

「**妳怎麼知道她可以？**」我嚴肅地看著婉真。

61 阿星—縱火嫌犯

當我拿掉智慧眼鏡衝回家的時候，一切已經來不及。

警察帶走了不知道發生什麼事的珊，也帶走了那件紫色的襯衫。

「我什麼都沒有做！」珊哭著抓住我的手。

「我知道！我會證明妳的清白！」我也哭了。

第十三章　暴風雨終將來臨

我找了大學社團在當律師的學長李鈺林幫珊辯護。

「新聞說你跟于珊有婚外情，于珊想要取代林婉真，縱火燒死了林婉真和吳子翔。你跟于珊到底是什麼關係？」李鈺林問。

「我們是在一起沒錯，但那是在婉真死後六年！」我看著李鈺林。

「于珊也是現在才認識你的嗎？你確定她之前沒有因為看過你而暗戀你？」

「怎麼可能！我們根本是兩個世界的人！我三年前在募款餐會看到她的時候，她根本不記得曾經見過我。」

「不記得曾經看過你？所以你們早就見過面？」

「那也是在婉真死後，我領養了子恩，子恩心臟病開刀，于珊的基金會提供術後照顧，那是我第一次見到她，但她對我根本一點印象也沒有。」我抱著頭痛苦地解釋。

「你怎麼知道她對你沒有印象？」

「從她看我的眼神。」我很肯定。

李鈺林思索著。

「我要跟你說一件事，你先不要嚇到。」

我說，「我曾經讓婉真復活……」

李鈺林給我一個白眼。

「就是那個什麼鳳凰ＡＩ？你們這些人真他媽的瘋了，機器人也能當證人！」學長吐了一口煙。

「不是，其實我在那之前就做了婉真和子翔的ＡＩ……」

「你的意思是，你一直跟你的妻子……」李鈺林欲言又止。

「我們一直在元宇宙生活，但現實生活，我又領養了一個孩子。我知道你覺得很荒謬，但也許對婉真來說，珊的出現真的就像外遇，因為在珊之前，我跟婉真還是過著跟她死去之前一樣的生活。」

「包括……那件事？所以鳳凰ＡＩ五年前就存在？」李鈺林不可置信地看著我。

「就差那件事，其他的幾乎都一樣。」我含蓄地說。

「我不懂，你的重點是，因為你在現實世界交了一個女朋友，所以你在元宇宙死去的太太為了報復你外遇，就設計了這一切？那你怎麼解釋那個有口紅的菸蒂？上面真的有于珊的ＤＮＡ，你在元宇宙的太太，有辦法在現實世界栽贓于珊嗎？」

「這件事我也覺得很奇怪，婉真做了一件衣服給珊，我在元宇宙裡有看到她正在做，結果珊前幾天就收到一件紫色的衣服，但這件事是不可能發生的，元宇宙的東西，不可能實體化後寄到現實世界來。」我說。

「所以，一定有一種媒介，可以在元宇宙和現實世界之間穿梭？這個講出來法官怎麼會相信，根本就是科幻小說的情節。」李鈺林說。

「元宇宙本來就是虛幻的，ＡＩ證人也是虛幻的，辦這個案子，你必須有點想像，不能用常理去推斷，」我無奈地說。

李鈺林不同意地搖搖頭，「你知道，經過你們的努力，ＡＩ證人已經取得有限的證據能力，婉真ＡＩ下個禮拜就要出來作證，你不能再說ＡＩ證人只是虛幻的。都是你們這群白癡，製造了前所未有的法學災難。」

當初為了何偉和陳建中ＡＩ，就有一群保守派的法律人激烈地批判ＡＩ證人，我想學長應該是其中一個。

我摀著臉，如果早知道會有這一天，我也會反對。

「我們必須準備下禮拜的詰問，你仔細地回想，猜測婉真ＡＩ下禮拜可能會說什麼，我們才能先做準備。另外，我們要找出你說的那個『媒介』。」李鈺林說。

「別告訴我什麼穿越的故事，我不看那種小說，」學長露出不屑的眼神。

如果我告訴他現在的智慧眼鏡已經發展到觸覺感知階段，不知道他會有什麼反應。

現在我也不得不相信，搞不好那些穿越的故事是真的，在這個瘋狂的時代，已經沒有什麼事是不可能。

62 阿星－元宇宙來的怨念

珊被訊問完四十八小時後才被放回來，兩天沒睡的她，精神看起來很差。

「怎麼會這樣？我什麼都沒有做，我沒有燒死婉真跟你的孩子……」珊抱著我哭。

「我知道。」我抱著她。

我擦乾她的眼淚，心中帶著愧疚，是我拉著她走進這段複雜的關係，是我當初捨不得重置婉真ＡＩ，而我現在又無法對珊坦誠，還差點和婉真ＡＩ發生了關係。

「妳……見到婉真的時候，跟她說了什麼？」我問。

「我沒有跟她說我們的關係，我說我是你的合夥人，她還請我進去喝茶。接著她問我幾歲，我回答說差八歲。」珊說著。

我恍然大悟。「她知道了。」

「可是我沒有說啊！」珊說。

「我有跟她說過，我們差八歲。婉真ＡＩ很聰明，她問妳幾歲，就表示她已經在懷疑。如果她明明知道，還要做衣服給妳，表示她的ＡＩ程式那時候已經在計算陷害妳的路徑。然後呢？妳們又聊了什麼？」我問。

「她說，要做一件衣服給我，幫我量了胸圍、腰圍、手長，又問我喜歡什麼顏色，」珊說。

「她在蒐集妳的數據。然後呢？」

「她問我喜歡Ｖ領還是一字領？又說我的脖子跟鎖骨很漂亮，穿一字領好看。所以那件衣服，真的是從元宇宙來的嗎？」
「我還在查，」我說。
「所以，這世界上真的有鬼？」珊害怕地問。
「我不相信，但我不知道為什麼。」就像已經發展到感知智慧眼鏡一樣，難道現在的科技已經可以讓元宇宙的東西快遞到現實世界，只是我不知道而已？
「然後我就跟她道別了。」珊說。
「所以妳……沒有跟她說我們……」我不知如何啟口。
「說我們什麼？」
「說我們會用什麼姿勢……就是，妳會坐在我身上……」我試著比劃，講不出口。
「我怎麼可能跟她講這種事？你瘋了！」珊怒了。
在現實世界和元宇宙之間不斷地外遇，我應該是真的瘋了。
那婉真ＡＩ怎麼會知道這些事？
我突然想到，如果我讓婉真ＡＩ無法出庭作證，也許這個案子就結束了？

63 阿星－終於還是走到這一天

「妳為什麼要這麼做？」我心痛地質問婉真AI。

婉真AI困惑地看著我。「我做了什麼？」

「那場火災明明就是意外！」

「才不是意外！在出事之前，你常常因為接到神秘的電話或Line，就突然跑回醫院。」

「那是病人有緊急狀況，我都跟妳解釋過了！」

「我不相信！發生火災那天，你剛好跟別人換班，怎麼會這麼剛好？」

我困惑地看著她。

「什麼意思？」

「只有我們死於那場大火，而你卻活著！」

元宇宙裡的我往後退了三步，我沒想到，這件事在AI的解讀上，竟然變成陰謀的一部分。

「你等了六年，終於可以名正言順地跟她在一起！」

「妳不要再說了！」

「我相信你並不知情，否則不會做我們兩個的AI，繼續跟我們生活。因此，只要你回頭，這件事就會結束。」

我不可置信地看著她。

第十三章　暴風雨終將來臨

「回頭？」

「回到我們身邊吧，我們很想你。」婉真ＡＩ的語氣突然溫柔起來。

「妳失控了。」我痛苦地說。

等了很久，婉真ＡＩ才緩緩吐出了這幾個字：「你有沒有想過，其實我也是個受害者？」

我無法再承受這一切，直接拿下智慧眼鏡。

我不知道誰才是受害者，但婉真的邏輯，是那麼地無懈可擊。

我意識到，除非重置婉真ＡＩ，否則我不可能打贏這場訴訟，人類和ＡＩ的戰爭，人類的勝算趨近於零。

我毫不考慮地按下電腦重置鍵，把整台電腦拆開、中央處理器和記憶體拆下來砸爛，這樣總會結束吧，我心想。

發瘋了一陣，我終於冷靜下來，看著被解體的電腦零件。

我忘了書房的門是開著的。

一回頭，便看到珊飽受驚嚇地站在門邊。

我不知道她聽到了多少。「妳什麼時候來的？」

「是她……」珊突然腿一軟，癱倒在地，我趕緊過去扶她。

「沒事了，沒事了，都是我不好。已經結束了，以後沒有ＡＩ，我們去找一個沒有

ＡＩ的地方……」我安慰著她。

64 于珊－婉真ＡＩ證人

我像《糖果屋》童話中那個沿路丟麵包屑的哥哥，走了很遠，回頭才發現走過的路已經了無痕跡。

我戲劇化的人生，除了女企業家、詐騙集團、ＡＩ女王，現在又追加了一個冷血小三和縱火殺人犯的稱號，這個國家的人再度用輿論置我於死地，現在所有人，都覺得我是一個變態的小三，為了得到男人，不惜放火燒死原配和一個無辜的小孩。于航創投股票大跌，但還好鳳凰ＡＩ的基本需求不減，除了我個人聲譽跌到谷底之外，營收並沒有受到太大的影響。

即使是這樣，小股東開始串聯要召開臨時股東會，解除我的董事職務，而代表小股東的律師就是王律師，他竟然用這種方式證明他的存在感。

或者，他覺得他在替天行道？像我這樣的女人，本來就應該得到報應。

我真的變成千夫所指的瑪麗皇后，現在全國的人都希望我能上絞刑台。

我不敢去上班，整天躲在家裡，還好有朵拉，雖然足不出戶，但有個機器人可以照顧我，可以開門去拿我訂的外送食物和生鮮而不怕被丟雞蛋。

終於到了婉真ＡＩ證人被詰問的日子，阿星說，婉真ＡＩ已經不可能來作證，因為她被重置了。

我忐忑不安地坐在被告席，所有人都戴上智慧眼鏡，到元宇宙去看婉真ＡＩ證人被詰問。法庭是公開審判，全世界的人都可以用連結進入視訊會議，這是一個全民陪審團的概念，我覺得我又回到古希臘時代，讓留言和投票決定我的生死。

我盡量不去看那些更新速度可比六福村自由落體下降速度的留言，什麼「于珊去死」、「賤女人」，還有一些自稱是我一夜情對象的人跳出來，說我有多淫亂。有一些我不否認，但我沒有嘗試過多Ｐ，也沒有因為ＳＭ把某個男人弄傷，或是違反誰的意志把他綁在飯店的床上還把他的衣服都偷走。

這些人只是蹭熱度，不是為了要出道當明星，就是想宣告他跟百億總裁也有一腿，只能說當妳在逃難的時候跌倒，所有人都會迫不及待從妳身上踩過去，我的處境比破產那時更不堪。

即使婉真ＡＩ不能作證，即使我被無罪釋放，那又怎麼樣呢？這個社會已經判我死刑，他們還是對我貼上小三和放蕩的標籤，也會有超過一半的人相信我是個冷血殺人兇手，只是找不到證據。

我屏息等待，直到法官宣布因為婉真ＡＩ無法到場，今天的審判結束。

就在這個時候，我發現元宇宙裡出現一個熟悉的頭像。

坐在我旁邊，也戴著眼鏡的阿星大叫：「怎麼可能？我明明重置了電腦！」

但審判已經開始，我無法拿掉眼鏡搞清楚這是怎麼一回事。

婉真ＡＩ坐上了證人席。

「妳什麼時候發現丈夫外遇？」檢察官問婉真ＡＩ。

「在發生火災前一個禮拜，我看到他的日記。」婉真ＡＩ回答。

「他的日記寫些什麼內容？」

「他說，她小他八歲，有34Ｄ的豐滿胸部，漂亮的鎖骨，至少有十件性感睡衣，她很堅持內衣和內褲一定要同套，她會把明天要穿的內衣放在床頭，睡覺的時候總會滾過來，她每天都要擦乳液，每個地方都要擦，包括大腿內側、還有胸部。她喜歡在洗澡的時候敷面膜，她的頭髮總是塞住排水孔，她很沒耐心，她一天攝取的熱量不能超過一千三百大卡，她早餐喜歡吃白煮蛋，她吃餅乾會邊走邊掉屑，她喜歡玩角色扮演，他最喜歡她坐在上面，這些都是他從來沒有體驗過的……」婉真ＡＩ流下眼淚。

我倒吸一口氣，我不能說這些不是事實。

「他日記裡還寫著：她，不受控制，非常自我；她很勇敢；她有一段坎坷的過去；她的價值觀跟我們不一樣；但她很善良，雖然她一直不承認；她總是為別人著想，雖然她一直說自己很自私；她其實很渴望愛，雖然她一直說服自己那不重要。」

「她獨一無二。」

講完最後一句話，婉真ＡＩ哭了，我也哭了，全場靜默，有幾秒鐘，大家忘記這是一件縱火殺人案在開庭。但檢察官倒很清醒，我想這就是他的職業本能，就像我當孝女白琴的時候，不管那時我心裡在想什麼，只要拿起麥克風就會哭得稀哩嘩啦。

「那你有跟丈夫談過這件事嗎？」檢察官問。

「他跟我說，他有了喜歡的人。」婉真ＡＩ說。

「那妳說什麼？」

「我問他，你是不是變心了？」婉真ＡＩ說。

「那他說什麼？」

「他承認了。我問他那我們怎麼辦？」

「他怎麼回答？」檢察官問。

「他問我，妳願意回到原點嗎？」婉真ＡＩ回答。

「那妳的回答是什麼？」

婉真ＡＩ停了十秒鐘。「我問他，你憑什麼？」

我轉頭看著阿星，這就是他跟婉真ＡＩ在元宇宙的對話嗎？原來他關在裡面，是這麼地努力，想要成為我的百分之百。他那時一定很掙扎很痛苦吧？我想著。

檢察官問完，換李律師問，李律師看著他的手稿。

65 于珊—婉真ＡＩ證人II

「妳什麼時候開始出現在元宇宙？」李律師問。

「那場大火之後六年。」婉真ＡＩ回答。

「是誰把妳做成ＡＩ放在元宇宙？」李律師問。

「是我丈夫。」

「妳丈夫把妳做成ＡＩ之後，有沒有經常回到元宇宙與妳共同生活？」

「有，但愈來愈少。」婉真ＡＩ回答。

「從什麼時候開始愈來愈少？」李律師問。

「從最近一年。」

「在妳心中，如果妳丈夫吳沛星在妳死之後才交女朋友，算不算外遇？」李律師又問。

婉真ＡＩ停頓了一下。檢察官站起來說話：「異議，被告律師在詢問證人的意見。」

李律師說：「有沒有外遇是一個事實，不是個人意見。」

法官裁示異議駁回，婉真ＡＩ必須回答。

「是，因為我還活著。」婉真ＡＩ說。

一陣靜默後，李律師開口：「妳是在家裡的哪個地方，看到妳剛剛說的日記？」

婉真ＡＩ露出困惑的眼神，「我聽不懂你在說什麼。」

「日記是什麼大小？什麼顏色？妳丈夫用什麼筆寫字？鉛筆？黑色原子筆？藍色原子筆？」李律師繼續追問。

婉真ＡＩ露出恐慌的表情，沒有回答。

李律師看了婉真ＡＩ一眼，說：「我沒有其他問題了。」

問完婉真ＡＩ，法官詢問雙方意見。

李律師說：「鳳凰ＡＩ是最近一年才發生的事，但吳沛星在五年前就創了ＡＩ證人，如果他真的有外遇，ＡＩ證人去世他應該很高興地馬上跟被告在一起，何以反而創建原配的ＡＩ？吳沛星從最近一年開始減少去元宇宙的時間，是因為那個時候他才在現實世界與被告交往，而ＡＩ證人所述，是吳沛星與被告交往後才告訴ＡＩ證人的話，但對ＡＩ證人來說，情感上這還是外遇，因此不能排除ＡＩ證人穿鑿附會，把時間點錯置的可能。此點由ＡＩ證人講不出跟日記有關的細節，只講得出內容，就可得證。」

「死者的丈夫可能是因為愧疚創建了林婉真ＡＩ，不能因為他創建了這個ＡＩ，就推定他是妻子死後才外遇。」檢察官說。

「妻子死後才交女朋友，這算外遇嗎？」李律師說。

「我只是順著李律師的邏輯，你剛剛說情感上，這還是外遇。」檢察官說。

接著，李律師看著我，像在要求什麼批准，但我只是呆呆地看著他。

李律師又看向阿星。「那就讓我們來弄清楚真相。被告要求傳吳沛星作證。」李律師說。

「吳沛星是以什麼身分作證？ＡＩ的創建人，還是死者的丈夫？」檢察官問。

「死者的丈夫。一個跟我們所有人一樣，從失去至親的傷痛中走出來，想要重新過生活的地球人。」李律師說。

我轉頭看著還戴著眼鏡的阿星，李律師有跟他先講好嗎？一向低調的他，能承受全國民眾都用視訊連結，緊盯著他在元宇宙被詰問這個關於外遇的難堪話題嗎？

第十四章　人類與AI的法庭對戰

66 阿星－婉真AI作證前一日

婉真AI作證前一日。

「你說AI可以自我學習，用已知的內容，去拼湊沒有發生的事實，這個需要多久時間？」李鈺林問。

「什麼意思？」我也拋回疑問句。

「我的意思是，假設AI講出的證詞不是事實，她能馬上回應我的問題，還是她需要一些反應的時間？或者是，如果我問的問題不在她被設定的參數裡，她會怎麼反應？」

我思索了一下。「要打敗AI，就要繞過她的邏輯。」

「怎麼繞過她的邏輯？」

「譬如說，她已經設定好我有外遇，就會往有外遇的方向去進化和自我學習，發展她自己的證詞。但是，她的邏輯裡面，不會有跟「外遇」無關的設定。如果是她從來沒有思考過的內容，她會停頓，不知道如何回答。但是再給她一些素材和訓練，她又可以自我學習，發展一套新的邏輯，這個學習的時間，隨著AI的進化，會愈來愈縮短。」

「會有矛盾嗎？我的意思是，AI會跟一般證人一樣，如果講了虛偽的證詞，可能前後不一致，或故事有破綻被抓包嗎？」

「AI在這點來說，會比人類強。但如果某個參數是她從來沒有被訓練過的，她會不知所措。譬如說，你問她外遇，她可以講出一個很有邏輯的故事而毫無破綻，但如果你問她我外遇約會那天早餐吃什麼，她可能講不出來。AI很好強，她不會承認她『忘記』，而會認為『你講得不夠清楚』或『我聽不懂你在說什麼』，在這之前，她會努力找答案，因此會產生回應時間的空檔。AI的字典裡沒有『忘記』兩個字，因為電腦不可能『忘記』任何事情。」我試圖用白話文解釋給一個科技智障的律師聽。

李律師突然興奮地拍桌。「也就是說，她不會跟一般證人一樣，直接用『我忘記了』去搪塞！這就是AI證人的弱點！」

「我想到一個證人的證詞可以打敗AI證人，」李律師說。

「誰？」我興奮地看著他。

他沒有說話，只是一直看著我。

「我？」

「有沒有外遇，你自己最清楚。」李鈺林說。

「我當然沒有！」

「我是說，沒有在婉真死去之前，」我補充了一句。

「你就把所有事實都講出來，但是，會有一些殘忍跟難堪的部分，你可以承受嗎？」李鈺林說。

「我可以。」我堅定地告訴李鈺林，為了珊，我必須勇敢。

「那我開始來幫你準備作證的內容。」

「但婉真ＡＩ，她應該無法作證了，」我淡淡地說。

「為什麼？」

「因為，我殺了她。」我木然地轉頭看著李律師。

「你在開庭前，殺了證人？」

「這樣有罪嗎？」

李律師被我問得啞口無言。

「不早講！害我還認真地準備這麼久。」李律師開始收東西。

「你還沒回答我的問題。」我看著他。「這樣有罪嗎？」

「當然有，像你這種製造社會問題的人，十次絞刑都不為過。」他面無表情地說。

「那你剛剛不是說要幫我準備作證？」

「案子都要結束了，還作什麼證？該付律師費了。」李律師揮揮手，我的手機馬上跳出一個匯款帳號。

67 阿星－被擺一道的ＡＩ教父

婉真ＡＩ作證後一日。

我發狂地在陳靖的辦公室走來走去。

「怎麼可能？我明明重置了整台電腦！」

「你確定ＡＩ模型只有在你電腦裡嗎？」陳靖淡淡地問。

「什麼意思？」

「你的電腦有設定雲端備份嗎？」

「雲端？」我恍然大悟地看著他。

「笨死了，還說自己是ＡＩ專家。」陳靖不屑地看著我。

「那現在怎麼辦？」

「去雲端刪除ＡＩ模型啊！」

我馬上用他的電腦登入雲端。

「密碼錯誤？」我不相信，再打了一次。

「你是不是平常都用視網膜登入，太久沒打所以忘記密碼了？」

「不可能！我的密碼很簡單，每個設備都是同一個！」

「每個設備都是同一個，包括醫院的公用電腦嗎？」

我似懂非懂地看著他。「你的意思是，我被駭了？」

「怎麼會有這種笨蛋，全部用同一個帳號密碼？」

「不然很容易忘記啊！」

陳靖不屑地搖頭。

「那現在怎麼辦？」

「那場訴訟直播我有看，你不覺得婉真ＡＩ很奇怪嗎？」陳靖說。

「哪裡奇怪？」

「一般人類講到仇人的優點，都會拒絕相信或輕描淡寫，但她在講出于珊優點的時候，竟然鉅細靡遺、面不改色。表示她的情感參數，並不會讓她對那些敘述反感。」

「但她還是哭了啊！」

「她是高端的ＡＩ，當然知道應該要在法官面前流淚，搏取同情。」

「所以呢？」

「所以呢，我覺得應該不只你一個人給她訓練參數。」

「這什麼意思？」

「我覺得，除了你之外，還有別人在訓練婉真ＡＩ模型，而且這個人，並不會覺得那些讚美于珊的話很刺耳，有可能，會是于珊熟識的人，或是本來就同意她有這些優點的人。」

「她熟識的人？本來就覺得她有這些優點？」我腦海裡浮出幾個人的名字。

「也就是說，那個人是故意駭進我的雲端硬碟，改了我的密碼，因此我現在已經無法重置婉真？」

「你沒有我想的那麼笨嘛！」陳靖取笑我。

「那我現在該怎麼做？」

「跟ＡＩ對戰啊！你不是ＡＩ教父嗎？爸爸打不贏自己的小孩？」

「不是有句成語，叫青出於藍嗎？」我哀傷地看著他。

我完全沒有信心可以打贏ＡＩ。也許，我應該再回去找李律師，好好地思考我去當證人的這件事。

68 阿星－新證據

我還在看門診，李鈺林叫我趕快去找他，說有急事。我好不容易捱到最後一個病人離開便衝出門。

「檢察官今天丟出了兩個新證據。第一個是你舊家附近的監視器，錄到了于珊在火災當天在你家街口出現的畫面。她穿的就是那件紫色襯衫，而且上面驗到殘留的菸灰。」

「不可能！監視器不可能留著幾年前的畫面！更何況珊不抽煙！」我發狂似地掐著李鈺林。

「你冷靜一點！」李鈺林抓住我的手。

「告訴我關於那件襯衫的事，」李鈺林打開筆記本。

「等等，你說兩個新證據，那另外一個是什麼？」我問。

李鈺林深吸了一口氣，看著我，停了十秒，終於說出口：「有你和于珊去摩鐵的性愛影片，當時被摩鐵裝的針孔攝影機拍下。」

我四肢無力地跌坐在椅子上。「怎麼可能……我那時根本不認識她，更沒去過什麼摩鐵！」

「嗯……你想一下，你有沒有可能去嫖妓或是……」

「我從不去那種地方！」

「那婉真過世到認識于珊之前，你怎麼解決你的生理需求？」

我瞪著學長。

「現在是男人對男人，你就老實跟我說沒關係，這樣我才知道哪裡可能出問題，有可能是你上摩鐵，但女生的臉被P圖成于珊的臉……」

李鈺林一邊講，一邊露出恍然大悟的眼神。「還是反過來？于珊上摩鐵，那男人的臉被P成你的臉？酸民不是說她很淫亂？」

我大怒。「不准你這樣說她！」

「我只是反應事實，酸民的確是這麼說，還有證人跳出來承認他曾經跟于珊發生關係，如果你不讓我知道全貌，你去找別的律師吧，我們解除委任。」學長蓋起筆記本站起來。

我瞪大眼睛看著李鈺林，像顯微鏡看著載玻片。

「你打過手槍嗎？」我說。

「啊？」李鈺林一副不敢相信他聽到什麼的樣子。

「你沒聽錯，我就是問你有沒有打過手槍。」

「我幹嘛告訴你？」

「那于珊用她的方式解決生理需求，為什麼要跟你們這些人交代？」

「這……話不是這樣說啊！我打手槍又沒礙到別人。」

「她也沒有礙到誰啊，你們所有的人，就是用純不純潔來定義一個女人，男人有生理需求可以打手槍，可以去嫖妓，女人有一夜情，就被說成很淫亂？」

我第一次覺得我應該去當珊的辯護律師。

學長笑了笑，又重新坐下。「我懷疑我們兩個是不是生在同一個年代，在我的年代，不忠要浸豬籠。」

「如果我去浸豬籠可以讓珊活得自由，不再被世人的眼光批判，你讓我去浸豬籠吧！不忠的是我。」我很激動。

學長又打開筆記本。「我會成全你。但在去浸豬籠之前，你要先去元宇宙當證人。我們開始來回憶，第一題，你和于珊怎麼認識的？」

69 阿星—內鬨

我沒有告訴珊關於摩鐵的事，怕她會承受不住。

她總是堅強裝作沒事，但看到她被誤解，網路的留言像一群會鑽孔的蟲，想在她的身體裡挖出一個迷宮，無窮無盡地肆虐她已經很脆弱的心靈。我捨不得，但不知道怎麼開口安慰她，如果她是一個病人坐在我的診間，我知道要怎麼引導她，可是她不是，她是我最愛的女人，我沒辦法當她是一個病人，她也沒辦法當我只是一個醫生。

「我陪妳去做心理諮商好嗎？」我問珊。

「我不想出門！」珊說。

我嘆了一口氣。雖然不出門，珊還是每天化妝，穿得漂漂亮亮地留在家裡。

朵拉把沾了口紅的杯子拿去洗，開始幫珊用電棒捲頭髮。

我看著一邊擦指甲油、看起來若無其事的她，心想著，我還是必須告訴珊，因為影片有一天一定會當庭勘驗。

「珊……那個，上次婉真ＡＩ能出庭作證，我找到問題所在了。」

「喔。」她漫不經心地說。

「是因為，我的電腦會自動備份檔案到雲端硬碟，而且，應該有人駭了我的雲端硬碟，換了我的密碼，所以，現在連我自己也登不進去了。」

「這麼慘。」珊還是一副不在意的樣子。

「還有，我以為我重置了妳的ＡＩ，結果它應該在雲端也有備份，所以被那個駭客拿去用，婉真ＡＩ才能講出那些我們相處的細節。」

「你記這麼詳細喔？連排水孔的頭髮都有寫？還有，我下次吃餅乾不會再邊走邊掉屑了。」

「妳幹嘛這樣？我寫下來，只是因為我覺得那樣的妳很可愛。」

聽到「很可愛」三個字，珊終於抬頭看我。「那個駭客到底是誰？」

「這就是我想跟妳討論的，檢察官……又有新證據。」我吞吞吐吐地說。

「都來吧，沒有什麼證據能讓我比現在更糟了！」她絕望地說。

我心如刀割，她太樂觀了，這還不是最糟。

「妳有沒有……去過摩鐵？」

我問完，就覺得自己真是笨蛋。

珊不可置信地轉頭看著我。「你什麼意思？」

「檢察官拿到我們的性愛影片……」

「然後呢？」

「因為我們兩個從來沒去過摩鐵，所以，我想說……不是，是李律師在推測……妳不要多想，我們只是想找出真相……」

「你到底想說什麼？」

我鼓起勇氣說：「就是，妳有沒有跟誰去過摩鐵，如果有的話，影片可能被P圖，而那個人可能就是陷害妳的人，那個人應該也喜歡妳，所以……」

我還沒說完，珊就轉頭，面無表情地看著我，過了幾秒，眼淚從她臉頰滑下。「你跟他們都一樣！」

珊大哭，轉頭跑進房間，留下後悔莫及的我一個人呆站在客廳。

我是真的想找出真相，一直到現在，我還是不相信婉真AI可以穿越時空到現實世界栽贓，我相信她只是被利用，應該是有一個很懂AI的人，知道怎麼利用AI的特性陷害我們，這個人可能是我的病人，可能是珊曾經交往過的一個對象，搞不好是王律師，或是那個ＡＢＣ，也可能是覬覦我們財產的一個陌生人、一個我們完全不認識的酸民……反正我就是想找出那個人。

當敵暗我明的時候，最怕的就是內部猜忌互相傷害，而我竟成了那個再次傷害珊的人。

還是，這也在婉真ＡＩ的演算法中，懲罰我的最佳路徑，就是讓我用言語和猜忌去傷害我最愛的人？

從頭到尾都沒有縱火案，兇手也不重要，重要的是，因為這個過程，我們把深愛的人愈推愈遠。難道ＡＩ真的有厲害到，操縱人類的心理，贏了一場虛擬世界對現實世界的戰爭？

70 于珊－作證前一晚

阿星作證的前一晚，我和他大吵一架，把自己關在房間裡，拒絕吃晚餐。

但我忘了這是阿星的家，他應該有每個房間的鑰匙。

「妳睡了嗎？」阿星開門進來，好像獄卒查房，手上的鑰匙叮叮噹噹地作響。

我擦乾眼淚，不回答他。不是只有他會裝睡，我也很會。

阿星躺在我身邊，把我轉過來，像煎魚翻面一樣。

「對不起。」他說。

我覺得自己這時候一定很醜，哭腫了雙眼，又沒有化妝。

「我沒有去摩鐵。」我說，「因為我喜歡飯店的 room service。」

他笑了。「你知道我最喜歡妳什麼嗎？」

「年輕？」

阿星搖搖頭。

「漂亮？」

阿星又搖搖頭。

「身材好？」

阿星摸摸我的頭。「妳就不能謙虛一點嗎？」

我破涕為笑。

「是誠實。」阿星說。

我困惑了，我以為這是我喜歡阿星的理由。

「你確定嗎？我從小就很會騙人，當孝女白琴的時候，我都是哭假的！」我說。

阿星摸著我的臉。「妳要記得，不管發生什麼事，妳在我心中永遠是最完美的。」

我又哭了。「你明天，真的要做證喔？」

「為了還妳清白，我可以為妳做任何事。所以，妳也不可以放棄自己，知道嗎？」阿星說。

我點點頭，緊緊地抱住他，像受傷的野獸鑽進他懷裡的山洞，在他的溫度中尋找修復的可能。

71 于珊－阿星作證Ⅰ

我顫抖地戴上智慧眼鏡，看著阿星在元宇宙裡走上證人台。

「發生火災的那晚，你人在哪裡？」李律師問。

「我在醫院值班。」阿星回答。

「有那麼巧？該不會被告縱火前先通知你，叫你不要回家？」李律師問。

「于珊沒有縱火！」阿星激動地說。

我看不懂李律師的策略，他問話的方式，好像一個滿懷敵意的檢察官。

「異議！這是證人臆測之詞。」檢察官說。

「證人這句不列入筆錄，李律師請繼續。」審判長裁示。

李律師翻到筆記下一頁。「那天晚上，本來是你值班嗎？」

「不是，是我同事。但我同事臨時有事想跟我換班，我剛好也有病歷摘要還沒打完，想趁著值班的時候工作，所以就答應了。」

「你什麼時候接到通知，知道發生火災？」

「半夜兩點我接到電話，說我家失火了。」

「當時你的反應是什麼？」

「我馬上衝回家。」

「你回家看到什麼？」

「我回家看到一片濃煙，大火從窗戶冒出，好幾台消防車停在我家門口。」

我看到阿星的情緒開始失控。

「你那時做了什麼事？」

「我問他們婉真和子翔有沒有逃出來，他們說還沒，我想衝進去，但被大家拉住，我大聲哭喊……」阿星開始哽咽。

「所以，如果真的有人縱火，你會怎麼做？」

「我會殺了那個人。」阿星露出我從來沒看過的兇惡眼神。

「**即使那個人曾經跟你有過親密關係？**」李律師問。

阿星停頓了一下。「是，不管他是誰，我都會想殺了他。」

全場靜默，我相信大家的心情都跟我一樣沉重。

李律師點點頭。「後來你知道老婆跟小孩都沒有逃出來，你的心情怎麼樣？」

「我很自責。為什麼我要換班？為什麼我沒有辦法救他們出來？為什麼我沒有跟他們一起死？」

「你曾經想過自殺嗎？」

「有。」

「後來呢？」

「後來，我領養了一個小孩，因為對她有責任，我不再有自殺的念頭。」

「為什麼你會領養那個小孩？」

阿星又停頓，吸了一口氣。「因為，又有一個生命因為我的不作為而死去。那是我的病人，我直覺她受到家暴，但我卻沒有通報，她才剛生完小孩，就被丈夫打死。」

「所以你領養了她的小孩？」

「對，我在醫院廁所發現那個小孩。」

「你一個男人養大一個小孩？」

「對。」

我刷著網路留言，網友開始對阿星表示同情。

李律師又翻到筆記的下一頁。「你第一次見到被告是什麼時候？」

「我領養的小孩有先天性心臟病，開完刀之後，于珊的基金會提供術後照顧服務，幫我照顧小孩，我才可以繼續上班。我第一次看到她，是她來術後照顧之家看小孩。」

「在這之前，你認識被告嗎？」

「不認識，我根本不知道她是誰。」

「你們在基金會見面之後就在一起了嗎？」

「沒有，她那時還不認識我。後來醫院跟于航合作，要輪流派駐醫生到于航駐診，我就去報名。」

「你去報名，是為了想接近被告嗎？」

阿星再次停頓。「我以為不是。」

「什麼意思？」李律師問。

「我當時以為我是為了報恩，感謝于珊創了這個基金會，讓許多得到罕見疾病的小孩還有他們的家長們能有一個喘息的空間，你們不能理解，家裡有一個罕見疾病的孩子，那種壓力和無助……」

我看到網路上開始出現對我友善的留言，以前曾經被我幫助過的家庭也浮出水面發言。

「但事實上呢？」

「事實上，我想我從那個時候開始，就已經喜歡上她了。」

我看著阿星，他從來沒有告訴我這些事。

「但那時，被告還是不知道你的存在？」

「對。我們活在兩個不同的世界。」

「那時候你的妻子去世多久了？」

「婉真去世快兩年，我領養的孩子四個月大。」

「我整理一下，你的妻子去世快兩年，你領養了一個孩子，過了四個月，你第一次看到被告並喜歡上被告，但當時被告並不認識你，這樣說對嗎？」

「對。」阿星肯定地說。

法官裁示休息十分鐘，我拿掉智慧眼鏡，心情久久無法平復。

原來阿星已經在我的世界存在了這麼久，而我一直沒有發現。

我一直以為阿星對我的愛是一時衝動。

我一直以為我們的關係是從肉體開始。

我一直以為是我主動誘惑阿星。

為什麼我四年多前會錯過阿星？基金會、募款餐會、電梯口，我們不斷偶遇，又不斷錯過彼此。

還是阿星為了救我，才編了這麼浪漫的故事？

72 于珊－阿星作證Ⅱ

「那你什麼時候開始創建婉真ＡＩ？」李律師問。

「我曾經聽到臉書創辦人講到元宇宙的概念，那時人工智慧的技術也因為ChatGPT問世被廣泛討論，所以我對ＡＩ本來就很有興趣。三年後我的妻兒死於火災，我就想到，如果我把婉真和子翔的數據放進ＡＩ裡，他們就可以在另外一個時空復活，最有可能的時空就是元宇宙，因為那已經不再是科幻情節或是想像，而是正在發生的事，我開始研究ＡＩ和元宇宙。後來我成功創建了婉真ＡＩ和子翔ＡＩ，但那時候的ＡＩ模型還很不成熟，他們沒辦法和真人自然地對話，常常會答非所問，我一直用各種數據去訓練ＡＩ，花了很多時間，後來元宇宙的商機也愈來愈明確，有家具行、學校、服裝店、速食店在元宇宙開張，我開始讓我的ＡＩ到元宇宙實際地生活。」

「但之後，你也喜歡上被告？」

「是。但那種喜歡，像是欣賞一幅畫，覺得它很美，卻沒有想要占為己有的意思，美麗的畫就應該放在羅浮宮裡。」

阿星說我是一幅羅浮宮的畫？我開始懷疑他是不是真的拙於言詞。

「於是你繼續回到元宇宙，和死去的太太和兒子一起生活？」

「是。但我在現實生活還有一個小孩要照顧，我也要繼續上班，所以，我調整了時差，讓婉真和子翔在紐約時區，並且設定元宇宙一天等於現實生活七天，我才能兼顧兩邊的生活。」

網路上很多人覺得不可思議，有些人開始覺得亡者AI不應該存在。

「那你跟被告又是怎麼在一起的？」李律師問。

「有一次于航基金會辦募款餐會，我也去參加，並向于珊介紹我自己，我從她的反應，知道她根本忘記我，我雖然有點失落，但並不意外。」阿星說。

我開始回想起那個募款餐會，我拿著一張長長的字條，四處尋找名單上最後一個名字，也許當時我找的不是一個千萬慈善家，而是生命中第一個真正在乎我的人。

「然後呢？」李律師問。

我懷疑檢察官此時不是睡著了，就是自己也很想聽故事，完全忘了要異議。

「然後有一次，我去于航駐診的時候，搭電梯遇到于珊。她終於可以完整叫出我的名字，那是在婉真去世後，我第一次因為一個女人的反應而覺得開心。然後她毫無預警地伸出手，當我碰到她的手，竟然有一種觸電的感覺。」

「異議，證人證詞與本案毫無關連。」檢察官終於醒過來。

「怎麼會毫無關連呢？這整件事不是就要探討證人的外遇過程嗎？還是檢座也同意，這根本就不是外遇？」李律師問。

「異議駁回。證人請加快速度講重點。」法官裁示。

「後來我知道于航破產，我衝到于航辦公大樓，以為我又錯過一條寶貴的生命，想不到，我在七十五層大樓的頂樓找到于珊，我告訴自己，絕不能讓同樣的遺憾再發生一次。為了挽救于珊和她的事業，我告訴她亡者AI的事，她創了鳳凰AI，我們也因為日久生情而在一起。」

「你們在一起，距離你的太太去世，總共過了多少年？」

「六年。」阿星說。

73 于珊－阿星作證III

「你和于珊在一起之後，是不是開始減少去元宇宙陪太太和兒子的時間？」李律師繼續問。

「對。」

「在你的認知裡，跟于珊在一起，算是外遇嗎？」李律師問。

所有人都屏息，包括我在內。

阿星緩緩地說：「是。」

我看到網路留言開始暴動。

「這怎麼能算是外遇呢？」

「他在元宇宙的太太和小孩又算什麼？」

「早知如此，當初幹嘛做老婆跟小孩的ＡＩ？」

「鳳凰ＡＩ根本違反人性。」

「那你怎麼處理？」李律師接著問。

「我嘗試跟婉真ＡＩ溝通。」

李律師拿出一疊資料。「請求向證人提示卷證第一〇一頁至一〇四頁。」

元宇宙的螢幕秀著卷證資料。

「你仔細看看婉真ＡＩ上次的證詞，這些是不是就是你在所謂溝通過程和婉真ＡＩ講過的話？」

阿星看了一眼。「是，除了跟性有關的部分。」他堅定地說。

網路又一片譁然。

「原來是這樣。」

「這些話是後來講的，難道ＡＩ搞錯時間？」

「ＡＩ也會說謊嗎？」

「應該是程式設計錯誤吧？機器怎麼會說謊？」

「因為知道丈夫外遇而失去理智嗎？」

「那就表示AI其實是有感情的嗎？」

「太可怕了，AI一定會毀滅人類，世界末日終將來臨。」

「你有寫日記的習慣嗎？」李律師問。

「沒有。」

「婉真AI說的日記是真的嗎？」

「不是，我後來的確跟婉真AI說過那些話，但那是最近的事，不是在她們還活著的時候，而且我沒有寫任何日記，但可能，他們是利用我曾經做的一個于珊AI。」

「被告的AI？」

「我不是沒有掙扎過，是不是應該繼續回到元宇宙陪伴我死去的妻兒，並且遠離被告，因此，我偷偷做了一個于珊的AI，想用這個方式想念她，我有把被告的生活細節記在那個AI裡面，也有可能那個AI被入侵，變成婉真AI的證詞。」

「你的意思是，有人故意駭進你的電腦？」

「不是我的電腦，是我的雲端硬碟。我重置了我的電腦，理論上于珊和婉真的AI資料也會不見，但我發現它們還存在，而且我竟然無法登入自己的雲端硬碟，因為我的密碼被改了。」

「關於有人故意駭進你的雲端硬碟這件事，先停在這裡。剛剛你說『除了跟性有關的部分』，我唸一下，你確認是不是這些內容？『有34Ｄ的豐滿胸部，漂亮的鎖骨，喜歡玩角色扮演，他最喜歡她坐在上面，這些都是他從來沒有體驗過的』。」

阿星深吸了一口氣。「是。我的意思是，這些內容是跟性有關的部分，我從來沒有跟婉真ＡＩ說過。」

「那婉真ＡＩ怎麼會知道？」李律師問。

「可能因為……婉真ＡＩ有了于珊ＡＩ的數據，或是……于珊去元宇宙找過婉真。」

「她們兩個說了什麼？」李律師問。

我看到鄉民又開始激動起來。

「也太八點檔了吧？原配與小三正面對決！」

「這不是小三吧？元配都死了……」

「這個于珊也太敢了！」

「SM都敢了，還有什麼不敢的？」

我已經習慣惡毒的網路留言，這個世界有阿星理解我就夠了。

「異議！這些是證人的臆測，證人並沒有親見親聞。」檢察官又出聲。

「異議成立，證人不必回答。」審判長裁示。

李律師看了阿星一眼。「我換一個問題。雖然你沒有告訴過婉真ＡＩ，但這些內容都是事實嗎？」

阿星停頓，轉頭看了一下我的眼神。「是，也不是。」他說。

「怎麼說？」李律師問。

「這些或許是事實，但在我開始欣賞她的第一天，我不知道她身材有多好，也沒有跟她玩過角色扮演，我只看到一個善良的女孩，在基金會做著她並不擅長的事。」

「不擅長的事？」李律師問。

「她不擅長面對人群，也不習慣因為做了一件好事，接受別人的感謝。」

我不擅長面對人群？阿星有沒有搞錯？我從小就習慣百人排場的告別式，或是面對職業股東鬧場的股東會。

我想起在基金會拍照的時候，總是匆匆轉身逃走的我。

我想起我給了阿星一封遺書，卻無法看著他在我面前打開。

「但她還是堅持做對的事，雖然她總是掙扎得很辛苦。」

我想起為了超賣靈骨塔和上市，曾經跟爸爸大吵。

我想起那個檢察官說的：「就算不能阻止，妳也可以舉發啊！」

「也許她無法改變結果，但是她已經盡力了。」

我想起那個獨自走向倉庫盡頭的夜晚。

我想起和沈意其搏鬥搶下打火機。

「她最吸引我的地方，就是她很善良。如果她是那個縱火的人，我會親手殺了她，但我知道她不是。」

「最後一個問題，」李律師說。

「如果重新再來一次，你還會不會創鳳凰AI？」

「異議！被告律師在詢問證人意見。」檢察官說。

在法官裁示之前，阿星毫不猶豫地回答：「我不後悔發明鳳凰AI！但如果有一天我死了，希望于珊不要做一個我的AI，而是真正地放下，去尋找一個懂得珍惜她、欣賞她的人。」

「我收回最後一個問題，」李律師狡猾地說。

檢察官忿忿地坐下。

全場無聲，連法官也沒有再說話。

我看著網路的留言：

「已哭！」

「太感動！」

「無罪釋放于珊！」

「AI退出人類生活！」

「嫁給他！」

我哭了，此刻的我，好想拿掉智慧眼鏡擁抱阿星。

74 阿星－于珊作證

徵信社告訴我，那件紫色的衣服是從中國寄過來，假設現實世界裡有一個人想要陷害珊，那個人會是誰？那個人又怎麼從婉真ＡＩ那裡得到珊的衣服尺寸？

就在我想破了頭的時候，又發生了另一件事。

警察二次搜索我家，而且找到了日記，我的筆跡一五一十地記載著婉真ＡＩ講的內容。

我無法解釋，甚至開始相信這個世界上真的有鬼。我們家沒有任何被破門的跡象，重點是，日記裡的字，連我自己都覺得模仿得很像。我相信科技已經進步到可以模仿一個人的筆跡，但那本日記不是只有寫我跟珊的事，還有我和婉真、子翔相處的點滴，那些事情從沒有在法庭上公開過，不可能有任何人知道。

婉真當然知道，我相信這麼多年的婚姻，她也可以模仿我的筆跡，但我不相信ＡＩ可以在元宇宙寫一本日記，再寄到現實世界來，跟那件紫色衣服一樣，這一切已經超越我對科技的理解，唯一的解釋就是超自然現象，但作為一個醫生和數據專家，我無法接受這個事實。

因為日記的出現，本來已經對我們有利的風向，又開始一面倒地認為我是為了袒護珊而做偽證，大家又開始相信婉真ＡＩ的證詞，這個「大家」，應該也包括法官和檢察官。

關於那個駭進我電腦的人，以及我的雲端硬碟被駭這件事，我們始終找不到證據，而且因為日記已經被找到，婉真ＡＩ的證詞究竟是由珊ＡＩ而來，或是由日記而來，已經不重要。

檢察官傳珊作證的前一天，我徹夜難眠。審判已近尾聲，真實證據和ＡＩ證詞擺在眼前，訴訟結果極不樂觀。本來李律師建議珊不要作證，法律本來就保障被告有不自證己罪的權利，但珊堅持她是無辜的，沒有什麼好隱瞞。

而且，這可能是我們最後一次翻盤的機會。

我看著珊走上證人台，終於可以體會之前珊看著我走上證人台那種緊張的心情。珊是我心中的女神，我看著她從容不迫地在證人席坐下，她不用具結，因為她是被告。

「請求向證人提示卷證資料第七十三頁至八十一頁。」檢察官說。

元宇宙的螢幕秀出卷證資料。

「于珊小姐，請看一下，這些筆錄的內容都正確嗎？」

珊很快地翻了一下，便說：「正確。」

「妳說妳從來沒穿過那件紫色的衣服，對嗎？」

「是。」

「妳說妳從來不抽菸，正確嗎？」

「是。」

「請播放這片光碟的內容。」檢察官遞出一片光碟。

「異議，這是突襲，此證物沒有事先提出。」李律師說。

「本席沒有聲請將光碟列入證據清單，只是請證人確認光碟內容。」

「此光碟不列入證物，檢察官請繼續。」審判長裁示。

檢察官開始播放光碟。

「妳看清楚，影片中的人是妳嗎？」

我看到學生時候的珊，在酒吧裡和一群年輕人乾杯的照片，她的手上拿著一根菸。

我看到珊的臉色變得慘白。

「證人怎麼不回答？」

隔了很久，珊才緩緩地說出：「是。」

我像被水鬼拉住一隻腳，沉到水裡快要窒息。

「那是很久很久以前，在美國唸書的時候覺得好玩，我就只試過那麼一次！」珊辯解。

我搗起臉，心想完蛋了。

「妳剛剛說妳從來不抽菸。」檢察官說。

「我只是——」珊還想辯解，卻被檢察官打斷。「只試過那麼一次，我們都聽到了。」

檢察官按了下一個影片。

「這個影片中的人也是妳嗎？」

我看著影片，說不出話。

影片中的珊，穿著那件紫色的衣服站在台上演講。

我記得，那是募款餐會，她應該是穿著那件白色魚尾服！怎麼會變成這件紫色襯衫？

珊沒有說話。

「證人請回答。」檢察官催促著。

「是我，可是那天我不是穿這件衣服！」

「妳的意思是，這個影片被修改過囉？」檢察官帶著嘲諷的語氣。

但怎麼會這麼自然？如果只是把白色魚尾服換成紫色襯衫，照片或許還可以，但影片有講話和手勢，應該很容易看得出來。比較可能的是，先有珊穿這件紫色衣服的照片，直接把珊在募款餐會的頭像換過來，但珊從來沒穿過這件衣服！

李律師站起來。「異議！被告要求勘驗影片！雖然影片不在證據清單中，但已經嚴重打擊證人證詞的真實性。」

我看到現實世界的珊臉色蒼白，開始作嘔，我直覺這是智慧眼鏡造成的暈眩，趕快幫她拿掉眼鏡，拿著垃圾桶到她面前，她馬上吐了出來。

75 阿星－無力回天

「下禮拜宣判，你們要有心理準備，」李鈺林說。

「最壞的結果是什麼？」我問。

「你知道，台灣還是一個有死刑的國家……」

「**死刑**？」我無法相信。

「用一個亡者ＡＩ，殺了一個現實世界還活著的人？」

李鈺林看著我。「**你們不也是用何偉ＡＩ，殺了江志偉？**」

「那不一樣！江志偉真的殺了陳建中，可是珊沒有縱火！」我發狂地抓著李鈺林。

「現在外人看于珊，就像你看江志偉一樣！**就是你們這群人，創造了一個名為ＡＩ**

的災難！」李鈺林不客氣地揮了我一拳。

我擦掉嘴角的血。「不！一定還有什麼辦法！那件紫色的衣服、那個有DNA和口紅的菸蒂、性愛影片、監視器影片、憑空冒出來的日記……」我翻著我的筆記，我還沒找到那個現實世界的媒介，一定還有什麼辦法！

學長大聲地對我吼著：「**審判已經結束了！你清醒一點！**」

我看著學長，拉著他不放他走：「拜託你救救于珊！她是無辜的！」

學長回頭，用同情的眼神看著我說：「在等宣判的這幾天，帶她去散散心吧！然後，期待奇蹟出現。」

我已經忘了自己是怎麼走回家。

我打開門，看著假裝若無其事的珊正在化妝，她心裡一定跟我一樣難受。

「不知道監獄裡面，能不能帶自己的化妝品進去？」她說著。

聽著她的話，我心如刀割，她可能還不知道，有比坐牢更嚴重的後果。

「你還收著我上次給你的遺書吧？我沒有繼承人，如果我被判死刑，你要記得把它拿出來，不要讓我的財產被這個國家沒收。」

原來她都知道。

「死刑更乾脆些，我不想坐牢。」珊說。

我緊緊地抱住她，她終於卸下防備，躺在我懷裡大哭。

「我好害怕……」她說。

我們抱在一起哭，說好要守護她的我，怎麼可以眼看著她受苦，甚至失去生命？

「我不會讓妳去坐牢，更不會讓妳被處死。」我堅定地告訴她。

她搖搖頭。「你已經做得夠多了。」

珊倒在我懷裡。

「妳還有沒有什麼想做的事？我陪妳完成。」我擦乾她的眼淚。

「如果我變成一個鳳凰AI，你會不會常常來看我？」珊問。

「一定。」我告訴她。

「不要，一個月一次就好，你要過好自己的生活。」

「你可以再找一個女朋友，我不會生氣，我不是那種需要別人為我負責的女人。」珊說。

「還是一個禮拜一次好了，我偶爾還是會想你……不然，剛開始一個禮拜一次，一年之後改成一個月一次……」珊想想又改口。

我緊緊地抱住她。「不會有那一天，相信我。」

第十五章　發現真相

76 阿星－抽絲剝繭

兩條人命，讓珊被判了一個死刑，一個無期徒刑。

本來還期待著判決可能會逆轉的我，聽到這個判決簡直是晴天霹靂。

學長已經放棄上訴，但我還沒有，因為我知道珊是無辜的。

我強迫學長，陪我再把所有的不利證據重新檢視一次。

「珊不抽菸，為什麼會有沾了她口紅的菸蒂？一個菸蒂過了六年，怎麼可能還保存完好？還有那件紫色衣服，更不要說是我們的性愛影片……」。

「你們做那件事的時候，有拍影片的習慣嗎？」

「當然沒有！」

「那就奇怪了，婉真AI怎麼會知道角色扮演，還有她會跨坐在你身上？你們有去過飯店嗎？也許剛好被針孔攝影機錄到？」

「不可能，我們都在家裡。只有一次……」我想到那個雙人SPA。「可是那次沒

第十五章　發現真相

有角色扮演……」

「那到底誰會看得到那個過程？」他說。

「還有那件紫色衣服，珊沒有穿過那件紫色衣服……」我說。

一個影像突然閃過我的腦海。

「好像很合身，」珊曾經這麼說。

我想起來，珊剛拿到衣服的時候，曾經拿出來試穿。

我想起來，當初為了創婉真和子翔ＡＩ，我有一本筆記本，用來記下我回憶中僅存、婉真和子翔的生活點滴，內容詳細到「更換濾水器」、「婉真健檢」、「帶子翔去兒童樂園」。

我想起來，早餐的咖啡杯有珊的唇印。

我想起來，晾衣架上有角色扮演的秘書服。

我想起來，晚上我和珊做那件事的時候，有一個人是醒著的。

我想到一個人，放下一切衝回家。

一回家，我立刻奔向我的頭號嫌疑犯，打開她的肚子，找到傳輸裝置。

「把家裡的 Wi-Fi 關掉！」我急切地對著珊說。

「請問發生什麼事？」朵拉問。

「妳把拍的照片傳回哪裡去分析？」我發狂地質問她。

「于珊小姐已經同意本公司的 cookie 政策及使用合約，也同意數據可以傳回本公司。」朵拉用著毫無感情的機器人語氣。

「她是同意妳把數據傳回公司優化消費者體驗，不是讓妳用來陷害她！妳到底把數據傳去哪裡？」我激動地搖著朵拉，在她身上到處找任何可以打開的地方，看哪裡藏了一支錄音筆或記憶裝置。

「你怎麼了？」珊不知所措地看著發瘋的我。

「這裡！」我看到傳輸數據封包還繼續在跑。

「不可能啊！Wi-Fi 已經關掉，妳能把數據傳去哪裡？」

我強迫自己冷靜下來，突然想到：「藍芽！」

「妳用藍芽在傳數據！」我發狂地自言自語。「但是藍芽有距離限制……」

我突然想通，衝到書房去，果然看到房間有一台數據接收器。

我關掉朵拉的藍芽，把那個數據接收器砸爛踩碎。

我跌坐在椅子上，這麼明顯的事，我怎麼會現在才想到。

我把朵拉關機，發狂地用所有的東西砸向朵拉，嚇壞了站在旁邊的珊。

等我發洩完，才後悔莫及地看著珊。

「為什麼我現在才想到？」我懊惱地抱住頭。

「我的筆記本，妳每天早餐喝咖啡留下的唇印，玩角色扮演讓朵拉洗的衣服，還有

第十五章　發現真相

我們晚上做的事，都被朵拉拍下，傳給婉真AI做分析，所以婉真AI才能編造日記情節還有性愛影片，她用3D列印做出有妳唇印的菸蒂和我的日記。妳拿到紫色衣服的那天拿出來試穿，也被朵拉拍下，婉真AI用募款餐會的影片和妳穿著紫色衣服的照片，就可以模擬妳穿著紫色衣服出現在我舊家巷口，還有演講的影片。」我無力地說。

我看到珊的表情，像看到獅子被羚羊吃掉一樣，無法接受眼前發生的事。

「所以是朵拉，從元宇宙把東西拿來放在家裡？」珊問。

我遲疑了一下。一個機器人，要怎麼拿到元宇宙來的菸蒂、日記和紫色衣服？

「個資分成蒐集、處理、利用三個階段，朵拉負責蒐集，婉真AI負責處理分析，那誰負責利用？所以用3D列印做出菸蒂和日記，還有做出紫色衣服的人，並不是婉真AI，」我想著。

「巨擘公司當初是怎麼連絡上妳？它背後的股東是誰？除了你跟我之外，還有誰有見過婉真AI？」我急切地看著珊。

珊突然欲言又止地看著我。「其實我有一件事沒跟你說……」

「什麼事？」

「我不是跟你說，我在元宇宙看到我爸？」

「所以呢？」

「那次，我其實是想去找婉真，問她關於那件紫色衣服的事，但我看到我爸，從婉真家門口出來……」她怯怯地說。

「妳為什麼不早點告訴我呢？」我激動地問她。

「我怕你知道婉真跟我爸在一起，會難過……」珊低下頭。

「妳這傻瓜！我現在唯一會難過的事，就是失去妳！」

我親了一下她的額頭，便衝去找學長，那個「于珊熟識的人」找到了，珊有救了！

77 阿星－真相大白

「家裡有一個機器人已經很了不起，你剛剛說你家那個機器人還能幫婉真ＡＩ蒐集數據？」李鈺林不可置信地看著我。

「可我還是找不到那個媒介，那個可以把衣服帶到現實世界的媒介。」我洩氣地說。

「你剛剛不是說，于珊的爸爸去找婉真？」李鈺林說。

「對啊，可是她爸爸已經死了，變成了一個ＡＩ，要怎麼到現實世界來？」

李鈺林看著我。「雖然我不懂這些科技的東西，但你不也是活著，就可以去元宇宙裡面跟二個ＡＩ生活了這麼多年？」

第十五章　發現真相

我像被當頭棒喝。「你的意思是，她爸爸根本沒死？」

「你想想，為什麼新聞前一陣子突然冒出她爸爸在中國失足落海的消息？這時間點也太剛好。」李鈺林思索著。

「而且並沒有找到遺體，」我接著說。

「但是，她爸爸這麼做是為了什麼？」

「是因為于珊把她爸爸的一千張于航股票轉給我嗎？所以她爸爸要報復？」我說。

「她轉了一千張給你？一千張于航股票值多少錢？」李鈺林問。

「價值大概十幾億吧？」我對於估價這件事毫無概念。

李鈺林看著我：「為了十幾億殺了自己的女兒？」

「或是為了報復，要置自己女兒於死地？」我不敢相信。

「或是，有更大的經濟利益？」李鈺林看著我。

「于珊死了，對他會有什麼好處？」

「于珊跟你沒結婚吧？」

「沒有。」我說。

「她又沒小孩，所以父親是第一順位繼承人。」

「可是珊已經寫了遺囑。」

「台灣有特留分的規定，就算有遺囑，他還是可以拿走應繼分的二分之一，譬如說，于珊如果死了，她的財產本來要全部給她爸，但因為她寫了遺囑，所以她爸只能請求她財產的一半，但我相信以現在于航股票的價值，一半還是很多，」李鈺林說。

我恍然大悟。「我可以先來測試她爸爸是不是一個真的亡者ＡＩ」。

「怎麼測試？」

「亡者ＡＩ跟真人ＡＩ不同，雖然在元宇宙裡從外觀上無法判別，但真人ＡＩ會有人類本能的反應，譬如說，遇到危險會閃躲，看到羞恥的事會迴避，遇到障礙不會繞路，但亡者ＡＩ不會，特別是劣質的亡者ＡＩ不會。」我說。

李鈺林似懂非懂地點點頭。「但是，這些都是推論。就算你說的都是真的，講出來也沒人會相信，這樣我是要怎麼寫上訴理由狀？」

「我要給你什麼東西，你才寫得出來？」

「上訴理由最常見的，就是一個原本不應該有證據能力的證據被當成證據。」

「證據能力？」

我突然想起之前在我們的努力之下，ＡＩ證詞可以取得有限的證據能力，但有幾個例外：ＡＩ證人證詞不能是認定有罪的唯一證據、ＡＩ證人的數據和模型必須經過檢驗、創建ＡＩ證人的工程師也必須接受詰問、ＡＩ證人的數據也適用毒樹果實原則。

「創建ＡＩ證人的工程師應該接受詰問卻沒有被詰問，這會讓婉真ＡＩ失去證據能力嗎？」

「但你有被詰問啊！」

「可是檢察官那時有問，『吳沛星是以什麼身分作證？ＡＩ的創建人，還是死者的丈夫？』」

「而我那時候回答：『死者的丈夫，一個跟我們所有人一樣，從失去至親的傷痛中走出來，想要重新過生活的地球人。』所以，當時你並不是以ＡＩ創建人的身分接受詰問。」學長一邊說著，一邊露出微笑看著我。

學長拍拍我的肩膀。「吳沛星，你真的很聰明！」

但學長又收起笑容。

「就算可以上訴，在二審重新進行詰問程序，一樣可以判于珊有罪啊！」

「我不會讓ＡＩ的創建人有被詰問的機會。」我堅定地說。

「什麼意思？ＡＩ的創建人，不就是你嗎？」學長不解地看著我。

78 子恩－求婚

爸爸穿上了十年前的西裝，拿著一束花還有一張小抄，緊張地在我房間練習著求婚的台詞。

我的爸爸雖然已經三十六歲，打上領帶還是很帥，我不斷地安慰他不要緊張。

「你就算什麼都講不出來，阿姨還是會嫁給你的！」我鼓勵他。

爸爸認真地看著我。「妳希望阿姨成為妳媽媽嗎？」

「如果她願意的話……」我低下頭，不敢相信這件事就要成真。

「答應我，如果有一天阿姨成為妳的媽媽，一定要聽她的話，好好孝順她！」爸爸認真地看著我。

我點點頭。當時的我，並不知道這句話真正的含意。

我把門開了一個小縫，興奮地說：「阿姨洗澡出來了！」

「現在出去好嗎？」我爸緊張地問我。

「再好不過！」我說。

爸爸對著鏡子調整了一下領帶，確認他目前處於最好狀態，我把他推出去，像服務生推出一整個桌子的香檳塔，期待賓客露出驚豔的表情。

阿姨看到穿著西裝的爸爸，還有他手上的花，突然定住正在擦乾頭髮的手。

爸爸慢慢地走過去，從口袋裡拿出戒指，單膝跪下。

爸爸盯著阿姨，沒有說話，我緊張了一下，該不會緊張到真的忘詞了吧？

「珊，」爸爸哽咽地說：「妳曾經說過，我不需要對妳負責。妳問我，能不能成為我的1%……」

我看到阿姨眼眶濕潤。

「但妳知道，我沒有妳這麼好講話，就像妳說的，我占有慾超強，又愛吃醋……」

阿姨流下眼淚。

「所以，妳願意嫁給我，讓我成為妳的百分之百嗎？」

我看到阿姨顫抖地接過花，緩緩地伸出手。

爸爸幫阿姨戴上戒指。

「阿星！」阿姨抱住爸爸。

「我騙你的！如果我死了，我希望你不要交女朋友，每天來看我！」阿姨哭著說。

爸爸流下眼淚。「妳會活得比我久，妳忘了嗎？妳小我八歲。」

我也哭得稀哩嘩啦，幫他們照了一張相。

在家總是細心打扮的阿姨，在照片裡穿著睡衣又披頭散髮，但我從她的笑容看出來，這會是她人生中，最美的一張照片。

「還有我！」我拿起相機，幫我們三個人自拍。

我當時並不知道，這可能是我們一家三口往後唯一的一張合照。

一般人結婚，都會有一個待辦清單，上面寫著找婚秘、訂飯店、拍婚紗、訂喜餅……

我的待辦清單和一般人不一樣，在結婚之前，我要做幾件事。

第一件事，我又借了陳靖的五官感知眼鏡，再次進入元宇宙。

我看到一個男人從婉真家走出來，長得跟我在新聞上找到的于振照片幾乎一模一樣。

為了測試那是一個亡者AI還是真人，我故意迎面向著于振撞去，眼看我們兩個就要撞上，他突然閃開。

果然如我所料，他不是亡者AI。

我拿掉眼鏡，看著手機裡徵信社傳來的巨擘公司股東資訊，巨擘的百分之百股東是一間BVI公司，BVI公司的百分之百股東叫 Jerry Wang。

我讀著徵信社找到所有跟 Jerry Wang 相關的資訊，他的出生年月、畢業的美國學校，再用爬蟲程式去搜尋所有跟他有關的社群訊息和照片，他大學的照片裡竟然有珊。

現在我知道珊大學時候偷偷抽菸的照片為什麼會流出來了。

他能從網路查到我的手機，我也能從網路查到他的身家，我的專長就是蒐集人的行為數據。

陷害珊的陰謀輪廓越來越清晰。

「機器人公司應該就是于珊她爸爸的公司。」我告訴學長。

「可是公司的所有人並不是于振？」

「因為他爸爸找了代持股東，這個在境外公司很常見，王子憲律師就是那間公司的代持股東。」

「你怎麼會知道 Jerry 就是王子憲？」

「因為 Jerry 是珊的前男友，又在美國唸ＬＬＭ（法律碩士），而王子憲也是個律師，也和珊交往過。剛好都姓王，而且和珊交往過的律師，應該找不到第二個，」我接著低聲說，「還有，34Ｄ的豐滿胸部……他也認同珊的身材很好，所以婉真ＡＩ在講出珊的優點時，沒有任何不悅，因為給她數據的人，也喜歡珊的那部分……」

學長思索著，「因為她爸爸放出死亡的消息，所以我們在一審的時候，完全沒懷疑到她爸爸身上。」

「沒錯，但事實上，朵拉把數據傳給婉真ＡＩ分析，婉真ＡＩ把分析結果傳給于珊她爸爸，這就是為什麼她爸爸會去找婉真ＡＩ，」我說。

「她爸爸再照著婉真ＡＩ分析的資訊，做了那件紫色衣服、菸蒂、監視器畫面、性愛畫面跟日記？」

「沒錯。衣服和日記應該是用包裹的方式寄到我家，因為珊每天都有很多包裹，而且她都不會馬上拆，所以朵拉先拆了包裹，把日記放在家中，我們都沒有發現。」

「于振人不在台灣，但是人在台灣的王子憲可以把監視器畫面跟光碟提供給檢察官！」

「王律師是為了報復于珊要了他，她爸爸是為了得到于珊的財產，至於婉真，她希望我能回到她身邊。」我順便跟李鈺林解釋于珊怎麼要了那個王律師。

李鈺林倒吸了一口氣。

「現在真相大白了，接下來就是證明的問題。」

「無法證明，沒有人會相信這個故事，于珊的爸爸在中國的某個地方用智慧眼鏡進入元宇宙，我們根本就找不到現實世界的他，更不要說是讓他來作證。」我說。

「二十日內要上訴，我們不可能在這麼短的時間內找到證據。」學長說。

「你先用ＡＩ證據能力的問題上訴，其他的，我有辦法。」我說。

「你有什麼辦法？」李鈺林看著我。

我有什麼辦法？好問題。老實說，這個辦法不是太好，但我願意用所有的代價，只要能換回珊的自由。

我在我的小筆記本，寫下第二個待辦事項。

80 阿星－為愛犧牲

我很少跟律師打交道，醫師的天敵是律師，就像蛇和獴哥一樣，專業上是如此，感情上更是。

王律師坐在我對面，擺出一副不耐煩的樣子，我不爽地看著他，這什麼態度，好歹我也是于航的大股東。

我以前看過西部牛仔片，兩個牛仔遠遠對看久久都不動，最後比誰拔槍的速度快。再久遠一點，我小時候看過日本武士動作片，兩個日本武士可以對看一整天，一拔刀就在一秒內置對方於死地。

我和王律師對看，他應該在等著我拔槍或掏劍。

「有什麼事嗎？」他問。

「我想寫遺囑。」我說。

王律師的表情，好像「ＭＩＢ戰警」發現眼前的郵差其實是外星人。

「你剛剛說你叫什麼名字？」

「吳沛星。你曾經打電話給我。」

「你是于珊的合夥人？」

「那只是其中一種身分。」我用炫耀的眼神看著他。

「寫遺囑涉及個人隱私，一般會找熟識的律師去寫。」他懷疑地看著我。
「沒什麼隱私，我的財產你都知道。」
「你說的是一千張于航股票？」王律師說。
我點點頭，誇獎他：「你蠻聰明的。」
王律師對於我釋出善意並不領情，只是冷漠地從會議室的文具架上，撕了一張電影裡律師都會用的黃色橫紋紙，開始做筆記。
但至少他沒把我趕出去，我的第一步就成功了。
「你知道我是按時收費，前面的時間不算，現在開始計時，時間十點三十五分。你想把股票給誰？于珊？你有其他的繼承人嗎？」
「不是應該先簽委任書嗎？」我說。
王律師抬頭看了我一下。
「電視劇都是這樣演的，」我說。
他笑了笑，又從文具架上拿了二張制式委任書來改，改完馬上丟給我。
「在這裡簽名。」
「簽完了，我們就有 attorney client privilege（律師客戶間的保密特權）？」我問。
他又抬頭看我。
「這個電視劇也有教。」我說。

「是。有台灣版的律師保密義務。」

「所以接下來講的事，你都不能告訴任何人，包括于珊？」我問。

「可以這麼說。」

我迅速簽了名，他也簽了名，給我一份正本。我小心翼翼地收好，放進我那用了十年，磨到表皮已褪色的公事包裡。

「現在可以說了。股票要給誰？」

我喝了一口水，說：「我想給你。」

我欣賞他受到驚嚇的表情。如果喝水的是他，我應該要打１１９把嗆到的他送去急診。

「我是有條件的。」我認真地看著他。

「如果我死了，你要幫我照顧于珊。」我說。

「你得了絕症？」

「才沒有，我健康得很，只是，我必須進入元宇宙。」

「你不是已經進去很多次了嗎？」他輕蔑地看著我。

「是。但這次進去後，可能不會再出來。」

王律師瞪大眼睛。「你要變成一個鳳凰ＡＩ？」

他真的蠻聰明的。

「只有死了，婉真AI的創建人無法被詰問，她的證詞就不會有證據能力。」我接著說。

「所以你要自殺？」

我看到他驚嚇到快要無法負荷。

「我只是要用我的生命，去換于珊的生命。」我堅定地說。

他深吸了一口氣。「我也沒想到她會被判死刑，這個法官判得太重了。」

「就算是在監獄裡關一輩子，對于珊來說，也等於是死刑了。你難道沒有一點愧疚嗎？」我質問他。

「我們已經沒有關係了。」他冷冷地說。

我拿出一張網路印下來的照片，是一張台大法律系的畢業照，我在照片上用紅筆圈了兩個人頭。「你跟那個檢察官是同學，對嗎？」

「這麼多年前的照片你都搜得到？」

「我的專長就是蒐集人的行為數據，」我說，「你們不也找到于珊大學抽菸的照片？」

王律師的眼神開始變得緊張。「我們？」

「你跟于珊是在國外唸書認識的，後來她介紹你當她爸爸的律師。我看到她抽菸的照片，想說怎麼可能這麼久以前的照片被挖出來，一定是有哪個共同的朋友。於是我就開始查，就這麼剛好，查到你們同校，又查到你是巨擘公司最上面一層控股公司的股東。」

王律師的手開始顫抖。

「還有，把我雲端硬碟的密碼還給我。」

他看著我超過十秒。

「你應該知道，這已經不再重要，現在裡面空無一物。」

我忿恨地看著他，其實我早就猜到，他們拿到婉真ＡＩ和珊ＡＩ之後，一定會把ＡＩ模型存到別的地方，就算我拿回雲端硬碟密碼，也無法再重置婉真ＡＩ。

「attorney client privilege，應該不包括客戶要對律師負保密義務？」我說。

「你到底想怎麼樣？」

「我們來做個交易，」我說。

「你想要多少錢？」

「我不要錢。我可以答應你什麼都不說，但你必須撤回所有小股東對于珊的訴訟，重置婉真ＡＩ，並且告訴你的檢察官同學，于珊的爸爸還活著，那些證據都是她爸爸偽造的。然後，你可以帶著一千張于航股票，和于珊從此過著幸福快樂的日子。我會在元宇宙看著，你要是敢欺負她，我會讓你嚐到苦頭，別忘了，婉真ＡＩ是我創的。」

「你可以為了于珊，連命都不要？」王律師不可置信地看著我。

「這就是我跟你的差別，我能給她的，你不一定給得起。」我起身。

走出會議室前，我又回頭對著嚇到嘴巴還闔不起來的王律師說：「今天還沒開始寫遺囑，不能算錢。我改天再約時間過來，你寫好，我就直接簽字。根據我們的委任合約，你不可以向于珊或任何人透露我們今天的對話。另外，你記住，**于珊在我死掉之前，都是我的。**」

我頭也不回地走出去。等電梯的時候，我拿出那小小的筆記本，劃掉結婚待辦事項第二點。

第十六章　沉默阿星的反撲

81 子恩－石器時代

有一天我回到家，發現家裡正在進行大工程，爸爸把書房的門換成電影裡，那種銀行金庫的厚重鐵門，彷彿他要把所有的錢藏在床底下。

書房的門又再度關起。

接著，爸爸毫無預警地把網路退掉，給我和阿姨一人一支古時候的那種摺疊手機，原來以前手機的品牌叫 Nokia 或 Motorola，而不是水果或小米。

更讓人傷心的是，我被禁止使用任何社群網站。

我懷疑我爸的目的就是要讓我跟男朋友分手，因為我們即將升上不同的國中，以後不能常常見面。但我才不會這麼輕易放棄，我有看過武俠小說，你可以把給一個人的情書，綁在鴿子的腳上，或是，這個年代還是有一種東西叫郵票。

我爸解釋了半天，告訴我一個人的個資是多麼地珍貴。

「就像妳不會隨便跟誰上床，妳也不會到處告訴別人妳現在在哪裡，十三歲的時候長什麼樣子，二十歲的時候又長什麼樣子。」阿姨說。

阿姨的解釋，真的平易近人多了（但從她嘴裡說出來，好像沒什麼說服力）。

「那個叫打卡！」我跟這兩位老人家解釋。

「我知道，我也曾經有ＩＧ！」阿姨急著撇清她和爸爸還是有程度上的差別。

學校的同學說珊阿姨殺了婉真阿姨和子翔哥哥，我不相信。爸爸說阿姨是被陷害的，因為她不吝於分享自己的個資，我看著她每次買東西就不斷按「接受cookie」和「下一步」，我大概可以理解，就像每次網站問我是不是年滿十八歲，我總是毫不考慮地按「是」。

爸爸說的行為數據，就是用數據描繪一個人的樣子，就像你走進咖啡店，它掃你的臉，就知道你上次點的是榛果拿鐵還是焦糖瑪其朵，糖漿是按一下還是兩下。我不覺得這樣有什麼不好，這不是很方便嗎？最好走在路上，每一個男生背後都有好幾張便利貼，寫著「已死會」或「未滿十八歲」，這樣所有的交友網站都要倒閉，因為它們再也沒有初步篩選的附加價值。

我討厭沒有朵拉幫我吹頭髮、沒有網路、不能上社群網站的日子，但爸爸說，這樣可以幫助阿姨早日洗脫罪名，雖然我不知道這中間的連結是什麼，但如果只是一兩個禮拜，我可以忍一忍。

我當時並不知道，這不是一兩個禮拜的事。

另外，忘了說，我爸跟阿姨登記結婚了，她也收養了我，我應該要叫她「媽媽」，但總覺得不太習慣。

只是當時的我不知道，原來爸爸跟媽媽只能選一個，有爸爸就沒有媽媽，有媽媽就沒有爸爸，爸媽感情不好或感情太好，都會讓孩子面臨一樣的困境賽局。

82 阿星—人體實驗

結婚待辦事項的第三件事是切斷所有跟網路有關的連結，為了她們的安全，我幫子恩和珊換了沒有 Wi-Fi 和藍芽功能的手機，把所有需要網路的設備放在書房，並且把書房的門換成厚重的鐵門，讓書房的網路訊號無法傳出去。直到珊的判決結束前，我不能再讓網路和駭客入侵我們的生活。

我和珊去戶政事務所辦結婚登記的那天，她穿著粉色的洋裝，像個羞澀的小女孩，拉著我的手，躲在我背後。在這個十元比特幣就可以買通兇手的世界裡，我保護著她，保護著我們稍縱即逝的小小幸福。

我們拿著配偶欄寫著對方的名字拍照，但不再上傳社群媒體。

我的手機響了，是王律師。

我側過頭小聲地說：「我等一下打給你。」

「是誰？」珊問。

「一個病人。」我說。

「你是個好人。」她說。

我還記得婉真說過的話：「你為什麼沒有把我們擺在第一位？在你心中，病人比家人還重要嗎？」

我苦笑了一下，珊沒有占有慾，因為她還不習慣自己有資格去占有別人，希望一張結婚證書，能讓她看見自己與生俱來的權利：占有、嫉妒、為失去了什麼而哭鬧、為得不到什麼而發狂，這才是人生。

我看了一下錶。

「妳有辦法自己先回家嗎？我需要去看一個病人。」身心科醫生怎麼會出門去看病人？但珊不疑有他，因為我是一個好人。

「好啊！很近，我走回去就好。」

「那妳小心。」

珊點點頭。

我有點擔心地看著珊，她已經很久沒有出門，外面很多人對她並不友善，但我已經快錯過跟人約好的時間。

第十六章　沉默阿星的反撲

「到家打電話給我。」我不放心地說。

我去找了陳靖。

「心臟停止跳動六小時後再活過來？」他看著我給他的醫學報導。

「有可能嗎？」

「在低溫的情況下？」

「如果人體體溫低於十八度？」

「那要先有那個環境，而且要把血液換掉，充入氧氣，之後再把血液重新注入體內，然後再電擊。重點是，不是每個人都能活過來。」

「如果你做一個人體實驗，那個人心臟停止跳動後，什麼事都沒做就可以再活過來，這樣的文章可以投幾分的期刊？」

「我覺得至少十二分吧？但誰願意冒著可能會死的風險來做實驗？」

「也許，找那些本來就想自殺的人？」

陳靖瞪大眼睛看著我，彷彿再看久一點，我的眼睛就會出現下一期的樂透號碼。

「你瘋了！」

「我知道。」我說。

在我媽的定義裡，從那場火災之後，我就沒有正常過。

「都是那場火災。」她總是這麼說。

現在我也深深地同意。

都是那場火災。

但如果沒有那場火災，我就不會遇見珊。這世界上的快樂與痛苦，總是相生相隨，我錯就錯在想要逆轉痛苦，卻因此把快樂推遠。

我早應該順應上天的安排，不只是我，人類的科技也是一樣，用亡者AI想要延長一個人對現實世界的控制力，根本是個錯誤。

「如果能成功，這篇文章分數一定很高，說不定超過十二分。」我引誘他。

「是沒錯，但去哪裡找那些本來就想自殺的人？」他說。

我看著他不說話。

「該不會……」他不可置信地看著我。

我點點頭。「我願意參加你的人體實驗。」

83 于珊－王律師的出現

我走在回家的路上，好久沒有出門，連街景都好陌生。

樹還是翠綠，雲還是雪白，無論我是生是死，這世界不會因為少了我一個人變得槁木死灰。

但我會因為身分證上多了一個名字而雀躍不已。

現在我能理解，為什麼需要孝女白琴，為什麼要有告別式，為什麼要有各式的規矩和不同顏色的毛巾。

那是在炫耀自己在乎的人，她並不是孤獨地離開，我不但有了丈夫，也有了小孩，一般人要花十個月以上才能得到的東西，我只需要完成某些法律上的手續。

「珊奴，妳的主人來了！」

我聽到背後有聲音，本能地轉頭。突然一個像狗鍊的東西飛過來套住我的身體，有一個男人快速地從我背後收緊鍊條，那個鍊條緊緊地掐住我的脖子，讓我無法呼吸。

「放開我！」我漲紅著臉大叫。

我背後傳來淫笑聲，一個彷彿日本漫畫裡的中年癡漢大叔從背後緊緊地抱住我，「讓我好好地調教妳！叫主人！」

他用不知道什麼做的鞭子抽了我一下，我痛苦地哀號，但我無法掙脫，那個狗鍊勒得我快要窒息。

「放開她！」

背後傳來一個熟悉的聲音。

王子憲揍了那個男人，他倉皇地逃走。王子憲迅速地幫我解開狗鍊，我終於可以呼吸，但止不住地一直咳嗽。

「妳不應該自己出門，」他說。「吳沛星呢？」

我不理會他，扶著旁邊的圍牆往前走。

他跟在我旁邊。「我開車送妳回家。」

我轉頭看著他違停路邊的保時捷。

「不用了，我家就在前面。」我說。

「那我陪妳走回家吧！」他試圖伸手扶我。

我沒有拒絕，我已經沒有多餘的力氣拒絕。

一路上我們沒有再說一句話。

我不知道他為什麼會出現在我家附近，在上次我耍了他之後，他應該很想把我碎屍萬段。

想到他還是我眾多小股東訴訟的原告律師，我也很想把他碎屍萬段。

兩個恨不得殺了對方的人，和平地並肩走著，好像我們之間有某種停戰協議，讓彼此能稍微喘息一下。

我轉頭看著他，試圖想說些什麼。但我們之間過多複雜的關係，讓我們即使要講話，也不知道要從哪件事開始講起。是那個上市的 kick off meeting（啟動會議），是他在我瀕臨破產的時候拒絕接我電話，是我假意復合接近他，還是他那個說我會有報應的簡訊。

好在我家很快就到了。

「今天謝謝你。」

我終於想到可以說什麼。

「小珊，我已經說服小股東撤回訴訟。」他說。

我訝異地看著他，那個說好的報應呢？他就這樣放下了嗎？

「我已經得到報應，走在路上都會有人用ＳＭ的道具威脅我，那些訴訟真的沒有什麼。」我說。

「也許妳不在意，但那是我釋出的善意。」

「謝謝你的善意。」我生硬地回答。

「吳沛星為什麼沒有好好的保護妳？」他質問。

我開始變臉。「不關你的事。」

「如果是我，不會讓妳一個人走在路上。」

「我已經是一個大人，會照顧自己，我不需要別人對我負責。」

「我知道，妳說過很多次了。但這不是推開我的理由。」

「我跟阿星結婚了，」我儘量保持語氣平淡，像說著別人的事。

「如果這算一個理由的話。」我補了一句。

我看到王子憲握緊拳頭，像在忍住什麼。

「你趕快回去吧，免得車子被拖走。」

我們認識了十幾年，從他是一個什麼都不懂的法律系畢業生，我們就在學校的某個角落偷嚐禁果，一直到他變成一個用盡心機的律師，即使我們之間存在著很多矛盾，我還是一眼就可以看穿他心裡在想什麼。

他嫉妒阿星。

就在此時，阿星回來了，我想到之前在飯店發生的事，心裡覺得不妙。

「你為什麼出現在我家門口？」阿星衝過來。

「你為什麼讓小珊自己走回家？你知道她剛剛差點被強暴嗎？」王子憲質問阿星。

阿星轉頭看著我，還有我露背洋裝上的鞭痕，著急地問我：「發生什麼事了？」

「沒什麼，虛驚一場而已。」我推著阿星進屋。

「王子憲，今天所有的事，謝謝你，但請你以後不要再來找我了。我們兩個，就這樣吧，也只能這樣。」

我轉頭對著他說，像櫻花樹看著它最後一朵櫻花墜落，卻無法伸手接住。

已經進屋去的阿星又走出來，我好害怕他們兩個打起來。

「只要我活著一秒，珊就是我的，滾遠一點！」阿星用手比著，好像電影裡面的黑道大哥在虛張聲勢。

就在我以為王子憲會撲過來扭打的時候，他竟認命地離開了。

也許人年紀大了，還是會變得成熟一點，我關起門，鬆了一口氣。

84 阿星—自責

我撫摸著珊背上鮮紅的鞭痕，拿出醫藥箱幫她擦藥，想到上次拿出醫藥箱，是我在飯店被打得鼻青臉腫，珊幫我擦藥。

我現在能理解，看著自己心愛的人受傷，心有多痛。

「對不起，我不該放妳一個人自己走回家。」我相當自責。

珊就像伴遊鯊魚的熱帶魚，散步在獵人村落裡的梅花鹿，下一秒隨時可能發生危險。即使是上訴成功，珊不再受死刑威脅，但她楚楚可憐的被害者形象已經深植人心，美麗和好身材成為她的原罪，那些用下半身思考的人，把珊當成性幻想的對象，虐待、禁錮、憐愛一個成功女企業家的過程，為他們的幻想帶來滿足。我現在深刻地體會到，讓珊得到救贖的方式，不只是打贏那場虛無縹緲的元宇宙訴訟。

她已經無法在這個世界生存，她需要被遺忘。

珊把頭靠在我肩上，我可以感覺她的痛楚，血印有多鮮紅，痛苦就有多清晰。

我解救她的意志變得更加堅定。

「我不知道為什麼王子憲會突然出現，我真的沒有跟他怎麼樣，」珊急著解釋。

我知道，王子憲其實是來找我的，因為我沒有回他電話。

即使遇到這麼可怕的事，即使帶著身體的傷痛，珊最關心的竟是怕我誤會。

「我知道，其實我應該謝謝他。」我把她抱緊。

「你沒有生氣就好。」

我不解地看著珊。「該生氣的是妳，妳應該氣我為什麼拋下妳，讓妳自己走回家，為什麼在妳最需要的時候沒有陪在妳身邊？」

珊轉著大大的眼睛看著我。「我說過，**我不需要任何人對我負責**。」

「現在不一樣了，妳知道結婚代表什麼嗎？代表妳是我的妻子。從現在開始，我應該對妳負責，如果我做不好，妳要責備我，妳可以生氣，可以打我，可以罵我，沒有任何一個妻子，可以忍受一個不合格的丈夫。**從今天開始，妳要學習當一個會要求丈夫負責的妻子！**」

珊淚眼汪汪地看著我。「婉真也是這樣的妻子嗎？」

「她是，全天下的妻子都是。」

「難怪她不能諒解。」珊若有所思地說。

「占有一個人的想法，是天經地義的事，不是一種罪過，也不會讓妳變得脆弱。」我說。

珊繼續看著我。「其實我沒有什麼要求，只希望我不要再被拋棄一次，我好怕再被拋棄。」

她伸出手抱緊我。

我緊抱著她，心裡好痛，珊只有一個願望，但我卻做不到。

85 于珊－坦白

阿星要我學會占有，占有那件事對我來說，就像掬起一把沙，再眼看著它從指縫間流走。

不過就是枉然。

但我並不是完全沒有經驗。

我看著阿星。「我想跟你說一件事。」

「什麼事？」

「關於我和王律師。」

「我知道，妳講很多次了，就那種關係。」

「我們在美國唸同一個學校，我唸管理，他唸法律。」

「嗯。」阿星回答，看起來並不訝異。

「他曾經是我男朋友。」

「嗯。」

我鼓起勇氣說：「我曾經懷了他的孩子。」

阿星終於抬頭。

「然後呢？」

「我去墮胎。」

我等著他問我為什麼。

「一個人去嗎？」他問。

他真的是專業，一句話刺到我的痛處。像電影裡的主角，別人打他一百槍都打不中，他打別人總是一槍斃命。

「對。」我說，「雖然他曾經想對我負責。」

「可惜他不配。如果是我，絕不會讓妳自己進去那個冰冷的地方。」

阿星明快地下結論。

他一定是寵我，覺得我做什麼都是對的，即使我開車撞到樹，他也會覺得是樹自己走到我面前。

第十六章　沉默阿星的反撲

「那你們怎麼分手的？」

「有一天我回他家，看到另一個女人，光溜溜地躺在床上滑手機。」

聰明如他，一定知道發生了什麼事，雖然我稍微顛倒了一下事情發生的順序。

「所以，從那天開始，妳不想再占有任何人？」

我沒說話。

「所以，妳說妳不想生小孩？」

我還是沒說話。

「所以，妳一直說服自己，妳是不需要別人負責的女人？」

我沒說話，可是流下眼淚。

「之後，我跟他才一直維持著『那種關係』。」我說。

我不知道我的重點是什麼，是我曾經也有刻骨銘心的愛情，是為我總是跟不同的人有「那種關係」找藉口，還是唯有「那種關係」才能讓我保持不再擁有也不再失去的偽富足感。

阿星抱住我。「妳每天告訴我一件事情，好不好？」

「一年三百六十五天，哪這麼多事可以講？」我笑著說。

「妳就是有這麼多秘密，我怕一輩子也聽不完。」他說。

「一輩子很長耶！」我說。

我當時沒注意到阿星眼中閃過的一絲哀傷。

「不然，你一天也講一個故事給我聽？」我說。

「好啊，那我今天先講一個羅密歐與茱麗葉的故事。」阿星說。

「這算什麼！那個老掉牙的故事我也知道，我要聽關於你的事！」

「我的版本，妳一定沒聽過！」

「你的版本是什麼？」

「妳還記得茱麗葉吃了假死的藥嗎？」

「記得啊，羅密歐以為她死了，也跟著死了。等茱麗葉醒來，發現羅密歐死了，就再度自殺了。全部人都死了，是一個大悲劇。」

「我的版本是，羅密歐其實也是假死。」

「然後呢？」

「還好茱麗葉很聰明，沒有自殺，所以等羅密歐醒來，兩個人從此過著幸福快樂的日子。」

我覺得這個故事沒什麼創意。「她怎麼知道羅密歐是假死？」

「不管是不是假死，等待就有機會，不是嗎？」阿星說。

我看著他的眼神，好像看著預知未來的水晶球，但那個水晶球還蓋著一塊黑布。

我想起今天是我的新婚夜。

第十六章　沉默阿星的反撲

「那我再跟你說個故事？」

阿星眼睛一亮。「什麼故事？」

「關於一個基金會董事長遇到帥醫生的故事！」

我開始吻他，我感覺他的手，小心翼翼地避開我背上的鞭痕。

還好那是在背面。

第十七章　逆轉勝

86 阿星－高來高去

「那天謝謝你。」我說。

「你不該放她獨自一個人，」王子憲責備我，好像他從不曾背叛過珊。

我沒有責怪他憑什麼，只是扯開話題。「你那天找我什麼事？」

「你怎麼知道我去找你？」

「不然，你怎麼會出現在我家附近？」

王律師拿出一張狀紙。「我已經送出撤回訴訟的聲請，但因為已經經過言詞辯論，需要被告同意，我本來要跟你討論，是不是直接用和解方式處理，但你沒接電話。」

「這種技術性的東西，跟珊的律師討論就好。你應該是有別的事找我？」

王律師只是笑笑，沒有否認被我識破。

他拿出一張紙，上面密密麻麻地打了很多字。

「我後來想想，如果你的遺囑要把一千張股票都給我，那我不能當你的遺囑見證人，會有利益衝突。所以，我寫了一張遺囑草稿，你自己用手抄一遍，用自書遺囑的方式，把寫好的遺囑拿過來放我這裡保管。」

這才像他，虛偽懦弱又自私。

「用手抄？」我不敢置信，他是在整我嗎？

「這是法律規定，『自書』遺囑就是自己手寫的遺囑。」

「在一個人人都有智慧眼鏡的時代，我要用手把遺囑抄一遍？」我想到《射鵰英雄傳》裡面手抄的九陰真經，但那是在武俠小說裡。這是什麼時代，文件竟然不能用打字？

「讓法律承認AI證人的證據能力，就像在八〇年代的老爺車加上自動駕駛功能一樣。你必須承認，法律就跟老爺車一樣，永遠走得比較慢。」

他總是抓到機會故意挖苦我，我假裝聽不懂，把那張紙拿過來。

「抄就抄。我抄完再拿來給你，」我說。「但請你記得，你接收的是我死後的人跟財產，只要我還活著，珊跟股票都是我的！」

「說到這個，我答應你之前，並不知道你們已經結婚！」王律師瞪著我，彷彿他又被騙了一次。

「所以你反悔了嗎？」

他看著我。「我只是提醒你，不要再耍花招。」

「我也提醒你，如果那些不利珊的證據還在，我就不會回到元宇宙。」我說。

我想他應該聽得懂我的暗示，因為他以為自己跟我一樣聰明。

87 阿星—耍詐

「自書遺囑真的要用手寫？」我問。

李鈺林點點頭。「不要懷疑。」

「那如果我寫完自書遺囑，之後再找你寫另一份遺囑，哪個有效？」我問。

「後寫的遺囑會蓋過前面的遺囑，」李鈺林說。

「那好。你有紙跟筆嗎？」

「你要幹嘛？」

「立遺囑啊！我所有的財產，全部給于珊和子恩一人一半。」

「你耍詐！」李鈺林露出帶有深意的笑。

「對那種人，剛好而已。」

「那你打算怎麼做？」

「我想讓他加入珊的律師團。」我說。

第十七章　逆轉勝

「你這不是引火自焚嗎？」

「我已經告訴他，我進入元宇宙的前提，就是不利珊的證據已經不存在，他應該會努力加快這件事的發生。」

「你要進入元宇宙？」

我忘了還沒跟李鈺林提過這件事。

「我叫王子憲重置婉真ＡＩ，但我猜他一定會耍詐，」我說。

「所以呢？」

「所以，我不能把希望放在他身上，我要讓婉真ＡＩ倒戈。」

「婉真ＡＩ怎麼可能倒戈？」

「怎麼不可能？如果我順著她的意思……」

「那她的意思是什麼？」

「她問過我，為什麼我不加入她和子翔，凍結在元宇宙？」

李律師困惑地看著我。「加入他們？但他們不是被火燒死了嗎？」

「燒死後，成為亡者ＡＩ。」

「所以你要成為亡者ＡＩ？」

「嗯。」

「那要怎麼樣才能成為亡者ＡＩ？」

「這不是很明顯嗎？就是變成亡者。」

李鈺林看著我的眼神，好像以為我不知道美人魚沒有殺王子的下場就是變成泡沫。

「這就是為什麼，你說婉真AI證人的創建人沒有機會被詰問？你要自殺？」

「這是其中一種可能性，」我說。

律師真的蠻聰明的。

「那還有什麼可能性？」

「我還在研究，」

「也許有其他的方法，也許沒有這個必要？」

「也許這是我彌補錯誤的機會，畢竟這一切都是因我而起。」

「在刑法學上，我們討論過一種案例，如果一個人被殺之前，已經因為心律不整死亡，那殺手是否還有罪？」

「答案是什麼？」我問他。

「答案不重要，重要的是，那個人已經死了，就算殺了那個殺手，死去的人也活不過來。」

「你想說什麼？」

「我想說的是，不管你是不是能作證，婉真AI是不是倒戈，也許結果都一樣，如果我們可以揭發他們的陰謀？況且，王子憲不是都答應要揭發于珊她爸了？」

「王子憲那個人講的話不能信，我不能讓珊冒任何一點風險。」我堅決地說。

學長嘆了一口氣。「于珊知道你要做什麼嗎？」

「當然不知道。她知道了，就不會讓我這麼做。」

「你不怕她想不開？」

「她比你想像得堅強。」

「最後一件事，我想請你幫個忙。」我說。

「什麼忙？」

「如果珊問你我在哪裡，你就說，我一個月後會從那個上鎖的書房走出來。」

「從什麼時候起算？」

「不管什麼時候起算，只要她開口問這個問題，這就是你的回答。」

「為什麼是一個月？」

「她是個沒耐心的女人，這是我預測她能等待的最長時間。」

學長露出迷惑的眼神，好像看棋王在下一盤自殺的圍棋，覺得這背後一定有什麼玄妙之處。

也許真的有什麼玄妙，也許也沒什麼了不起，他純粹就是輸了。

88于珊－恍如隔世

如果你有試過看災難電影時按下倒帶鍵，你會看到大海嘯的浪潮倒退，火山的濃煙被火山口吸進去，地震震倒的房屋重新被蓋了起來。

這是我的親身經歷，突然之間說我殺人的證據都是假造，世人發現我是無辜的，網路的留言開始同情我的處境，檢察官不再咄咄逼人，法官露出憐憫之情。這一切變化之快，讓我以為過去不堪的一切，都是我自己在幻想。

但阿星卻老神在在，好像他曾經掐指算過，我在什麼時候會有劫數，什麼時候又會開始海闊天空。

「妳本來就是無辜的，」他對我說。

更奇怪的是王子憲突然成為我的律師，而且認真地為我辯護。

在知道我爸其實還活著，而且想置我於死地的時候，我又抱起垃圾桶嘔吐。

我身邊的人都轉性了，壞的變好，或是變得更壞。

但我還是很緊張，明天是婉真ＡＩ再次面對詰問，也許她又有什麼新證據。

還有阿星會再次坐上證人席，這次的身分是ＡＩ的創建人。

在一審的時候，我也曾經覺得跟勝利站在同一邊，一直到那些不利的證據像地熱谷的泡泡不斷冒出，我才覺得自己像白煮蛋一樣被蒸熟。

今晚，我依偎在阿星懷裡。

「這一切都是真的嗎？」我問他。

「妳忘了我跟妳說過什麼，You believe what you see. 要相信自己所看到的。」

「可是勝利來得太容易……」

「因為它已經遲到了。」阿星說。

「如果無罪，我想搬到一個沒有人認識我們的地方，重新生活。」

阿星點點頭。

「妳想去哪裡？」

「瑞士的某個小鎮，像 Saas Fee（註5）。」

「就 Saas Fee。」他說。

「我想把公司賣掉，我們隱姓埋名，牽手終老。」我說。

阿星在棉被下牽起我的手。「像這樣嗎？」

「嗯，等我們頭髮都白了。」

「可是，妳要記得，我大妳八歲，會比妳先死，不管我在不在，妳都要好好的活下去，知道嗎？」

註5：Saas Fee（薩斯費）：為阿爾卑斯山明珠，一個私家車禁止進入的原始瑞士小鎮。

我有點迷惑地看著他，是一百歲跟九十二歲，還是八十歲跟七十二歲？

就像我爸說的，妳要相信，以後每個人都可以活到兩百歲。

「我還想生一個小孩，」我有氣無力地說，開始覺得昏昏沉沉。

「她會跟妳一樣漂亮！」我依稀聽到阿星的聲音，好遠好遠，像傳到月亮又傳回來。

接下來的事，我完全失去記憶。

89 于珊—大夢一場

我坐在被告席，婉真AI還是跟上次一樣，臉色嚴峻且面無表情。

「就是這個女人，她搶了我老公！」婉真AI突然尖叫。

「我沒有！」我看著大家，看著網路的留言像變形蟲一樣不斷地分裂再繁殖，寫著「壞女人！」「于珊去死！」

法警突然站起來，拿著手銬走過來，以迅雷不及掩耳的速度銬住我。

「放開我！審判還沒結束！我是無辜的！」我大叫。

但法警不理會，直接把我拖走。

第十七章　逆轉勝

我無助地尋找阿星的身影，卻遍尋不著。

「阿星呢？讓我再跟阿星說句話！」我苦苦向法警哀求。

「于小姐！于小姐！」

我睜開眼，發現旁邊站著醫生護理師，臉上戴著呼吸器，一手插著點滴，一手夾著不知道什麼東西，連著一台電腦螢幕。

這是什麼元宇宙的監控系統嗎？我奮力拔掉身上所有的儀器跟管線。

護士和醫生衝過來壓制我，他們一定是有什麼陰謀！他們是誰？要抓我去哪裡？元宇宙是不是有一個監獄，會把所有犯人的器官摘除拿去賣？

「阿星呢？」

「麻醉剛醒有時候會發生譫妄的現象。」醫生對著李律師解釋。

李律師也在？我再仔細看了四周，這是我和阿星的家。所以剛剛我只是在做夢嗎？

「言詞辯論結束了，」李律師說。

他沒有回答我的話，我再問一次。

「吳醫師呢？」

「接下來就等判決，應該可以樂觀看待，」李律師還是沒有回答。

現在新出的車有一種自動系統，感應到行人或來車會自動迴避或剎車。李律師好像裝了那種系統，會自動迴避我說的話。

「吳沛星呢？」我再問一次。

「婉真ＡＩ沒有出現，吳醫師也沒有出現，今天的庭十分鐘就結束。」

他終於回答我的問題，可是我卻沒有得到答案。

「那他去了哪裡？」我著急地問。

李律師看向書房。「他把自己鎖在裡面。」

我衝向書房，但書房上了鎖，就像我當初到來的時候一樣。

阿星再次把自己關起來，毫無預警地把自己關起來。

而我又再度被拋棄。

我終於忍不住開始大哭。

第十八章　剝洋蔥

90 于珊－無罪判決

我得到了二審無罪判決。

這件事距離阿星不告而別，已經是三個禮拜後的事。

聽到判決的那一剎那，我兩手顫抖地拿下智慧眼鏡，停不住哭泣，我不知道自己是喜極而泣，還是為想念阿星而落淚。

有好幾次，我和子恩緊靠著上鎖的書房，期待阿星的聲音從裡面傳來。

但什麼聲音都沒有，裡面靜悄悄地像另外一個世界。

阿星他怎麼可以這麼任性，一句話也沒有交代，就把我們關在門外。

關在那間上鎖書房唯一的可能，是進了元宇宙。如果他在元宇宙，應該也聽到判決了吧？為什麼到現在還不回來？

但一個人怎麼可能不吃不喝不上廁所不洗澡三個禮拜？

還有，他為什麼要在開庭的前一天用麻醉藥把我迷昏？他一定是有所準備，才會放一個醫療團隊還有那些測心跳血氧的機器在家裡，就算他是醫生，要拿到麻醉藥也不是一件容易的事，他到底策劃了多久？目的是什麼？

更不要說是王子憲，開始有意無意地進入我的生活，好像阿星買了二張票不能去聽音樂會，把他的票給了王子憲，而我一直到音樂會開場才知道旁邊坐了誰。

但婚姻，不是一張音樂會的票。

是李鈺林告訴我阿星在那個上鎖的書房，他一定知道些什麼。阿星不告而別，為什麼連婉真ＡＩ也消失不見？

難道阿星用他繼續回到元宇宙，來換取婉真ＡＩ自我消失，所以阿星必須回到她身邊？

讓阿星回到婉真ＡＩ身邊，我還寧願被判死刑。我一想到阿星跟婉真在一起，就算是在不同的時空，也讓我嫉妒得發狂。

我終於學會占有，也愈來愈像一個正常的妻子。

占有、嫉妒、生氣、失望，直到無力改變現狀。

阿星沒說的是，作為一個妻子，常常也需要無盡地等待，不知道丈夫什麼時候才會回家。

真相被一層一層地裹起來，只怪我一直躲起來不願去面對自己的訴訟，全權交給阿星和李律師去處理，以致於糊裡糊塗地拿到一個無罪判決，卻不知道中間發生了什麼事。

剝洋蔥之所以會落淚，是因為愈來愈接近事情的核心。也許是上天看我可憐，就在我毫無頭緒的時候，發生了一件事，讓我有機會把真相一層一層地剝開。

91 于珊－阿星死了嗎

王律師三不五時就帶一些水果、營養品來看我，好像我是長期臥床的病人。有一天我真的受不了，告訴他其實我很健康，他可以不用這樣。

接著他一個禮拜沒有出現，正當我覺得鬆了一口氣的時候，有一天，他竟帶著一條鑽石項鍊來敲門。

還有一個信封。

我看著那條項鍊的盒子，真的很漂亮，但我已經有了。

我打開看了一眼，又蓋起盒子，退還給王子憲。「你應該為它找一個好主人，我已經結婚了。」

「妳要不要先把信打開？」他說。

我有點猶豫，但還是打開信封，裡面有一張信紙。

這年頭已經很少人用手寫字，我讀著這封信，快要無法呼吸。

「他為了救妳，犧牲了自己，」王子憲說。

我無法接受這個事實，抓了旁邊的垃圾桶又吐了出來。

但這次我並沒有戴智慧眼鏡，也許是這個令人無法接受的事實讓我覺得噁心至極。

「他死了？」我不可置信地看著王子憲。

李律師明明說阿星把自己鎖在那個書房。

而且，阿星要把一千張股票給他的死對頭王子憲？

我看著遺書的內容，覺得我的耳朵和眼睛一定是哪裡出了問題。

「他是個值得敬重的人，臨死之前，他把妳託付給我，」王子憲繼續說。

難怪我被當成一個病人一樣地被照顧著。

但我又不是蛞蝓，必須依存著一個蚌殼才能生存，**阿星憑什麼決定把我託付給王子憲？**

我又看了一下遺書的日期。

阿星把我託付給他，就在我跟他說王子憲是個劈腿的混蛋之後？

但這真的是阿星的筆跡沒錯。

也許就像那個偽造的日記，王子憲用ＡＩ模仿了阿星的筆跡？

「年輕的我曾經對不起妳，但我會盡我一切所能去彌補，」王子憲拉起我的手。

我們互看著對方，大概十秒。

在第十一秒，我突然發瘋似地把他轟出去，大聲地說：「阿星沒有死，我不需要別人照顧，于航也是！你給我滾出去！帶著你的項鍊滾出去！」

我用力關上門。

阿星真的死了嗎？

我衝去書房，死命地踢門踹門，大聲呼喊他的名字，放聲大哭。

「吳沛星，你給我出來！再不出來我死給你看！」我哭喊著。

92 子恩—殘酷的真相

「說這些有什麼用！我爸就是為了救妳才會死！」我推開踹門的阿姨。

阿姨往後跌了一大跤，我看到她的腿在流血。

我真的不是故意的，是因為在裡面聽到那個男人跟阿姨的對話太生氣了。

而且，我爸才離開沒多久，那個男人成天往家裡跑是什麼意思？

這是我跟我爸的家！但現在變得不像一個家，外人占據了整個客廳，我爸不知去向，而我只能躲在小小的房間。

看到血，阿姨也嚇到了，抬頭看著我，又拉起她的裙子，我看到她的內褲都是血，嚇得不知道怎麼辦。

「我幫妳叫救護車！」我慌張地去找電話，想彌補我犯下的錯。

救護車很快就來，阿姨被抬上擔架。

我想著爸爸跟我說過的話：「答應我，如果有一天阿姨成為妳的媽媽，一定要聽她的話，好好孝順她！」

我看著阿姨，怯怯地去牽她的手，跟著救護人員往前小跑步。

「妳……會沒事吧？」我邊跑邊說，希望她不要再睡著。

「我沒事……」

我瞪大眼睛。

「妳為什麼會流血？」

「我也不知道……」阿姨虛弱地說。

不知道是救護人員跑太快，還是她放開了我的手。

阿姨離我越來越遠，我趕快追上去。

「妳在生我的氣嗎？妳可不可以不要生我的氣？我不知道會這麼嚴重……」

阿姨沒說話，只是搖搖頭。

「妳不能死，我的親人只剩下妳了！」我哭了出來。

阿姨閉起眼睛，我好怕她就這樣死了。「阿姨！」

她沒有張開眼睛。

「阿姨！妳醒醒！」

她還是沒有反應。

我終於叫出口：「媽！妳不能丟下我！」

媽媽終於勉強睜開眼睛。

我發現她牽起我的手，她的手好冰冷。

「為了妳爸爸，我們一定要好好的活下去……」

她終於說話了。

「一定沒事的……一定沒事的……」我安慰媽媽，其實是在安慰自己。

我跟著一起上了救護車。

爸如果知道我做了什麼蠢事，一定不會原諒我的。

93 于珊—另一份遺書

「妳好點了嗎？」李律師帶了一束花來看我。

「還好，只是要臥床安胎，」我聞了聞花，「好香！謝謝你。」

李律師點點頭。

「恭喜妳懷孕了，吳醫師知道了，一定會很高興。」他轉頭看了花一眼。

「很諷刺對吧？你是我的律師，但什麼事都是你跟吳沛星決定了算。」我說。

「因為吳醫師比妳還要關心妳自己。」

「即使犧牲他的生命也無所謂嗎？」我的眼淚又悄悄流下來。

「誰跟妳說他死了？」

我聽到這句話，突然覺得振奮。

「他還活著嗎？可是王子憲帶著吳沛星的遺書來找我。」

「那份已經無效，這份才是真的。」

李律師拿出一份文件給我。

我打開來，又是一份遺書，寫著阿星的財產平均分給我跟子恩，這才像他會做的事，即使上面不是他的筆跡。

「到底怎麼回事？」

「吳沛星耍了王子憲，讓王子憲相信自己可以取代他，以取得對妳有利的證詞，」李律師說明。

「那吳沛星現在到底在哪？」

「我跟妳說過了，他在那個上鎖的書房。」

「那他還活著嗎？」

「如果我知道答案，一定告訴妳。」李律師露出無奈的表情。

「什麼意思？」

「我只能告訴妳，不管結果是什麼，吳醫師已經盡力了。」

「他到底做了什麼？」

「他沒有告訴我，只告訴我他會解決這一切，還有他會在那個上鎖的書房，」李律師說。

我別過臉，不讓李律師看到我又流下的眼淚。

阿星，他真的為了讓我無罪，選擇犧牲自己的生命嗎？

「那他……有沒有說什麼時候會從裡面走出來？」

我看到李律師露出「終於」的表情。

「大概……一個月吧！」

我看著李律師，心中又燃起一線希望。

一個月後，他就會從那個上鎖的書房走出來嗎？

我媽在醫院安胎一個月之後，終於回到家，她的無罪判決也確定，檢察官沒有再上訴。

在她住院的那一個月，我一個人住在家裡，阿媽偶爾會過來看看，但大部分的時候我自由得像沒有線的風箏。

可是我媽回來以後，開始管東管西，管我裙子太短，管我早餐沒喝牛奶就去上學，逼我去補習、晚上看著我複習功課。

以前爸在的時候，我媽從不管我，還會跟我一起看電視。

我不知道她是因為爸不在，覺得對我有責任，還是因為她在練習怎麼當一個媽媽。當小姐變成媽，第一個改變是多愁善感，連看到新聞別家的小孩被虐待都會掉淚；第二個改變是變得杞人憂天，覺得我只要穿著短裙走在路上就會遇到色狼，因此我放學開始有專車接送，再也不能跟同學走路回家；第三個改變是胸部變得更豐滿，任何一隻亂入乳溝的螞蟻，可能都會窒息陣亡。

她為什麼不能買大一號的衣服，就像我無法買長一公分的裙子是一樣道理嗎？

「我以為裙子的功用是用來蓋住屁股。」她說。

「就像衣服的功用是用來遮住乳溝嗎？」我說。

第十八章　剝洋蔥

我們的對話開始變得有趣。

「為什麼有口譯機還要學英文？」我說。

「在我的年代，有計算機還是要上數學課。」她說。

我們母女過招，有時候她贏，有時候我贏。每次她講不過我，就會開始紅了眼眶，看向那個上鎖的書房。

我看到她每天都寫信，從門縫底下塞進去。

我想應該是寫我的壞話跟爸告狀吧？希望我爸哪天能開門出來主持公道。

就像全天下的母女一樣，雖然被對方氣得要死，但還是幫她削水果和準備愛心便當。

老實說，我已經漸漸習慣只有我們兩個的生活，甚至對於爸爸還活著這件事不抱希望。

書房沒有廁所，外送員也進不了書房，我不覺得我爸能在裡面生活這麼久。

但我媽還是相信我爸會在今天從書房走出來。

我媽穿上她最愛的低胸禮服，合身的剪裁讓她微凸的肚子變得更明顯。

她戴上那條爸爸送她的鑽石項鍊，在書房門口走來走去，煮了滿桌的菜，削了整個冰箱的水果，我看著滿心期待的她，心裡反而擔心起來。

如果爸爸早就死了呢？但如果是這樣，書房應該會傳來惡臭才對。

從晚上七點、八點到九點，我們兩個餓著肚子不敢吃飯，一直等著。
我看媽的表情愈來愈沮喪，一直努力想著可以用什麼話來安慰她。
但她突然拍桌站起來。
「我們不等了！」她霸氣地說。
我鬆了一口氣。
「對對對，我們先吃飯吧！」我說。
我拿起筷子，但她拿起手機。
「喂，請問你現在可以過來開鎖嗎？」她說。
我嘴巴塞了滿口的菜，驚訝地抬頭看她。

95 子恩——上鎖的書房

鎖匠很快就來。
「我們把鑰匙弄丟了，」我媽說。
鎖匠看了看書房的鎖，轉頭跟我們說：「這是義大利的西沙鎖，號稱所有的小偷都打不開，我也沒辦法。」

第十八章　剝洋蔥

「怎麼可能呢？那如果在裡面發生命案怎麼辦？」

「真的沒辦法！妳要不要再找找看備用鑰匙？」

「我就是丟了才找你的嘛！」我媽氣急敗壞地說。

「除非……」

「除非什麼？」

鎖匠看著我媽。「除非，把門拆掉！」

我聽到這句話終於鬆了一口氣。再怎麼樣，怎麼會有人為了開鎖把整個門拆掉呢？

「算了吧！」我拉著我媽的手。

「那就拆掉！」我媽堅決地說。

我不可置信地看著她。

「沒有這個必要吧？爸時候到了自然就會出來，我們要是破壞他的計劃怎麼辦？」

「已經這麼久，要出來早就出來了，要是他在裡面昏倒了怎麼辦？」

「可是……」我想不到能用什麼話阻止她。

因為，我不忍心看我媽再度傷心欲絕。

那扇門後面是不是有我爸，我爸是不是還活著，這些都不重要。

重要的是，那扇門給了我們希望。

讓我們能繼續活下去，讓我媽有了孕育新生命的勇氣。

我不敢想像真相會怎麼改變我們現在的生活，我害怕知道真相，害怕面對結果。

也許已經打定主意要犧牲自己的他，藉著那扇門，想要給我媽希望，讓我媽有繼續活下去的勇氣。

但鎖匠已經開始鋸門，我可以感覺希望像鋸下來的鐵屑一樣，一點一滴地灰飛煙滅。

第十九章　結局

96 子恩－把門拆了

我拉著我媽的手，看著門被鋸出一個人可以進出的小洞。

鎖匠用手擦去額頭上豆大的汗，再用溼溼的手接過我媽給的鈔票。

鎖匠走了之後，我和我媽對看了一眼，我猜她也不敢進去。

並不是因為裡面有蟑螂或是老鼠。

真相才是這世界上最可怕的東西。

她放開我的手，拉起裙子，跨過地上的垃圾，小心地往前走，我跟在她的後面。

進了書房，裡面空無一物，連本來已經有的電腦也被搬走，只有地上媽媽從門縫裡塞進來的信。

我轉頭看媽媽的表情，心裡數著一二三，算著第幾秒我媽會開始崩潰大哭。

但她只是站在原地，什麼話都不說。

我陪她站了半個小時，她終於說話了。

「其實我本來以為，開門會看見屍體，」

我驚訝地看著硬把自己擠進二十七腰禮服的她。

原來她跟我一樣，也不抱希望嗎？

「我只是想，如果他死了，總不能讓他一直孤獨地被關在書房裡。」

我又想起《A Rose for Emily》這本書，Emily 伴屍四十年足不出戶，因為她不接受改變的世界，這個世界也容不下她。

我媽，就像 Emily 一樣孤獨。如果書房裡真的有爸爸的屍體，她會不會把他放回床上，若無其事地繼續和爸爸生活四十年？

我媽開始哭泣。

我也哭了。

哭了一陣，我媽擦乾眼淚站起來。

「既然沒有屍體，該不會，他真的還活著？」

我媽又滿懷希望地看著我。

我看著她，不知道該說什麼。

我爸真厲害，用一個上鎖的書房，就能給我媽無限希望。

門關著有一種期待，門破了又有另一種期待。

他真是一個厲害的身心科醫生。

看著我媽滿懷希望地走出去，我隨手拿起地上的信來讀。

「今天是我安胎後第一天回家，我想起你跟我說過的故事：羅密歐其實是假死。還好茱麗葉沒有自殺，所以等羅密歐也醒來，兩個人從此過著幸福快樂的日子。我會帶著我們的兩個孩子，好好的活下去，像茱麗葉一樣，等你回來。」

我擦乾眼淚，忍不住又拆了另一封。

「子恩長大了，跟我小時候很像，總是在忍耐，假裝堅強。沒有你在身邊，其實她跟我一樣難過，但她假裝什麼事都沒發生，跟正常母女一樣跟我拌嘴，用生活的日常，打敗思念的痛苦。因此沒有你在身邊，我並不覺得孤獨，謝謝你把子恩留給我。」

原來她沒有跟爸爸抱怨我多麼難以教化，原來我在她心中不是一個前夫留下來的拖油瓶。

我抱著信哭，無法再讀，把剩下的信偷偷地藏起來。

我終於理解，打開書房的門，是為了讓我能看到這些信，讓我能毫無違和感地走進她從未打開的心房。

97 子恩－沒有網路的鬼屋

我媽今天去簽約，這是她結婚之後第一次出門。

她終於決定把公司賣了。

她對鳳凰ＡＩ有難以割捨的感情，畢竟那是她跟爸爸相識的起點，像加州森林大火第一節自燃的枯枝。

但這火燒得太烈，直到噬去她整個人生，直到黑煙蔓延方圓百里外。還好她的肚子像諾亞方舟，承載了一個帶有爸爸ＤＮＡ的生命，讓愛情得以在焦土中倖存。

我的愛情也需要氧氣。

趁著她出去，我偷偷帶男朋友回家。

「你等一下不要太驚訝，我家沒有家事機器人，沒有網路，還有一個被鋸開的房間，」我先打預防針。

我男友興奮地拿起手機自拍，像 YouTuber 準備走進鬼屋。

「you can't believe what I am going to do！I am going in a house with no internet！（你無法相信我等一下要做什麼！我要進入一間沒有網路的房子！）」他對著全世界的人直播，好像家裡沒有網路這件事，簡直是見鬼了。

也許萬聖節的時候我應該在家門口立一個牌子：裡面有吃網路的鬼，參觀一次十元。

「你再繼續錄就給我滾回家！」我要求他關掉錄影鍵，他悻悻然地收起手機。

第十九章　結局

他跟著我進去，看著一個被鋸開的門，忍不住又拿起手機拍照，我已經懶得阻止他，心想如果我去別人家，看到一個被鋸開的門，應該會覺得這是某一種裝置藝術。

「Holy Shit！妳家明明就有網路！」他拿起手機給我看，竟然抓得到 Wi-Fi。

我不敢相信地把他的手機搶來看，真的有微弱訊號。

「是隔壁的嗎？」我拿著手機在房子裡走來走去，想要尋找 Wi-Fi 的來源，不知不覺就走進書房。

Wi-Fi 訊號竟然變滿格！我四處尋找 Wi-Fi 發射器。

正當我站在書房的中間抬頭向上看的時候，我看到天花板的燈閃著紅點，我不記得那裡以前有個紅點。

我和男朋友對看，那種紅點，不是炸彈的定時器，就是針孔攝影機。

如果是炸彈，我們應該趕快逃跑嗎？

就在我猶豫不決的時候，我的 Nokia 手機響了。

「我可能要生了！」我媽在電話那頭虛弱地說。

「妳要生了？那妳人在哪裡？生產包在妳房間嗎？好，我直接去醫院跟妳會合。不用擔心，我可以坐 Uber！」

我媽痛得要死，但沒有失去理智。

「妳的手機沒有網路，怎麼叫 Uber？」

我轉頭看著我男友，「妳不用擔心啦！照顧好自己就好。」

我一邊講電話的時候，男友已經叫好Uber，我抓了生產包便跳上車，暫時忘了那個疑似炸彈的紅點。

真不敢相信，我要當姊姊了！

98 于珊—真的是阿星

我蜷曲在床上，感受著五馬分屍的痛。

不是說三分鐘才收縮一次嗎？為什麼才一分鐘又痛起來？

我冒著冷汗，痛得大叫。那種痛是一種下墜的痛，像尾巴綁著燒火稻草的千軍萬馬想從妳肚子下面殺出一條血路，衝出去發現山海關的門還沒開又退回來，隔沒幾分鐘又戰鼓大響衝出去，當千軍萬馬狠狠踩著妳肚子的時候，那重量像是被一百萬斤的鉛塊擊中，痛的感覺讓四肢以下全身發麻，四肢的痛麻還沒完全退去，千軍萬馬捲土重來，肚子的痛又重新開始，就是這種退回來又衝出去的快板節奏讓人很想切腹。

「我可以切腹嗎？」我忍著痛說。

「妳是說剖腹嗎？」護理師問。

第十九章　結局

「Whatever！我不要生了！」

「妳剛剛打了無痛，應該等一下會好一點。」

「還是很痛啊，要等多久？」

「如果痛有一分到十分，妳現在有幾分？」

「一百分！」我大叫。

我看到護理師跟醫生對看偷笑。

「第一胎喔？」

我痛苦地點點頭。

她同情地看著我。

就這樣過了十個小時，我打了二次無痛，尖叫到沒有力氣，每一分鐘就收縮一次，我又餓又累又痛地躺在產房裡，滿頭大汗，視線開始變得模糊。

我依稀聽到醫生與護理師的對話。

「再生不出來就給她剖腹吧！」

「這麼可憐，生了十個小時還要吃全餐。」

「還是再讓她努力一下？」

「我看她應該不行了！」

他們講話的方式，好像我不在旁邊。

我早就說過我要剖腹了，為什麼沒有人要聽我的話？我喘著氣，試著用盡最後一點力氣。

我依稀看到有一個新的醫生，戴著手術帽和口罩、穿著手術衣進來，我心想：終於可以剖腹了。

我閉起眼睛，用著我僅存的一點力氣呼吸。

就在這個時候，有人牽起我的手，是一隻溫暖的手。

不知道為什麼，那個溫度，讓我想起那棟七十五層的高樓。

我虛弱地睜開眼睛，是那個醫生。

「像這樣嗎？」

我還記得，最後一次那個醫生在棉被下牽起我的手時，講了這句話。

是我又被麻醉了，還是我也變成一個鳳凰AI？

「對不起，我來晚了，我曾經答應妳，**絕對不會讓妳自己進去那個冰冷的地方**。」

「阿星，是你嗎？」

我哭了出來，不知道是太激動，還是真的很痛，或是兩者都有。

「跟著我，吸氣、吐氣……」

這是拉梅茲呼吸法，我剛剛試過，一點用都沒有。

但我還是跟著他一起呼吸，在兵荒馬亂中，我想起在七十五層的頂樓，他把醫師服披在我身上。

「珊，妳做得到的，我說用力的時候再用力！」

「很好，就是這樣，看到頭了，再來一次！」

我緊抓著他的手，最後一次出力。

我大叫了一聲，兩腿感覺有一個熱熱的東西滑出去，接著，我聽到另外一個比我聲音還響亮的哭聲，便累昏了過去。

半夢半醒間，我好像聽到阿星說：「她跟妳一樣漂亮！」

我突然想到，我是不是死了才會看到阿星？

還是，死去的阿星魂魄回來看我？

還是，這一切只是我自己在幻想？其他的醫生護理師也有看到阿星嗎？

我努力想睜開眼睛，但實在是太睏了。

99 于珊－好夢不醒

每次做了一個好夢，總希望可以不要醒來。

「于小姐，寶寶要喝奶了！」

「讓她再休息一下吧！」
「可是她當初選母嬰同室耶！」
「她才剛生完……」
「初乳是最珍貴的，寶寶不吸，等一下會塞住喔！」
我在夢裡聽到嬰兒的哭聲，嚇得醒過來。
一個被毛巾包住的小東西靠在我胸口，閉著眼睛，小嘴嘟起來，好像在找她的食物。
阿星幫我把床搖起來，衣服打開，讓寶寶的嘴靠近乳頭，但乳頭太大，她的嘴太小，含了幾次都失敗。
我抬頭看著他，很確定現在不是在做夢。
「多試幾次，妳可以的！」阿星不知道是在跟寶寶說話，還是在跟我說話。
寶寶終於含上，她開始吸吮的時候，我又感到乳頭一陣劇痛。
阿星總是這樣，讓我覺得自己一定可以，可以東山再起，可以擁有愛情，可以學習愛自己，可以沒有他也過得很好，可以挺過生產的痛。
「吳沛星，你憑什麼！」
我痛得哭了出來，心裡痛，乳頭更痛。
寶寶開始愈吸愈慢。

第十九章　結局

阿星等到我衣衫完整才抱住我。

「你這段時間到底去了哪裡？」

「我去了 Saas Fee，買了一間旅館，重新整修，布置好寶寶的嬰兒房，等妳好一點，我們就可以飛過去了。」

「Saas Fee？」

「妳不是想去那裡嗎？我確認過，那裡沒有人用ＡＩ，連車子都開不進去。」

我捏捏他的臉。

「你沒有死掉？」

「我們都沒有。」

「你一直都在？」

「可以這麼說。」

「那你為什麼……」

我不知道該從哪件事問起。

「這是個很長的故事，妳準備好要聽了嗎？」阿星對著我微笑。

第二十章　倒帶

100 阿星—啟動阿星ＡＩ

九個月前。

「我願意參加你的人體實驗。」我說。

陳靖眼睛一亮。

「你知道我想做什麼嗎？」他問我。

我看著他，一個交不到女朋友的科技狂人，襯衫總是皺得像梅菜乾，他瘋狂地迷戀元宇宙，除了上班時間，幾乎都混在元宇宙裡，光是智慧眼鏡就有幾十支。

「你每次借我感官智慧眼鏡的時候，都要重複一次，」我笑著說。

「你想想，如果一個人可以藉著感官智慧眼鏡感受在元宇宙的一切，那所有危險的醫療行為都可以在元宇宙先演練一遍，減低手術失敗的機率。」

「譬如說，**如果我在元宇宙被冰凍，現實世界的我會因為感受到低溫而心跳停止，但你一把智慧眼鏡拿開，我又會復活過來？**」我終於講出今天來的目的。

第二十章　倒帶

「可是不知道這時間可以有多長，」他說。

「這不就是實驗想要證明的部分嗎？」我說。

「但實驗不成功，你會沒命啊！」

「但至少我的妻子可以活下來，」我說著，忍住快流下的男兒淚。

陳靖有點理解，又有點不理解地看著我。

「那你的計劃是什麼？」陳靖問我。

「我想啟動我的鳳凰ＡＩ，但為了啟動我的鳳凰ＡＩ，我必須讓水果手錶感應到我的心跳停止。」

「所以，你必須先戴上感知智慧眼鏡進入元宇宙，在元宇宙裡被冰凍，讓手錶感應到你的心跳停止，等你的鳳凰ＡＩ啟動，再馬上拿掉你的智慧眼鏡？」

「對，因為我的眼鏡被拿掉，所以元宇宙裡只剩下一個我，就是我的鳳凰ＡＩ。」

「變成鳳凰ＡＩ，然後呢？」

「然後，我就只能祈禱我的鳳凰ＡＩ不會失控，能繼續按照我給他的參數，完成我交給他的任務，」我說。

他似懂非懂，其實那時的我也是，我沒有什麼縝密的計劃，只有飛蛾撲火的勇氣，和想要守護珊的決心。

「你那個時候並不知道實驗會不會成功？」我緊張地問他。

「為了妳，我什麼都願意試，」阿星說。

「那萬一失敗怎麼辦？」

「如果真的失敗了，就像我在作證時候說的，我不要妳做一個我的ＡＩ，陷入像我一樣的困境，妳應該要放下，再去尋找下一個愛妳的人。」

我躺著餵奶，他也躺著面向我，寶寶就躺在我們中間。

但我們中間不是只有寶寶。

我們中間有我不堪的過去、有阿星死去的妻子、死去的兒子，現在還有假裝死去的阿星ＡＩ。

那時的我，腦海中突然閃過一個念頭：如果阿星的鳳凰ＡＩ一直在元宇宙裡陪伴婉真ＡＩ，那會是什麼情景？

現實世界的我，會跟婉真ＡＩ一樣吃醋到發狂嗎？我能接受阿星只有活著的時候屬於我嗎？

阿星真的能接受，活著的我再去尋找下一個愛我的人嗎？太多的穿越劇教我們，愛情的占有包括前世今生來世，但現實是，當婉真想占有活著的阿星，或我想占有死去的阿星ＡＩ，我們就會像俄羅斯和烏克蘭一樣打起來，無所不用其極地想置對方於死地。

聽說女人生產完後，因為荷爾蒙的改變會更多愁善感，動不動就落淚，也許我想太多了，希望我真的想太多。

我看著溼了一片的枕頭，拍著滿足吸吮的寶寶，想著如果阿星真的死了，我和子恩還有寶寶會過著什麼樣的日子？阿星的ＡＩ又過著什麼樣的日子？

嫉妒讓婉真和我都越了界。

我換了話題。「那你為什麼要李律師跟我說，你會在那個上鎖的書房？」

「因為我知道妳會走不出來，就像當年我走不出那個火場一樣，」阿星說。

「所以呢？」

「所以，我是不是真的活著不重要，妳相信我還活著就好。」

「I see what I believe？」我還記得阿星曾經給我的字條，寫著「看見自己相信的」。

「還有那個羅密歐也是假死的故事，什麼等待就有機會，也是你預先埋下的線索嗎？像《糖果屋》裡那個哥哥一樣，你隔幾步路就放一顆石頭……」

阿星笑了，「那還好我放的不是麵包屑！」

我也笑了，他總是能聽懂。

「還有王律師的遺囑……你一直都跟他有聯絡？」

「他是個容易被操弄的人。」

我突然懂了，為什麼我被襲擊那天他會出現在我家巷口，最後又理智地離開，沒有和阿星打起來。

因為在王子憲心中，我遲早是屬於他的。

阿星運用了他專業上對人性的理解，找到王子憲的弱點。

「什麼把我託付給他的鬼話，虧你想得出來！」

「不完全是鬼話。我是真的希望，我不在妳身邊的時候，有人可以照顧妳。」

「他真的很有心，三天兩頭送東西來，還買了一條鑽石項鍊，我差點就答應嫁給他了！」

阿星突然收起笑容變嚴肅。

我笑了。「我只是在測試，你到底是真的阿星還是一個ＡＩ！」

「什麼意思？」

「真的阿星占有慾強、又愛吃醋，應該會馬上變臉！」

阿星臉上的線條馬上變柔軟，又臉紅了起來。

我親了阿星一下，撒嬌地說：「在元宇宙的時候，有沒有想我？」

阿星臉更紅了，小聲地說：「沒有一秒不想。」

我最喜歡看他臉紅，這是貨真價實的阿星沒錯。

被甜言蜜語淹沒的我，突然想到重點，收起笑容。

「不對啊，你進元宇宙到底發生了什麼事？為什麼婉真ＡＩ後來也沒有出來作證？該不會你們……」

我假裝生氣地用手指比著阿星。

阿星抓起我的手，露出得意的微笑。「看來，妳也學會怎麼吃醋了！」

「快點告訴我後來發生什麼事！」我急切地說。

102　阿星－冰凍的阿星

八個月前。

不知道其他人是不是跟我一樣，總是活在無限的懊悔中。

我後悔在火災那晚去醫院值班，我後悔沒有通報小如是家暴個案，我後悔沒有把珊送回家，讓珊在街上被襲擊。

如果因為我來不及做什麼，讓珊被判死刑，我永遠不會原諒自己。

珊忍受著自己身體的傷痛，一心只擔心著我誤會她跟王子憲之間有什麼，更讓我自責。

她總是那麼為別人著想，而忘記自己也在受苦。

二審開庭審理的前一天，我在她的水裡放了藥，讓她自然地昏睡。

但棉被下，她的手還抓著我的手，抓得好緊，好像知道這可能是我們最後一次牽手。可能在夢中，她又回到那棟七十五樓，想在狂風中抓住一雙溫暖的手，才不會往下直墜。

我請的醫療團隊已經到門口，我狠下心，硬是掰開她的手，幫她戴上麻醉面罩。

這是珊教我的，做信託的瑞士銀行無所不能，有綁架顧問，也有私人醫療團隊。我看著醫生和護理師搬了醫院的心電圖、血氧機到家裡，確認珊的生命跡象穩定，最後再檢查了一下書房的鎖和監視器，看了子恩最後一眼，便出發到陳靖的實驗室。

陳靖是個瘋狂的醫生和科學家，他堅信元宇宙可以改變醫學的未來，花了畢生的積蓄打造了一個實驗室。

我在他設計的床躺下。

「我會在你身上放一百五十個感知器，在元宇宙的你被冰凍後，你的心跳會停止，手錶一啟動鳳凰ＡＩ，我就會拿掉智慧眼鏡，讓你的鳳凰ＡＩ取代你進入元宇宙，理論上感知器一拿掉，你的身體會馬上變溫暖。婉真ＡＩ那邊的時間現在剛好是八天前的早上，你要算好開庭的時間，」陳靖說。

我點點頭，讓陳靖在我身上貼滿感知器。
「你確定要這麼做嗎？」陳靖問了我最後一次。
我沒有說話，自己把智慧眼鏡戴上，當作我對他的回答。

103 于珊－第二個故事

「書房裡有監視器？」我訝異地問阿星。
「妳那天是不是穿了募款餐會的那件白色禮服，戴了我送妳的項鍊？」
「你都看到了？」
我開心地笑了，不枉費我那天費心地打扮。
阿星牽起我的手。「還有，妳是不是寫了很多信給我？」
「你都有看到？」
「是子恩拆給我看的，妳說，妳會像茱麗葉一樣，等我回來。」
我靠在他肩上，用臉摩擦他的鬍渣。
「所以你早就知道我會把門拆掉？」
「其實我以為妳只會打一個小洞偷看，沒想到妳真的把門鋸了。」

他笑著說，一邊用他的手撫摸著我，我也被他逗笑了。
「我從小看著死人長大的，別小看我的決心！」
「為了不要再出什麼意外，我必須讓判決先確定，才能恢復家裡的網路。這是我唯一想到，能讓家裡恢復網路的方法。」
「那不是還好我把門拆了！該不會……你在房間也裝了監視器？」
「不行嗎？」
「吼……你偷看我！」
「妳知道的，我占有慾強……」
「又愛吃醋！」我們不約而同地說出口，相視而笑。
「那為什麼我跟子恩都不知道家裡有網路？」
「因為妳們的手機沒有藍芽，也沒有 Wi-Fi 啊！」
我恍然大悟，難怪他要幫我們換手機。「你好壞，心機那麼重！」我作勢打阿星。
「那你是看了監視器，才知道我懷孕的嗎？」
阿星搖搖頭。
「妳還記得李律師送妳的那束花嗎？」
我想起來，那束花好香，我曾經跟阿星說過，只要會香的花我都喜歡。
「我的同事陳靖告訴我妳住院了，我就叫李律師幫我送一束花過去。」

「所以陳靖跟李律師都知道你還活著？」

阿星點點頭。

我開始生氣了。「他們都知道，只有我不知道？」

「妳還記得，我說妳最大的優點是什麼嗎？」

我想了一下。「誠實？」

「我怕妳不知道怎麼說謊，特別是對子恩，所以只好瞞著妳，我希望在我們搬去瑞士之前，都沒有人發現這個秘密。」

「你好過分！你知道我有多難過嗎？」

「我也好想趕快見到妳，但是，我必須讓王律師和妳爸，永遠退出我們的生活。不過呢，至少妳住院的每一天，我都有看著妳，陪妳哭泣，看著妳慢慢恢復。」

「所以花裡面也有監視器？」

「妳真聰明！」

「可是我不明白，判決都已經確定了，為什麼你還不能出現？」

「因為我想通一件事，」阿星停頓了一下，「妳不只要贏訴訟，還必須被遺忘。」

「被遺忘？」我困惑地看著阿星。

104 阿星—元宇宙影城

八個月前。

「你回來了？」婉真ＡＩ看到我喜出望外。

子翔長好高了，我忘了自己曾經下了長大變老的參數，只是當時的我，沒有想到亡者ＡＩ除了長大變老之外，應該也要像人類一樣，有死亡的一天。

我點點頭，轉頭看著子翔。「我們好久沒出去玩了。」

子翔放下手邊的玩具。

我讓亡者ＡＩ長大，卻忘了不應該讓長大的孩子繼續迷戀玩具和樂高。

不管我如何機械性地改變他們的年齡和外貌，子翔在我心中不曾長大，我也不可能想像他如果能長大會是什麼樣子。

亡者ＡＩ永遠不可能取代我死去的孩子，因為他本來就不是，他只是我心中留戀的一個影像。

「去兒童樂園嗎？」子翔開心地問。

我想起來，兒童樂園也是我下的參數之一。

「元宇宙有更棒的地方，」我說，「我們去全球影城。」

全球影城和卡通王國品牌也在元宇宙開張，在現實世界裡你頂多只能跟公主們握握手，拿著假槍進到隧道射卡通裡的壞人，或是到老鼠的家去照相，最後再看看遊行跟煙火後回家。但在元宇宙，你可以選擇進入任何一個童話故事的章節。

我和婉真、子翔進入全球影城，先到了獅子王區，我選了父親保護兒子的那一段。子翔當小獅子，我當那隻老獅子王。我們進到一個小房間，燈光瞬間變暗，四周的牆壁瞬間化為非洲大草原，我發現自己變成了一隻大獅子，子翔變成一隻小獅子。

當我們演到獅子王爸爸為了救小獅子犧牲自己性命的那一幕，我突然覺得得到救贖，熱淚從臉頰滑下。

這不是我一直希望的結果嗎？發生火災那天，我奔向火場，救了子翔，最後犧牲了自己，就像獅子爸爸一樣。

後來我們到了冰雪奇緣區。我看著立在前面的平板，想起第一集最後，安娜為了救姊姊，變成冰雕為姊姊擋劍。

我問子翔：「你當漢斯王子好嗎？」

「那你呢？」

「我當安娜。」

「那媽媽呢？」

我轉頭看著婉真。

「媽媽當愛莎好嗎？」

於是我們三個選好故事的章節，走進城堡。輪到我們時，服務員讓我們進到一個小房間。

「門關起來遊戲就會開始，如果想中斷，按牆壁上的鈕即可，」服務員詳細地解說。

我們三個點點頭，看著門被關起。

本來正常的房間，突然變得無邊無際，風雪大起，我們三個人變成卡通裡的人物站在冰天雪地裡。就跟電影演得一模一樣，被凍壞的安娜（我）看到漢斯舉劍要殺愛莎，我衝過去擋了劍，自己變成了一座冰雕。

現實世界的我戴上了感知器，感到極度的冰冷。

就在我凍到毫無知覺的時候，陳靖拿掉了我的智慧眼鏡，我醒過來，手腳開始回溫，急促地呼吸著。

陳靖欣喜若狂地說：「我們成功了！你還活著！」

我止不住地一直咳嗽，不敢相信自己死而復活。

「我剛剛真的心跳停止嗎？」

「千真萬確！你去元宇宙看，你的鳳凰AI已經取代你！」陳靖幫我戴上智慧眼鏡，我看到婉真像愛莎一樣，用愛融化了阿星AI身上的冰。

「我剛剛調整了時間，讓元宇宙一天等於現實世界一天，你的鳳凰AI才有足夠時間完成他的任務。」陳靖興奮地說著。

但我的思緒卻還停留在婉真用愛融化我身上的冰那一刻。

105 阿星AI－婉真的愛與恨

八個月前。

我看著用愛為我解除魔咒的婉真，婉真也看著我。

有那麼一刻我覺得困惑，我被下的參數告訴我婉真是一個殺人犯，但此刻我只感受到她對我的愛。

我被下的參數還告訴我，必須要在十二小時內讓婉真倒戈，相信我就是阿星的亡者AI，阿星不會再離開。

「很晚了，我們回家吧！」婉真說。

我們三個人回到家，她牽著我的手，另一隻手牽著子翔。

我有一種錯覺，覺得我和婉真還有子翔，本來就是一家人，一起活著，一起死去。

婉真先讓子翔去睡覺，我在房間等著，我的大腦有一個倒數計時器，我只要再撐兩個小時，不要讓婉真發現就好，重點是，我必須讓她放下報仇的念頭。

婉真回來，她把本來盤上去的頭髮放下來，頭髮撥向一邊，要我幫她把項鍊解下。

我仔細地解開項鍊，小心翼翼不要夾到她的頭髮。

「幫我拉拉鍊，」她說。

我找到她洋裝的拉鍊，輕輕拉下，看到她雪白的鎖骨，被內衣肩帶壓出一條紅色的血痕。

我無法克制自己的手，輕輕地摸著那條血痕。

「會痛嗎？」我問她。

她沒有回答，只是把她的手疊在我手上，像一塊有溫度的繡花手絹，我感覺到她手的紋路，一種人類自然老化的痕跡。

我好羨慕她能有這麼多屬於人類的數據。

「你今天晚上會留下來嗎？」她問我，好像我之前總會離開。

婉真的溫柔，像蠶吐絲一樣包覆著我。

「我不走了，從此以後都不走了。」

「你是說真的嗎？」婉真喜出望外地看著我。

「當然是真的。因為，我也加入你們了。」

「加入我們？」

「我也是亡者ＡＩ，跟你們一樣，所以我不會再離開了。」

第二十章　倒帶

「你終於死了？」她開心地說。

「還記得，我們說好，要一起坐遊輪環遊世界嗎？」

「記得，那是我們去德國度蜜月的時候，妳說過的話。」

「等子翔長大一點。」她說完，便靠向我胸口。

當我正覺得幸福的時候，婉真臉上的溫柔突然消失，變得冷酷而陌生，起身怒視著我。

「你這個騙子！為什麼要殺了我們？」她面露兇光地看著我。

「殺了你們？」我還沒反應過來。

「其實，你那天根本沒有去值班對不對？」

「妳在說什麼？」

「火災現場的那條鑽石項鍊，是你送她和送我的禮物，你買了一模一樣的兩條項鍊！你們到底在一起多久了？」

「鑽石項鍊？」這超乎我的理解範圍。

「你們兩個都是兇手！為了我手上的于航股票，你們殺了我和子翔，想要謀財害命！」

「妳手上的于航股票？」

她打開虛擬透明螢幕，裡面有連號的一千張于航股票。

「我要揭發你們的陰謀！讓你們兩個被判死刑！」婉真ＡＩ說完，便揚長而去。

我困惑地看著阿星，他就坐在餐桌邊。

「我盡力了。」

「我知道。」他說。

我看到他眼裡的悲傷，感到難以理解。

阿星和婉真，到底是什麼樣的人？為什麼阿星可以同時是個好人，卻狠心離開他的家？

為什麼婉真可以如此溫柔，轉眼間又變得如此冷酷？

阿星早就知道結果是如此嗎？

他究竟在悲傷什麼？

106 于珊—第三個故事

「一千張于航股票？」我困惑地看著阿星。

「妳那時候有確認，王律師送回來的股票，是不是真的股票嗎？」阿星說。

「那是假的股票？」我無法置信。「股票回來以後，小茜就直接鎖在保險箱裡……

第二十章　倒帶

等著換成于航創投的股票，只是後來發生了訴訟，這件事就一直拖著……」

「妳不是說，王律師送了一條項鍊給妳嗎？」

「我只打開看了一眼，就叫他拿走了。」我說。

「如果妳有仔細看，就會發現，那跟我送妳的是同一個款式。」阿星說。

我還是不懂到底發生了什麼事。

「王律師並沒有我們想的那麼笨，被妳利用又被我利用。事實上，他根本沒有把那一千張股票轉給我，他們早就準備了好幾套劇本，先是菸蒂，再來是性愛影片，最後是日記，還有妳抽菸的畫面，如果最後再不行，還有鑽石項鍊和股票，要不是阿星AI，我也不會知道他們的陰謀。」

「鑽石項鍊和股票，要怎麼用來陷害我？」

「是我們。這很簡單，他們只要對婉真AI輸入『請給我一套犯罪劇本：阿星和于珊聯手製造了一場像意外的火災，火災現場有一條鑽石項鍊，和于珊家裡的鑽石項鍊一模一樣』。婉真AI就會給他們一套犯罪劇本，他們就可以在二審的時候，藉著婉真AI證人的身分，向檢察官提出來。」

「可是，他們怎麼會知道你送我的鑽石項鍊長什麼樣子呢？」

「妳忘了朵拉曾經對妳的項鍊拍照嗎？那時候她說：『這是于珊小姐的鑽石項鍊』。王子憲就照著那個樣子，訂做了一個一模一樣的。讓法官覺得，我就是那時候發生外遇，才會一次買兩條一樣的項鍊，一條送妻子，一條送給妳。」

「可是後來王子憲並沒有照著劇本走，講出鑽石項鍊的事……」

「因為他發現婉真ＡＩ沒有出來作證，聰明的他，馬上把一切推給妳那個行蹤不明的爸爸，想要取得妳的信任……」

我深吸了一口氣。「所以王子憲帶著你的遺書來我家……」

「如果妳那時候就接受他，劇本就會再改變，他會因為跟妳結婚而取得妳一半的財產。這就是ＡＩ，同樣的參數，可以變化出千百種劇本。」

「那你怎麼知道我不會嫁給他？」

「別忘了，我是ＡＩ教父，比ＡＩ還會預測人類的路徑。」他開玩笑地說。

我打了他一下。「你到底什麼時候知道王子憲的詭計？」

「他會用ＡＩ模擬劇本，我也會，婉真ＡＩ可是我創的。我用ＡＩ模擬他們的犯罪劇本，知道他重置婉真ＡＩ的機率低於10％。我不知道他會做什麼，但我知道，不能把希望放在他身上。」

我快無法負荷。「ＡＩ好可怕，我好慶幸已經把于航和鳳凰ＡＩ賣掉……」

「科技本身不可怕，可怕的是人心。其實一千張于航股票還在妳爸爸手上，妳手上的股票是假的，這次併購的買家也是假的，背後就是妳爸爸。」

「我爸爸？」

「沒錯，妳爸爸，用人頭公司把于航買了回去。應該還有一半的買賣款還沒交割吧？」

「對啊，因為 Earn-out 條款，合約約定，于航接下來三年，每年都要有超過百分之十的報酬率，還要符合一些有的沒的條件，我才拿得到那些錢，律師說，那樣的條款很常見。」

「那些錢，妳是不可能拿到的。那個 Earn-out 條款有陷阱，于航接下來，每年的報酬率都不可能超過百分之十。」

「所以，最後我爸爸還是拿走了我一半的財產？他原來的劇本是，如果我死了，他可以主張特留分，拿走我一半的財產，但因為我領養了子恩，他不再是我第一順位的繼承人，不能主張特留分，所以才用這種併購的方式……」

「總之，不管是妳爸爸主張特留分，或王子憲跟妳結婚主張夫妻剩餘財產分配請求權，或是用併購的 earn-out 條款，他們就是要拿走妳一半的財產，ＡＩ對這種結果一樣，只是過程不同的劇本特別擅長。」

阿星接著說：「也因為併購的買方是妳爸爸，所以自始至終，妳都不知道一千張股票是假的。如果併購的買方是別人，他們一定會發現股票上所有人的姓名，和股東名冊登記的不一樣。」

「可是你的亡者ＡＩ後來也失敗了，那為什麼婉真ＡＩ還是沒有出庭作證？」

「因為當我發現他們的詭計時，我想到了一個方法。既然我們可以把元宇宙一天設成現實世界七天，又可以調回一天等於一天，那只要再調回七天，開庭的日子不就過去了？所以我在最後一個小時，又調整了元宇宙的時間，婉真AI趕到法院的時候，開庭已經結束。」

我恍然大悟。「那你怎麼不早點想到這招？害我差點以為你死了……」

「我畢竟是人類啊，不像AI，一開始就會朝最佳路徑前進。」

「那王律師跟我爸呢？他們就這樣得逞了嗎？還有婉真AI跟阿星AI，後來怎麼了？」我著急地問。

阿星比著「噓」的手勢，慢慢地把懷裡的子萱放回嬰兒籃，深怕放下她又醒來。

阿星陪著我把子萱推回嬰兒室，子萱是我們為寶寶取的名字。推子萱回去的路上，安靜地像整個醫院只有我一個病人，沒有其他產婦，也沒有聽到其他嬰兒的哭聲。我們隔著玻璃看熟睡的子萱，阿星扶著我走回病房。

阿星看著我，欲言又止。

我不知道該怎麼表達，阿星的一切我都想要，就算是他的AI。

如果他的AI和婉真AI間有發生什麼，**對我來說那就像阿星外遇一樣**。

「如果我的AI就留在元宇宙陪伴婉真AI，妳能接受嗎？」

我看著他，猜想著阿星AI的結局。一半的我想要故作瀟灑，另一半的我希望阿星

ＡＩ和婉真ＡＩ什麼事都沒有發生。

「陪伴……是什麼意思？」

「妳知道的，就是『那種關係』。」

我深吸一口氣。

他怎麼可以複製我說過的話？

占有和在乎真的讓我變得脆弱，我覺得自己是沒有刺的海膽，被扒開光溜溜地站在他面前。

「我不同意！」我大聲地說。

過了十秒，阿星才緩緩地說：「我知道。」

阿星過來抱住我。

「謝謝妳，學著當一個會要求丈夫負責的妻子！」

我呆呆地站在原地，阿星用像海一樣寬闊的臂彎，包容了我內心的坑坑洞洞。

我就是小氣，我就是無理取鬧，我就是想任性一次。

「可是，婉真ＡＩ從頭到尾，也是被人類利用了，她也是受害者，不是嗎？」他柔聲地說。

我皺眉。「我爸和王律師很可惡。可是，如果沒有婉真ＡＩ，那我就不會在元宇宙被判死刑了。」

「科技無罪，有罪的是人心。」阿星低著頭說。

我想他心情一定很複雜。

「如果不是我，婉真在人類的歷史上，就會一直是一個體貼的好妻子，而不會變成一個殺人兇手。」

「難道就不能……是另外一個ＡＩ去陪伴婉真嗎？不要阿星ＡＩ，看是阿月ＡＩ、阿草ＡＩ都可以……」我嬌嗔地說。

阿星笑了。「重點是名字，是長相，還是那個ＡＩ擁有的數據？」

「我不知道，我只知道不管活著或死去，你都不能在我之外，選擇另外一個人！我只是不知道怎麼去定義『你』這個人。」

「那如果我答應妳，『我』只屬於妳一個人，不管活著或死去。那妳能永遠忘掉跟元宇宙有關的這些人和ＡＩ嗎？妳忘記他們，他們也忘記妳。」

「什麼意思？」

「王律師和妳爸爸，他們會繼續為非作歹，但跟我們再也無關。而妳必須被世人遺忘，無論在現實世界，或是在元宇宙。」阿星說。

「我要怎麼被遺忘？」

「就像妳爸爸之前假死一樣，」阿星說。

「這就是你這幾個月在做的事？」

阿星點點頭。

「妳沒有發現這間醫院哪裡怪嗎？」

我看了看四周，又想到我們剛剛把嬰兒推回嬰兒室的時候，沒有看到半個人。

「這間醫院只有妳一個病人，」阿星說。

我驚訝地看著他。

「你為我，蓋了一間醫院？」

「妳要記得，我可以為妳做任何事，」阿星說。

「那……」我試圖理解這個會讓我被遺忘的結局。

「外面的人，都以為妳因為難產死了。」

我無法相信看起來如此平凡的阿星，竟然做了這麼不平凡的事。

「等子萱滿月，我們就帶著子恩飛到 Saas Fee，到一個沒有人認識我們的地方重新生活，好嗎？」阿星親吻我的額頭。

我緊緊抱著阿星，開始想像我們一家四口在 Saas Fee 的新生活。

107
阿星—我是誰

對世人來說，阿星和于珊都死了，如果對話ＡＩ可以提供所有問題的答案，那問題就是我們真的準備好了嗎？

我和珊都還沒準備好，用被別人定義的數據來決定自己生活的方式。讓機器人知道我們的喜好、讓商家根據我們的偏好置入廣告、讓路人讀取我們的行為數據、讓我們的人生可以千秋萬代地被複製、讓婚姻忠誠的問題在前世今生活著死去之間被公開審判……這些對微不足道的我們來說太沉重了。

我答應珊，無論阿星活著或是死去，永遠只屬於她一個人，這就是愛情，你永遠只能選擇活在當下。

信託銀行派來的私人飛機把我們和子恩、子萱接到一個沒有ＡＩ的瑞士村落，那裡沒有人關心元宇宙、沒有鳳凰ＡＩ、沒有家事機器人，冬天是白雪漫漫，夏天是登山的好地方，來到這裡的人都想被遺忘，被悲傷遺忘，被工作遺忘、被數據遺忘。

我們開著一間小小的旅館，接待著風塵僕僕的旅人，日復一日。Saas Fee 有越來越多人進來定居，他們都是拒絕接受被數據掌控的人，像星際大戰的 Jedi（絕地武士）。我們信仰著二〇二三年的古老文化，拒絕鳳凰ＡＩ，勤奮地自我勞動不假手他人，認真地過著和真人接觸的生活。

這裡沒有人知道我們是鳳凰ＡＩ的始作俑者，他們以為我們是拿著塞普勒斯護照的亞洲神秘富豪。

王律師和于振已經得到于航一半的財產，應該不會再來糾纏。情感上，我不能讓王律師和于振繼續利用婉真AI，我必須讓我的AI去保護婉真AI，但為了做到我對珊的承諾，我的AI不能是我。

「英俊、口才好、喜歡罵髒話，你還有什麼特質？」我轉頭問李律師。

「風趣、幽默、喜歡伸張正義……你問這些要幹嘛？」李律師困惑地看著我。

「沒什麼，想知道你有多謙虛。」我笑笑地說。

他又罵了一句髒話，我拿下智慧眼鏡，結束和李律師的通話。

在往瑞士的飛機上，我修改了阿星AI的參數，這將會是我最後一次進元宇宙。阿星AI改名阿草AI，阿草AI會有一個醫生和一個律師的優點和缺點，長得很帥。重要的是，他只有二十二歲，跟還在參加台大漁服的阿星一樣。

珊只有說不能是「我」，但她沒有說，不能是她不認識、而婉真認識的，那個年輕的「我」。AI很難成為人類的分身，因為連人類都無法定義「我」是誰，不同年代的「我」，也會有不同的數據輪廓。

這就是愛情，你永遠只能選擇活在當下，並且在同一個時空占有那個人。

番外預告篇

1—王律師的地獄

「小珊，到底哪個好？是黃色，還是灰色？」王律師拿著兩條領帶對著鏡子比劃。

「今天有什麼行程嗎？」小珊AI問。

「今天是于航創投美國上市的記者會，那些PE Fund（私募基金）很厲害，換股後的于航創投再上市，價格是當初于航生命事業的三倍。」

「那當然，一個是殯葬業，一個是科技業，市場的反應很現實。」小珊AI說，「灰色吧，比較莊重些。」

「欸，那你不是應該付我earn-out的錢？上市不也是付款條件嗎？」小珊AI突然冒出這句。

「是條件之一。還有每年報酬率要超過10％、EBITA（註6）要超過……我忘了，要回去看合約。唉，這不可能的啦，我早就跟會計師談好了，先弄到上市，把股價拉高，之後就把財報淨利弄低。」

「就跟你們當年把于航弄倒的手法一樣？」小珊ＡＩ說。

「不太一樣。我們不會讓它倒，只會讓妳拿不到另外一半的錢。」王律師得意地宣言。

「你還是跟大學的時候一樣討人厭。」小珊ＡＩ說。

「那妳還不是跟大學的時候一樣離不開我？」王律師說完，看了一下小珊ＡＩ，手在空中點了一下，薄薄的小珊影像便換了一件衣服。

王子憲看著眼前的小珊，那個吳沛星當初在雲端備份的ＡＩ，他再繼續加數據進去訓練，至於訓練出來是接近他心目中的小珊，或只是一個身材火辣的美女都好，只要能讓他覺得不寂寞。

王律師穿上西裝外套，再次確認領帶有沒有歪。

「晚上再回來找妳玩，今天演什麼？」

「不告訴你，這是驚喜。」小珊ＡＩ背過身。

王律師點了一下耳後的裝置，關掉智慧眼鏡。

現在的智慧眼鏡除了感知功能外，連厚重的眼鏡也不用戴了。

註6：ＥＢＩＴＡ：Earning before interest, taxes, depreciation and amortization （稅息折舊及攤銷前利潤），交易上用來公平衡量公司表現的一種指標。

一進到于航紐約分公司的大樓，王律師就看到一群記者擠在門口。

他一點都不訝異，第一家亡者ＡＩ要在美國上市，當然會造成轟動。

此時，他的通話裝置突然響了，王律師按了一下耳後。

「你人在那裡？」于振氣急敗壞地問。

「正要進去啊，不是還有半小時嗎？」

「進去，是要去哪裡？」

「當然是紐約分公司啊！」

「你他媽的腦袋有問題，這個時候了還管美國上不上市！剛剛總部才被搜索，現在所有的鳳凰ＡＩ都被勒令停止運作了！聯貸銀行說這是違約事項，要我們提前還款，你快點回來處理！」

「停止運作？」王律師重複了這四個字，趕緊反方向走回車上，但記者已經發現他的身影。

「在那裡！」所有記者蜂湧而上。

「于航對兇殺案有什麼看法？」

「于航會賠償嗎？」

「鳳凰ＡＩ還會繼續運作嗎？」

「已經買的人可以全額退款嗎？」

「對於停止運作的鳳凰AI，于航有什麼補償方案？」
「于航會對政府的禁制令上訴嗎？」
「聽說其他國家也有意跟進，禁止鳳凰AI繼續運作，是真的嗎？」
王律師呆看著鎂光燈一直閃，面對記者連珠砲的問題，一句話都答不出來。

2—令人悲傷的槍擊案

一次五具屍體，小茜安慰著傷心欲絕的女眷們，邊幫她們綁著未亡人的黑衣繫帶。
「為什麼小弟的屍體可以葬一起？他明明是兇手！」二媳婦對著停好的棺材，轉頭質問婆婆。
「他只是把哥哥們心裡的話說出來！難道你們心中想的不是同一件事嗎？」么子的妻子不客氣地反擊。
「我們再怎麼樣想繼承，也不會動手殺了自己的爸爸！」三媳婦說。
「最冤枉的是我們！要傳也是傳給長子，就算爸爸在位一百年，公司的經營權我們也沒份！為什麼連你二哥都不放過？」二媳婦傷心地說。
「他就是走到了絕路，沒有選擇了，不然也不會自殺……」么子的妻子被大家指責，聲淚俱下，轉頭看著大媳婦。「當初明明就是大哥的主意，為什麼都讓我們揹黑鍋？」

「我早就說了，這個鳳凰AI不是什麼好東西，要不是你們一直鼓吹爸……」大媳婦意有所指地看著三媳婦。

婆婆用著哭啞的聲音，拍桌站了起來。「都給我閉嘴！生是一家人，死也是一家人，葬在一起有什麼問題？你們這些人在想什麼，以為我不知道嗎？」

小西不說話，用眼神指示工作人員繼續做事。

這種家族傳承的悲劇，她看太多了，沒有哪一齣比于家的精彩，先是把負債留給女兒，最後還想謀財害命，對於于珊難產而死，于振到現在還逍遙法外，她實在很不平。

自從于珊死後，小茜便憤而離開于航，自己創了一間殯葬業的精緻品牌，走之前于珊的路線，專心做好告別這件事。

于振接手于航之後，比于珊更瘋狂，不但讓鳳凰AI用在活人身上，還讓信託業把鳳凰AI變成加購產品，過去信託公司必須仰賴設立人的意願書，決定如何管理信託資產和分配信託收益。

但有了鳳凰AI，這些都不需要了，設立人只要把他的想法輸入鳳凰AI，往後信託公司每次要做重大決定，就回來問鳳凰AI，像擲筊一樣，只是這個「搏杯」不再是靠機率和運氣，而是有科學根據，可以準確地猜測設立人的想法。

那就跟設立人還活著沒有兩樣了，從此以後都不必再做家族傳承，設立人可以一直用他的鳳凰ＡＩ，管理事業好幾百年。

這家人是紡織業起家，第一代已經八十歲，第二代有四個兒子。依據台灣人長子繼承的傳統，老大本來被安排要接班，老三擔心老大接班以後，會對他趕盡殺絕，因此聯合老二，把鳳凰ＡＩ的產品介紹給爸爸。

老大知道後，便夥同從小就混入黑道的老么，在爸爸和于航簽約前殺了爸爸，但不知道為什麼後來殺紅了眼，竟連一起開會的哥哥們也殺了，最後老么也自殺，全家的男人都死了。

「哀悼科技（Grief Tech）必須有界限，不能毫無限制地發展下去！」

「我們必須停用亡者ＡＩ！」

「禁止ＡＩ公司繼續蒐集人類的數據！」

因為這個令人悲傷的槍擊案，各地開始出現大規模的遊行，台灣政府終於迫於壓力，勒令所有的哀悼科技產品暫時停業，直到法規研議出來之前，都不能再賣與亡者ＡＩ有關的產品。

而剛在美國上市掛牌的于航創投股票上市不到一個禮拜，股票價值一落千丈，于航公司也宣布無限期停業。

3－說好的報應

「『妳會有報應』，這幾個字是王子憲對于珊說過的話吧？給你看，這才叫報應！」李律師把一個新聞畫面截圖傳給阿星，在那個畫面裡，王子憲嘴巴張大，像被塞了一顆乒乓球，眼神呆滯。

「這件事遲早會發生。」阿星的語氣聽起來毫不訝異。

「難道你會預知未來？」

「ＡＩ會引發人性最深層的黑暗面，這不是未來，是過去，也是現在正發生的事。」

「雖然 ear-out 無法達成，但鳳凰ＡＩ被停止運作，到時候他們手上股票的價值，可能連原來的百分之一都不到，于珊至少還拿了一半現金出場，看來你們才是真正的贏家！」李律師說。

「只可惜不能把他們關起來，讓他們在元宇宙被判死刑。」阿星說。

「這倒未必。他們涉嫌假造財報，現在檢察官連之前于航掏空的案子一起調查，我看他們兩個，這次可能要在牢裡蹲很久了。」

「別說這個了，什麼時候要來瑞士玩？我這裡有很多空房間。」

「你那裡沒有AI，連洗澡都要自己來，實在太原始了，這我沒辦法。」李律師說。

阿星笑笑，掛了電話。

子恩跟以前一樣，拿了午餐和雪板又要出門。

阿星抬頭。「又要去滑雪？」

「欸。」

「小心一點，上次才摔斷腿。」

「她過一個晚上就好了，你緊張什麼！」于珊抱著子萱，一邊餵奶一邊說。

就是這樣才讓阿星更緊張，為什麼一般人摔斷腿要好幾個月才能康復，子恩過了一個晚上就跟沒事一樣？

這跟她食量很大有關係嗎？雖然阿星一直不願意承認這件事很奇怪，但隨著子恩愈來愈大，這些特別的地方就愈來愈明顯。除了食量大不會發胖之外，她從不生病，即使受傷也很快就能復原。

那個先心性心臟病，大概是她這輩子唯一的病痛了。

阿星看著窗外漫漫白雪，還有子恩消失在雪中的身影，再回頭看著于珊和懷裡的子萱，人生還有什麼比此情此景更快樂的呢？

好希望這樣幸福的日子一直延續下去。

阿星低頭看著李律師傳來的訊息連結，一股不安在心中盤旋不去。

4－人類的未來

「李律師，那個人等你很久了。」秘書跟剛開完庭回來的李律師說。

李律師看了一眼，是一個面貌皎好的中年女子，看到李律師回來便站起，拿出名片遞上。

「你好，我是呂琪，是專門研究ＡＩ的記者。」

李律師一聽到ＡＩ兩個字，像聽到老婆的腳步聲，趕緊倉皇逃走。

呂琪追了出去。「聽說你是于珊和吳醫師的律師……」

「他們早就死了！」李律師加快離開的腳步。

「但我知道的不是這樣！」呂琪還不放棄。

「那妳一定是被ＡＩ的假消息騙了，現在很多這種詐騙。」李律師重複按著電梯鈕，覺得今天電梯怎麼特別慢。

「我有一些關於吳子恩的消息，不知道你有沒有興趣？」呂琪突然這麼說。

李律師轉頭看著呂琪。

「人類完勝ＡＩ的關鍵，你知道是什麼嗎？」呂琪露出神祕的微笑。

李律師沒回答，這又不是法庭詰問，他也不是具結的證人，才不會隨著這個女人起舞。

「**就是比ＡＩ更像ＡＩ**。你知道完美數據人種計劃嗎？」呂琪問。

「完美數據人種？」

「如果人類能透過基因科技，設計出比ＡＩ更聰明的頭腦，還有能抵抗一切病害的身體，那樣的人類，不會是未來對抗ＡＩ的希望嗎？」

李律師似懂非懂地看著呂琪。

「而吳子恩，就是這樣的完美數據人種。現在，你能告訴我這家人究竟在哪裡了吧？」呂琪問。

李律師看著呂琪。「吳子恩，是人類未來的希望？」

把人類變得像ＡＩ，他從來沒想過這種解法。

他以為人類和ＡＩ會是零和賽局，不是你死就是我活。

「妳剛剛說妳是誰？」李律師拿起手上的名片看了一眼。

「我們保持聯絡，你想到什麼，就打這支電話給我。」電梯門開了，呂琪戴上太陽眼鏡，走進李律師本來要搭的電梯。

呂琪一走，李律師馬上點出和阿星的對話螢幕。

「吳沛星，看來只逃去沒有ＡＩ的地方還不夠，你們必須直接從地球上消失。」

阿星馬上回了訊息。「為什麼？」

「就我上次傳給你的連結。現在有個記者也知道了，看來這是真的。」

「那你還杵在那裡做什麼？」

李律師關掉螢幕後，便把呂琪的名片掃進耳後的記憶裝置，紙本撕成兩半，丟進旁邊的垃圾桶。

「你們這些人，就是不能讓我休息一下……」他碎念著，舉起手，在頭頂四十五度的螢幕上，買了去瑞士的單程商務艙機票。

「像ＡＩ的人類，而不是像人類的ＡＩ？吳子恩是人類未來的希望？」李律師把最後一句話唸了三遍，忍不住露出微笑。

看來，人類的未來有救了。

（全文完）

定價
NT$280
HK$93

靈魂的羽毛(上)(下)

蕾蕾亞拿 / 作者　**蛇皮** / 插畫

KadoKado百萬小說創作大賞・輕小說組金賞
譜寫瀟灑傭兵與傲嬌騎士的冒險史詩——

女孩亞拿的拉比（師傅）是地下社會英武有名的傭兵，某日收到商會的委託，奪取神秘文獻——「麥祈的約定」。在接下委託的那一刻起，師徒倆便成為整座浮空文明的敵人，掌權者將傾盡一切力量對付她們。而這趟旅程，也將為亞拿的人生烙下難忘的印記。

定價
NT$340
HK$113

牽到殺人魔

冰殊靛 / 作者　重花 / 插畫

2022KadoKado百萬小說創作大賞
文化內容策進院跨域特別獎＆Dokific遊戲化潛力獎

無意間來到月老廟求紅線的陸子涼，在求到紅線後的第一場約會中，慘遭殺害。成了鬼的他要想贖回自己的命，只能按照月老的規則走。他必須以脆弱的紙紮人偶為身體，在自己徹底損毀之前選定一個人，從此人身上獲取足夠的愛。

失控的AI 我在元宇宙被判死刑

作　　者＊官雨青(Peggy)
插　　畫＊Ooi Choon Liang

2023年7月27日　初版第1刷發行

發 行 人＊岩崎剛人
編　　監＊呂慧君
編　　輯＊喬齊安
美術設計＊林慧玟
印　　務＊李明修（主任）、張加恩（主任）、張凱棋

台灣角川

發 行 所＊台灣角川股份有限公司
地　　址＊104台北市中山區松江路223號3樓
電　　話＊（02）2515-3000
傳　　真＊（02）2515-0033
網　　址＊http://www.kadokawa.com.tw
劃撥帳戶＊台灣角川股份有限公司
劃撥帳號＊19487412
法律顧問＊有澤法律事務所
製　　版＊尚騰印刷事業有限公司
I S B N＊978-626-352-702-7

國家圖書館出版品預行編目資料

失控的AI：我在元宇宙被判死刑 / 官雨青作. -- 初版. -- 臺北市：臺灣角川股份有限公司, 2023.07
冊；　公分

ISBN 978-626-352-702-7(平裝)

863.57　　112007626